DRAGON QUEST

小説

ドラゴンクエストV

天空の花嫁 1

久美沙織
SAORI KUMI

ドラゴンクエストノベルズ

小説

ドラゴンクエストV

天空の花嫁

DRAGON QUEST V

久美沙織

1

イラスト／椎名咲月

CONTENTS

DRAGON QUEST V

目次

キャラクター紹介

ビアンカ

主人公の幼なじみ・幼年時代

アルカパの旅篭のおかみマグダレーナ・ダンカンと、その夫ティムズ・ダンカンの娘。気が強くておてんばな、八歳の少女。

プックル

ベビーパンサー

真っ赤なたてがみを持つ、不思議な子猫。アルカパで、村の子供にいじめられていたところをリュカとビアンカに助けられる。

ヘンリー

ラインハット王子・幼年時代

第二十六代ラインハット王ベルギスの息子。第一王子。跡継ぎの座をめぐり、弟第二王子デールをおす継母の王妃との間にいざこざが起きている。七歳になるいたずら好きな少年。

DRAGON QUEST V

Character profile

登場キャラクター紹介

リュカ
主人公・幼年時代

物語の主人公。父パパスとともに諸国を旅している。父を誇りに思い、自分も強い大人になりたいと願っている。隠された出生の秘密など多くの謎と能力を秘めた六歳の少年。

パパス
主人公の父

主人公の父親。さらわれた妻マーサを捜し続けている。息子とともに二年ぶりに戻ったサンタローズでの人望は厚く、留守を守ってきたサンチョという忠実な召使いがいる。

「おーい。サンチョおお。……ベルギース！……」

霧《きり》の中を歩いていた。

ひんやり湿《しめ》った白いヴェールが、頬《ほお》を撫《な》で、耳をくすぐった。

脚《あし》の運びに従《したが》って、霧は割《わ》れ、渦《うず》を巻き、ぶつかりあってきらきら輝《かがや》く。行《ゆ》く手《て》の木々や岩崖《いわがけ》が、つと隠《かく》れてはまた覗《のぞ》く。

匙《さじ》ですくったら食べられそうな濃《こ》い塊《かたまり》がいくつも谷の縁《ふち》から這《は》い上がり、解《と》けだした糸巻きのように音もなく流れだした一条《ひとすじ》が、遥《はる》かな行く手を横切ってゆく。

「……おーい。みんなどこ……」

言いかけて、彼は黙《だま》りこんだ。もやもやした何層もの壁《かべ》の向こうのどこかしらで、いま、何か喉《のど》を鳴らさなかったか？　バサリと力強く、搏《はば》かなかったか？

（——敵）

息を殺し、耳をすます。何も鳴かない。搏かない。凝《こ》らした瞳《ひとみ》に、霧がからかうようなくちづけをして通り過ぎる。張り詰めた静寂《せいじゃく》が白くぼやける。

（みんな死んでしまったんだろうか。魔物に食われてしまったんだろうか）

ざわめきはじめた心臓《しんぞう》に、こめかみが冷たく痺《しび》れる。

（もう誰《だれ》も……誰もいないのか？）

革靴《かわぐつ》が泥《どろ》を踏《ふ》む。歩き続けているうちに水辺《みずべ》に達していたらしい。霧に覆《おお》われた湖を囲む谷崖の隙間《すきま》に、まばらに星を浮《う》かべた乳色《ちちいろ》の空が見える……いや、違う。あれはりんごだ。りんごの白い花。甘《あま》く優《やさ》しい、懐《なつ》かしい匂《にお》い。蹲《うずくま》る霧の塊をふと風が吹《ふ》き分けると、果樹庭《かじゅにわ》の彼方《かなた》に奇妙《きみょう》な建物が姿《すがた》を現した……ごつい傘《かさ》を持った巨大《きょだい》な茸《きのこ》の群れのような、円柱に支えられた高楼《こうろう》……古めかしい赤石造りの異境《いきょう》の神殿《しんでん》。

（助かった！）

ほっとしたとたん、彼はよろめき、膝《ひざ》をつく。

と、花がひとつ、枝《えだ》を離れて落ちてくる。いや、それは、長い髪《かみ》をした娘《むすめ》だ。走ることを覚えたばかりの鹿《しか》のような愉《たの》しげな足取りで、軽やかに斜面《しゃめん》を下ってくる。茫然《ぼうぜん》と待つ彼の傍《かたわ》らに、娘はみるみる近づいてきて、息を弾《はず》ませながら座《すわ》りこんだ。瑞々《みずみず》しいりんごの香《かお》りが、貴婦人《きふじん》が座るとき、ふんわり広がるドレスの裾《すそ》のようにあたりにあふれ、彼の顔にも降りかかった。

清楚《せいそ》な白い服。透《す》き通るように白い肌《はだ》。すべらかな額《ひたい》を、赤銅色《しゃくどういろ》の細い飾《かざ》り紐《ひも》が真一文字に横切っている。

（巫女《みこ》？）

地味《じみ》というには美しすぎる、華《はな》やかというには控《ひか》え目《め》すぎる。……なんて愛らしいひとだろう……あまりまじまじ見つめたためか、娘は瞳を逸《そ》らし、頬を赤くした。彼は微笑《ほほえ》もうとした。怪《あや》しいものではない証拠《しょうこ》にきちんと名乗ろうと、唇《くちびる》を開きかけ、

——あっ——

緞帳《どんちょう》を切って落としたかのように景色《けしき》が変わった。また、戦いの場に放り出されていた。

わぁぁぁっ。わぁぁぁぁっ。喚声《かんせい》、雷鳴《らいめい》、人馬《じんば》の轟《とどろ》き、響《ひび》きわたる進軍合図の鼓笛《こてき》の音。先陣《せんじん》を切って走りこんでいった数騎《すうき》が、無惨《むざん》な肉塊《にっかい》となって四散《しさん》する。血しぶきの陰《かげ》からわらわらと沸《わ》き出してくる異形《いぎょう》どもの軍勢。飛ぶもの、這《は》うもの、巨大なもの。獣顔《けものがお》のもの、ひとつ目のもの、双頭《そうとう》の蛇《へび》、猛禽《もうきん》、爬蟲《はちゅう》……。

（魔物ども！）

……どいつもこいつも、にたにたと笑《わら》い、牙《きば》を剝《む》き、顎《あぎと》からよだれをしたたらせて歓喜《かんき》している。彼の血で渇《かわ》きを癒《いや》し、肉で飢《う》えを満たすつもりだ。……そうだ。こいつらだ。ほんとうの夜明けが来る前に、こいつらは必ずきっとやって来て、そして。

目の前いっさいがカッと真っ赤に燃え上がり、死の冷たい手が降りてくる。闇《やみ》が世界を覆いつくし、凄《すさ》まじい痛みが彼の顔を斜《なな》めによぎる……。

1　目覚め

「うわぁぁぁあっ！」

自分の叫《さけ》びに飛び起きて、リュカはぱちぱちと瞬《まばた》きをした。

カッと顎《あぎと》を開いた恐《おそ》ろしいばけものの夢が、低く勾配《こうばい》した天井《てんじょう》の木目の中に消えてゆく。

「……ああ、怖《こわ》かった……でも平気。夢《ゆめ》だ。……そうだ。また、あの夢なんだ……」

長々と息を吐《は》ききると、リュカは、ぶるっと震《ふる》えた。いやな汗《あせ》に背中《せなか》が冷たい。痺《しび》れた腕《うで》をあげ、いつの間にか頸《くび》に絡《から》んでいた掛《か》け布《ぬの》をはずし、おそるおそる鼻をさわってみる。別に痛くはない。傷《きず》もない。

よぎり傷があるのはリュカではない。父のパパスだ。

「また夢の中でおとうさんになっちゃったんだな、ぼく」

もう何度も、両手両足の指を使っても数えきれないくらい何度も、そんなことがあった。同じあの夢で、おっかなびっくり霧《きり》の中を歩き、変な建物を見つけ、素敵《すてき》な女のひとと出会い、そして、傷を負うのだ。

一度くらい、ちゃんと戦って勝ちたいものだと思う。勝てたら、父に自慢《じまん》できるのにと思う。

そんな夢を見ることを少年は誰《だれ》にも打ち明けたことがなかった。もし、もう少し大きかったなら、とっくに話してみただろう。生まれてもいないときのことを覚えているはずはないし、たとえ大好きな父であれ、他人《ひと》の身の上にあったことを正確に（とリュカは確信しているのだが）体験させられるなんて、普通《ふつう》ではない。それは、ただの夢であるはずはなかった。けれどリュカはまだ六歳《さい》。ほかのひとは、けしてそんな不思議《ふしぎ》な夢を見たりしないということも知らないのだった。

「……サンチョは知ってるけど、ベルギスって誰なんだろう？ ……それに、あの女のひと。あれは、やっぱりおかあさんなのかな。もう少しゆっくり話ができれば、確かめられるんだけど……ちぇっ、悔《くや》しいなぁ……いまにきっと……おっと」

ぎ、ぎ、ぎい。

寝床《ねどこ》が揺《ゆ》れて、壁が軋《きし》んだ。横波をくらったのだ。

「そうだ。ぼくは船に乗っていたんだっけ。……あっ、大変だ！ 今日は陸《おか》が見えるはずなんだった。こうしちゃいられないぞっ！」

リュカは寝床を飛び出した。ざっと寝具《しんぐ》を直し、はずれていた下着のボタンをとめなおす。上着をひっかけ、あちこちはねて角《つの》のようにとびだした頭を両手で撫《な》でつけながら、大急ぎで、扉《とびら》に駆《か》け寄《よ》った。

かんぬきをはずし、扉を開ける。まぶしい光と強い潮風《しおかぜ》がいっぺんにやってきて、押《お》し戻《もど》されそうになった。床《ゆか》はうねるように揺れており、時おり、前ぶれなしに、ひどく傾《かたむ》いた。リュカは扉につかまって、からだを揺れにならしながら、顔をあげてみた。

真っ白い帆《ほ》がいっぱいに風を孕《はら》んで、巨大な洗濯物《せんたくもの》みたいにふくらんでいる。船はぐんぐん走っている。かお、かお、かお。カモメの鳴く声につられてふり仰《あお》げば、空はどこまでも透明《とうめい》な青だった。雲ひとつない。そして海は空よりさらに青い。

「わぁ。いい天気だ」

胸いっぱいに新しい空気を吸《す》いこむと、いやな夢の尻尾《しっぽ》がすっかり消えてしまった。

風の隙《すき》を狙《ねら》って、甲板《かんぱん》に歩き出した。裸足《はだし》の指に力をこめ、腰を落として、転ばないように慎重《しんちょう》にだ。甲板はよく乾《かわ》いて、ほかほかと温かかった。左の舷側《げんそく》を両手でしっかり握《にぎ》って遠くに目を凝《こ》らす。……島だ。いや、陸《おか》だ！

何日も前から、遥《はる》か遠い水平線のにじみのように見えていた島影《しまかげ》が、いまや、はっきりとひとつながりの山並《やまな》みとなって、朝日の向こうにきらめきながらゆっくりと上下している。リュカは太陽の高さを手幅《てはば》で測《はか》ってみた。いっぱいに開いた親指から小指までより、少し低い。そんなに寝ぼうはしなかったらしい。

振り返ると、右舷側《うげんがわ》にも、もうひとつ別の陸地が見えた。こちらは逆光《ぎゃっこう》ではなかったし、より近かったから、岩肌《いわはだ》の黒々とした塊《かたまり》や緑の樹《き》の形まではっきりと見わけることができた。濃紺《のうこん》の海面のところどころに、浅瀬《あさせ》のエメラルド色がでたらめな縞模様《しまもよう》をなしている。小さな三角形の波が生《しょう》じては潰《つぶ》れ、銀色の魚がはねる。しょっぱい風に、せっかく落ち着かせた髪が引《ひ》っ掻《か》き回された。

船はキャメロ海峡《かいきょう》を通過中だった。ノルズム大陸とゼンタ大陸の互《たが》いに最も迫りあった部分を、半島の南、ビスタの港に向け、追い風に乗って、ぐんぐん進んでいるのだった。

じょっほい　じょっほい　漕《こ》げや稼《かせ》げや
陸にあがりゃあ　お大尽《だいじん》
半年ぶりなら　お嬶《か》ぁの顔も
エルフの姫《ひめ》とも　見紛《みまご》うさ!

船底から、野太《のぶと》い歌声が響いてきた。うきうきして、じっとしていられなくなってしまうような歌だ。リュカはからだを揺すり、声をあわせて歌いだし、大急ぎで艫《とも》に向かった。

いっぱいに開け放した扉は、くさびをかって押さえてあった。船尾楼《せんびろう》から、あたたかな蒸気《じょうき》と、焼きあがるパンのいい匂《にお》いが漂《ただよ》いだしている。

勾配がきつい階段《かいだん》を、リュカは両手両足を使い、一段ごとに尻《しり》をつけて座るようにして降りていった。厨房《ちゅうぼう》は湯気で頬が湿《しめ》るほどだ。リュカはうっとりと息を吸いこんだ。

「やぁ、おはよう」

料理人のグレンは、かまどにかかったシチュウの大鍋《おおなべ》をかき回していた。

「おはよう、グレン。すっごくいい匂いだね」

「ああ。今朝《けさ》はご馳走《ちそう》なんだ。風がいいから、午《ひる》にはビスタ港につくだろう。肉も野菜も、ありったけ使っちまうのさ。……ほい、味見してくれ」

「……んー……ばっちりー！」

ふたりは掌《てのひら》を上に向けたり下に向けたりしながら、ぱちんぱちんと打ち合わせた。

「ね、グレン、今日陸《おか》につくんだね。ほんとに！」

「ああ、そうさ」

にっこりうなずいたグレンが、ふと片目を細くした。

「そういやぁ、パパスさんはビスタで降りるようなことを言ってたな。リュカともこれでお別れか。……寂《さび》しくなるなぁ」

リュカの笑顔《えがお》がみるみるうちにひっこんだ。そうだ。お別れだ。もう逢えなくなる。グレンはかかしのような長身を折《お》り畳《たた》み、そっと両腕を広げた。ちぇっ。抱《だ》っこなんて、赤ん坊みたいだ！　そう言おうとしたけれど、グレンの服は食べ物の蒸気のあたたかで素敵《すてき》な匂いでいっぱいだった。リュカはグレンの胸に顔を埋め、その匂いを、そのぬくもりを、けして忘《わす》れないように、たっぷり胸いっぱいまで吸いこんだ。

大きな波でも乗り越えたのだろう、足許《あしもと》が揺れ、船体のあちこちできしきしと小さな音がした。

「……さ。下のみんなにも挨拶《あいさつ》しておいで」

「うん」

船倉《せんそう》では三、四人ほどの男たちが、櫂《かい》を点検したり縄《なわ》を計ったり、空《から》になった樽《たる》を中身のある樽と区別して数えたり、上陸の準備を進めていた。風が充分《じゅうぶん》にあるためだろう、今は誰も漕《こ》いではいない。それでも、調子を合わせて櫂を漕ぐときに使う歌を歌うのは、みんな気分が高揚《こうよう》しているからだろう。

「おっはよお！」

短いはしご段を例によっていちいち座りながら降りていくと、男たちは歌をやめ、しごとの手をとめて、口々に朝の挨拶の声をかけた。中でさっそく大股《おおまた》に近づいてきたのは、首や腕に鋲《びょう》のついた幅広の革帯《かわおび》を塡《は》め、つるりとみごとに禿《は》げた頭の大男、ドゾブだ。

「いよう、ぼうず、また挑戦《ちょうせん》するか」

ドゾブは荒々《あらあら》しくリュカの胴《どう》をつかむと、そうれ、と勢いよく逆《さか》さ吊《づ》りにした。お手玉でもするように放り投げて、またがっしり抱きとる。頭に血がのぼって、目がまわる。髪の毛が床に擦《こす》れたかと思うと、次に天井にぶつかりそうになった。だが、リュカはドゾブを信じていた。その乱暴《らんぼう》な愛情表現に、もうすっかり馴染《なじ》んでもいた。やっと降ろしてもらったときには、すこしふらふらしたが、ちゃんと足を踏《ふ》ん張《ば》って立ってみせた。

「ほら。平気だよ！」

「よーし、ぼうず。よく我慢《がまん》したな」

すり減って狼《おおかみ》の牙みたいにとんがった前歯を見せて、ドゾブが笑う。

「男は、どんなときにもけして慌《あわ》てない。ましてや、少々おっかなくったって、ぴーぴー泣いたりはしねえもんだ。わかったな」

「うん。わかってる」

リュカは真剣《しんけん》な顔でうなずいた。おっかない夢を見ても、ほんとうには泣かなかったぞ。

「もうすぐ、港なんだってね。ドゾブも降りるんだろ？」

「ああ……いや。まだだめだ。船長のやつに借金があってよ。もう半年ばかり稼《かせ》がにゃあ、放《はな》してもらえねぇ」

「そんなぁ！」

リュカはふくれた。

「遊びに来るって言ったじゃないか。ぼくんち来て、泊《と》まってくってさ。うちのサンチョにも、もやい結びのやりかた教えてくれるって言ったのに！」

船倉じゅうがしんとする。

「言ったっけなぁ」

ドゾブは鍋の持ち手のようにつきだした耳をがりがりと掻《か》いて顔をしかめた。

「うん。言った。確かに。ドゾブは約束は守る。……だから待ってろ、リュカ。おまえの家は、サンタローズなんだろ。いつか行く。きっと、また逢える。だから待ってろよ」

リュカは唇をぎゅっと噛《か》んだまま、ドゾブの差し出した手を思い切り力をこめて握《にぎ》りしめた。小さなリュカの手はすっぽり隠れて見えなくなる。

サブリやシュノンやほかのみんなとも少し話をして別れを惜《お》しんでから、リュカは船長室に行った。ちょうど父がいて、船長と海図《かいず》をのぞきこみながらなにか相談をしていた。リュカを見ると、父は、そこにいることはわかったぞ、とばかりに、ちらっと手をあげ、また相談に戻る。

リュカは船長の貝殻《かいがら》コレクションの棚《たな》に見いっているふりをしながら、こっそり横目で、父を見つめてみた。

父の髪はたっぷりと豊かだ。えりあしのところでひとつに括《くく》った先がボサボサと膨《ふく》らんでいる。口髭《くちひげ》は伸ばしっぱなしで、口が見えない。真っ黒に陽灼《ひや》けしていて、頬の真ん中に深い縦皺《たてじわ》が走っている。そして、もう、特別の角度でみなければそこにあることもわからない白っぽい線、鼻の高いところから、右の頬まで、ななめに走った古い傷が、確かにある。

「……やっぱり、あれはおとうさんだ」

「何か言ったか？　リュカ」

「ううん。なんでもない」

リュカがにっこりしたとき、ちょうど、朝食の合図の太鼓《たいこ》のひと打ちが聞こえてきた。

正午、いよいよ寄港地《きこうち》ビスタの岸壁《がんぺき》に近づいた。船は帆をおろし、速度を緩《ゆる》めた。ゆっくり鳴る心臓のような太鼓が響き、合図に合わせて船倉の男たちがいっせいに櫂を漕ぐ。

リュカはひとりで用意をした。日よけのターバンを巻き、マントを羽織《はお》って肩《かた》で止める。ひさしぶりに靴をはいたので、なんだか足が重かった。薬草などの入ったポーチを腰にさげ、着替えの荷をまとめて肩に担《かつ》いでまた船尾楼を訪《たず》ねてみた。はしご段のそばで物見係の手信号にあわせて合図の太鼓を叩《たた》き続《つづ》けていたグレンは、支度《したく》の整ったリュカを見て、しょっぱいような顔をした。

リュカは、一番上の段に腰をおろして、船倉のみんなの背中を眺《なが》めた。舷窓《げんそう》から洩《も》れてくる陽光に、あたりは充分に明るい。ドゾブやシュノンの逞《たくま》しい腕や肩が汗でてらてら光っている。陽気で力強い歌の合間に、いっせいに吸いこむ息が歯の隙間を通りぬける鋭《するど》い音がする。浅瀬に入って、合図は複雑《ふくざつ》になった。男たちの筋肉《きんにく》がいっせいにきらめくさまは、美しく力強い不思議なひとつの生き物のようだ。その中のひとりになりたかった。何か手伝いたかった。けれど、合図を間違って伝えたら船が座礁《ざしょう》してしまうし、腰掛梁《スオート》から床まで脚《あし》も届かないのでは、漕ぎ手にもなれない。はやくおとなになりたいな、とリュカは思った。

甲板に出ると、風が冷たかった。見張《みは》り楼《ろう》の上に船長と父が並んで立って話しこんでいる。目の端でリュカを認《みと》めた父は、そこで待て、と片手をあげた。リュカは甲板に腰をおろし、両手を膝に乗せて座った。父の影の届くか届かないぎりぎりのあたりに。岸を向いて。

渦巻く風と波のきらめき。ここちよく尻を揺する船。かすかに聞こえる男たちの歌声。もうすぐ上陸だ。それはつまり、この全部とサヨナラだってこと。胸がはりさけそうになったので、リュカはいっしょうけんめい、故郷に帰る嬉《うれ》しさのほうを考えようとした。喜びのほうが多くなったら、悲しみがひっこむはずだと思ったのだ。

船は浅瀬や岩礁《がんしょう》を巧《たく》みに避《よ》けながらゆっくりと波止場《はとば》に近づいていった。

古ぼけた桟橋《さんばし》に繋《つな》がれているのは、丸木をくりぬいたばかりの釣《つ》り舟《ぶね》が二艘《そう》、河口《かこう》で蟹《かに》を取るたらいのような舟がいくつか、そして、ずっと昔《むかし》に動くのをやめたらしい巨大な帆船《はんせん》の沈《しず》みかけがひとつきり。埠頭《ふとう》には、宿《やど》か食堂らしい大きな建物《たてもの》や小さな差《さ》しかけ小屋のみやげもの屋数軒《すうけん》がぎっしり並んで建っていたが、どこも埃《ほこり》っぽくがらんとして、人の匂いがしない。なまじ元が派《は》手《で》な縞模様《しまもよう》だったらしい天幕《てんまく》が陽光に色褪《いろあ》せ、端のほうが外《はず》れほつれてだらしなく翻《ひるがえ》っているのや、数ばかりたくさんの水樽が空っぽの中を見せ、苔だらけになっても手入れするものもなく転がっているのが、いかにもうらぶれて物悲《ものがな》しい。

「しばらく見ぬまにすっかり寂《さび》れたな」

呆《あき》れたように父が呟《つぶや》くのが耳に入った。

「ちかごらぁ海もどうにも物騒《ぶっそう》ですからねぇ」

と、船長。

「以前は、外海をずうっと回って商売をする船が、ざっと三、四十隻はありました。みんな、このビスタで水を買ったり食糧《しょくりょう》をしいれたりしたもんですが。今運航《うんこう》している数隻の定期船も、ここいらはたぶんもう通らんのでしょう。寂れもしますよ」

「すまなかったな、無理を言って」

「よしてくださいよ。こんぐらい、なんでもありませんや」

船長は快活《かいかつ》そうに声をあげて笑った。だが、リュカには、なんとなくこころの底からは笑っていないもののように聞こえた。その証拠《しょうこ》のように、笑いは何かに吸いこまれるように唐突《とうとつ》に消えてしまい、父が心配そうに低く尋《たず》ねる。

「内海は安全なのか」

「いや。じき、あたしらも陸《おか》にあがらにゃあならんことになるんじゃないでしょうか。まいっちまいますよ」

「やはりそれは？　例の」

「ええ。たぶん……」

声をひそめてそれきり、父も船長も、すっかり黙《だま》りこんでしまった。

握りしめた拳《こぶし》がじっとりと汗ばんだ。きっと、魔物たちの話だ、とリュカは思った。

深い海にはおっかない魔物がいて、通りがかる船を襲《おそ》い、人を食べたり宝物を手に入れたりする。それは昔ながらの言い伝えだったが、最近では、滅多《めった》にひとのゆかない海域《かいいき》だけではなく、大洋全《ぜん》般《ぱん》が恐《おそ》れられている。実際、よく知られた航路で道に迷《まよ》ったり、暴風雨《ぼうふうう》の季節でもないのにどこへともなく行方知《ゆくえし》れずになったりした船が、ずいぶんたくさんあったらしい。魔物たちが増えているのか、前より強くなってるのか、などと、囁《ささや》くものもいる。

噂《うわさ》の真偽《しんぎ》はともかく、逃げ場のない大海原《おおうなばら》で暮らす船乗りたちは、験《げん》を担《かつ》ぐ。仲間の情報や勘《かん》を尊重《そんちょう》する。多くのものが船を出したがらなくなればなるほど、それでも海に出かけてやろうという人間はますます少なくなる。

そんな魔物がいるんなら、みんなでさっさと退治《たいじ》しちゃえばいいのに、とリュカは考えた。ぼくがもう少し大きかったら、真っ先に出かけるのになぁ。おとうさんや、船長さんや、グレンやドゾブと一緒《いっしょ》だったら、ばけものなんか怖《こわ》くないさ！　ああ。やっぱり、はやく大きくなりたいよ。

船の近づく気配を聞きつけて、桟橋の番小屋からひょろ長い男と太った女が出てきた。女がハンカチを手に、大きく腕を振るのが見えたので、リュカも立ち上がって両手を振った。櫂が引きあげられ、もやい綱《づな》が投げ渡《わた》される。船はゆっくりと横付けになった。渡し板が架《か》かり、男たちが水や食糧を運びだした。

船長とまたひとしきり、手を握りあい、労《ねぎら》いやら感謝《かんしゃ》やらのことばを交《か》わしあっていた父が、突然、行くぞ、と声をかけた。リュカは素早く荷を負い、父の傍《かたわ》らに寄《よ》り添《そ》った。

親子は船を降りた。揺れない地面はかえって変だったし、大股《おおまた》に歩く父に遅《おく》れぬようついてゆくのがせいいっぱいだったので、リュカには振り返るゆとりはなかった。だから、海の男たちがそれぞれの作業の手を止めて、紫色《むらさきいろ》のターバンを巻いた小さな頭が遠ざかってゆくのを深い思いをこめたまなざしで見つめていたことには、あいにく少しも気がつかなかった。

2　サンタローズ

暮《く》れないうちに村に着くつもりだ、と父は言った。それは、できるかぎり急ぐようにという意味だ。ガテワの森のあたりの踏《ふ》み分《わ》け道は、通るひとが少ないのか、両側から伸《の》びた草にいまにも飲みこまれそうになっていて、リュカにはひどく歩きにくかった。先に立った父が、痛《いた》い棘《とげ》だらけの蔓《つる》やつきだした枝《えだ》は切り払ってくれたが、父にとっては腰《こし》で押《お》していけばすむほどの茅《かや》が、ちょうどリュカの目を打つ高さなのだ。

リュカは、拾った枯《か》れ枝《えだ》を杖《つえ》がわりに、かき分けかき分け進んだが、草にばかり注意していると、足《あし》許の小石や、地面を突《つ》き破《やぶ》って伸びたこぶだらけの樹《き》の根っこなどを、うっかり見落としてしまう。何度か転びかけ、そのうちに、とうとうほんとうに転んでしまった。丈高《たけたか》い草のずっと向こうで、父が振《ふ》り向き、だいじょうぶか、と声をかけた。

「おぶってやろうか？」

「平気だよっ」

短く、リュカは答え、掌《てのひら》の泥《どろ》を服の裾《すそ》で擦《こす》りながら、さらに力を振《ふ》り絞《しぼ》って、父のあとを追いかけた。

父はほんとうはもっと速く歩けるのだ。ひとりなら、風のように速いのだ。

いつだったか、やっぱりこんなふうに歩きに歩いてやっと宿屋《やどや》に到着《とうちゃく》したとたん、その前に食事を取った森はずれの休憩地《きゅうけいち》に、短剣《たんけん》を置き忘《わす》れてしまったのに気づいて青ざめたことがあった。父は心配するなと肩《かた》を叩《たた》き、宿屋の女房《にょうぼう》にリュカを頼《たの》んで、ひとり、暮れかかる山道を戻《もど》っていった。半日近くも前に通った尾根《おね》まで父が行って帰ってきたとき、リュカはまだ出してもらったスープを全部飲んでもいなかった。

リュカは少し猫舌《ねこじた》だから、熱すぎるスープが冷《さ》めるまで待つのはいつものことだったし、いざ冷めたら冷めたで、自分のせいでせっかく来た道をまた往復しなければならなくなってしまった父を待たずに食事をするなんて、あまりに申《もう》し訳《わけ》ないような気がして、匙《さじ》に手が伸びなかったのだ。

小さなリュカが、お腹《なか》をぐうぐう鳴らし、床《ゆか》に届《とど》かない足を所在《しょざい》なげにぶらぶらさせながら、暗くなりかけた窓《まど》の外をうつろに眺《なが》めているのに気がつくと、宿屋の女房は、機転《きてん》をきかせた。あんた、ひとりで食べられないんなら、おばさんが食べさせてあげようか。赤《あか》ん坊《ぼう》をあやすような作り笑いを浮かべ、リュカのすぐそばに椅子《いす》を寄《よ》せてきた。千切《ちぎ》ったパンをスープにひたして、ほら、あーん、と、ことさら大げさな猫撫《ねこな》で声《ごえ》を出してみせた。だから、リュカは、ひとりでちゃんと食べられるところを見せないわけにはいかなかった。できるかぎり、ゆっくり、そして、世話を焼《や》かれないぐらいには、急いで。

とにかく、父は速い。父は強い。リュカは父のお荷物になりたくはなかった。自分の足がなまけものになっていないことを、父に立証《りっしょう》したかった。

船に乗っていたひと月ばかりは、すっかり楽をしてしまった。海を眺め、海図《かいず》の読み方を教わり、野菜の皮剝《かわむ》きを手伝ったり、もつれた縄《なわ》の解《ほど》き方を習ったり、毎日が楽しく忙《いそが》しく、退屈《たいくつ》する暇《ひま》もなかった。なんといっても、船の中なら、たとえ一度見失っても、父とはぐれてしまう心配はない。それでも、夜中にふと目がさめたときなど、父がいつの間にか、すぐ隣《となり》の寝床《ねどこ》に戻っていて、屈《くっ》託《たく》のない大いびきを響《ひび》かせてくれていると、やっぱりリュカは、心の底から、それはそれは安心したものだ。

陸にあがったとたん、へこたれて、のろまになって、うっかりはぐれて迷子《まいご》になってしまったんじゃ、目もあてられない。いつにも増して、がんばらなくっちゃ。高々と膝《ひざ》をあげ、元気よく腕《うで》を振って、リュカは歩いた。

そんなふうだったから、アッペアの小高い丘《おか》を越えて、サンタローズに至《いた》る長いくだりにさしかかる頃合《ころあい》には、リュカはすっかり汗びっしょりでくたくただった。くだりは息は切れないが、足を滑《すべ》らせたときの危険《きけん》は登りの何倍も大きい。道はくねくね曲がり、手入れが悪かった。急すぎる箇《か》所《しょ》には丸太で段《だん》が組んであったが、それはずいぶん前のものであり、周囲の土が抉《えぐ》れたり流されたりしており、みるからに頼りない。よろめいて咄嗟《とっさ》につかまった立ち木はすっぽ抜《ぬ》けるし、あわてて踏みかえた足場はがらがら崩《くず》れる。

久々にはいた靴《くつ》の中には、いつの間にか、いくつもマメができていて、潰《つぶ》れたそれが一歩ごとにこすれてズキズキした。濡《ぬ》れたような感じがある。血が出ているかもしれないと思ったが、靴を脱《ぬ》いで確かめる余裕《よゆう》はなかった。もし確かめて赤いものを目にしてしまえば、気分が挫《くじ》けてしまうのはわかっていたし、いったん脱いだ靴はもう一度はくと我慢《がまん》できないほど痛いのだ。

父は、百歩も先をなおもすいすい遠ざかってゆく。見失ってしまうはずはない一本道だったが、頭の先なりとも見えなくなったら心細い。

空の一隅《いちぐう》は不思議《ふしぎ》な薔薇色《ばらいろ》に輝《かがや》き、カパルチアの山々が燃えるような夕焼けに彩《いろど》られて、世界はこころを洗《あら》い流してくれるほど美しかった。だが、景色《けしき》は、リュカの目には入らなかった。歯を食い縛《しば》り、滑りやすい土を踏みしめ、大きすぎる岩や樹《き》の根は手を泥だらけにして慎重《しんちょう》に迂回《うかい》しながら、いっしょうけんめい道を急いだ。夕暮れの冷たい風が、時おり、励《はげ》ますように、埃まみれの首筋《くびすじ》を涼《すず》しく撫《な》でて通っていった。

エンジュの大木の根元で、パパスは足を止め、来た道を振り向いた。幼《おさな》い息子《むすこ》は、少し上の岩だらけの難所《なんしょ》を、真剣《しんけん》この上ない顔つきで、すばしっこい猿《さる》のように、巧《たく》みに両手両足を使って降りているところだった。

よくやってるじゃないか。

にやりと微笑《ほほえ》みかけて、パパスは、ふと顔を歪《ゆが》めた。濡れたまつげをしばたたいて、霞《かす》んだ目をはっきりさせる。ひきはがすように頭を先に向け直すと、村の入り口のリラの樹《き》のそばに立ち、伸び上がってこちらに目を凝《こ》らしている勇《いさ》ましいいでたちの男の姿《すがた》が目に入った。

ドムゼルだ。元ラインハットの衛士《えじ》。引退して、故郷《こきょう》のこのサンタローズで小さな畑を耕《たがや》しながら、兵役《へいえき》を望む少年たちに体術《たいじゅつ》や剣術《けんじゅつ》の指南《しなん》をしている。

パパスは腕をあげた。ドムゼルは合図に気づき、たちまち大きく手を振りかえすと、年に似《に》あわぬ跳《は》ねるような足取りで、村に戻っていった。

「うほーい。みなの衆《しゅう》。パパスどのが、帰ってきたぞうっ！」

帰ってきたぞう。帰ってきたぞう。

山々にこだまする声に、リュカは顔をあげた。

近くの足許にばかり目をやっていたので、村がもうそんなに近くに見えることに気づいていなかった。ドムゼルのしゃがれ声が響くと、あちこちの扉《とびら》から窓《まど》から、ひとびとが姿を現す。ジルリーのふとっちょ奥《おく》さんが振り回すおタマが夕焼けを反射して、キラキラ輝いている。リュカはもうすっかり嬉《うれ》しくなって、擦《す》りむいてしまった掌もヒリヒリ痛いマメも、急な崖《がけ》やら小石だらけの坂やらのおっかなさも忘れた。岩は飛び越え、坂道は尻《しり》ですべり、顔を真っ赤にして、こけつまろびつ駆《か》け降りる。あっという間に、父に追いつき、勢いあまって追い越して、それでも足が止まらない。

「おとうさんったら、はやくはやく！」

リラの樹のあたりに、何人もの村人が出迎《でむか》えに集まっていた。よう戻られた。二年も留守《るす》にするなんて知らなかったわよ。父は誰《だれ》かれにつかまり、親しく話しかけられる。リュカは先にひとりで家まで戻ることにした。道、わかるかな? 不安は一瞬《いっしゅん》だけだった。こちらだと思うほうに走ると、さらに見慣《みな》れた景色が目に飛びこむ。リュカは走りに走った。

玄関口《げんかんぐち》に立っているのはサンチョ、見るからにひとのいいふっくらした顔を、いまにも泣《な》きださんばかりに真っ赤に染《そ》めて、両手でフキンを揉《も》みしだいている。サンチョはリュカを見るなり、布を放り出し、天に感謝《かんしゃ》するように、太った両腕《りょううで》を大きく広げた。背は低い。赤毛をおかっぱにした頭にも口髭《くちひげ》にも、白い筋《すじ》が少々混じりかけている。だが、両足をふんばってしゃんと立ったからだは大岩のように頑健《がんけん》で、遠慮会釈《えんりょえしゃく》なくドスンと飛びかかり抱《だ》きついたリュカのからだを、苦《く》もなくすっぽり抱《だ》きとめた。

「わぁーい。サンチョだ、サンチョだ! わあい」

「はい、サンチョでございますよ! いやぁ、ぼっちゃん、ぼっちゃん! まあまあ。おかえりなさいませ。……まぁ、どうしましょう、こんなに大きくなられて、すっかり重たくなられて……」

「ただいまっ! ねえ、寂《さび》しかった?」

「ええ、ええ、寂しゅうございましたとも。ぼっちゃんのことを思わない日はいちんちだってありませんでしたよ」

「泣いたろ」

リュカは地面に降りた。

「泣きましたとも。旦那《だんな》さまやぼっちゃんのことを思うたびに、そりゃあもう心配で心配で」

サンチョはしきりに袖《そで》で目を拭《ぬぐ》う。

「だめだなぁ」

リュカは太鼓腹《たいこばら》に頭突《ずつ》きするふりをして、顔を隠《かく》した。すぐそこまできている涙《なみだ》が、つられて溢《あふ》れてしまいそうだったから。

「だらしないぞ、サンチョ。男はね、どんなことがあったって、泣いちゃいけないんだ。ぴーぴー泣くのは、女と赤ん坊だけなんだ」

「はいはい」

「なにとなにですって？」

すぐ横っちょで声がした。リュカがぎょっとして顔を向けると、きれいな女の子が立っている。ウサギみたいだ、と咄嗟《とっさ》に思ったのは、ウサギだったら両耳が生《は》えてるあたりから、二本の三つ編みがつきだしているからだ。髪《かみ》はトウモロコシの髭《ひげ》みたいな明るい金色で、瞳《ひとみ》はどこまでも透《す》き通った冬の空の色だ。ちんまりした鼻をツンと上に向けてすました顔が、夕陽《ゆうひ》に照りはえて、なんとも可愛《かわい》らしかった。

誰だっけ？　リュカがぽかんと口をあけていると、女の子は、両腕を威張《いば》るように組みなおして、もう一度言った。

「ぴーぴー泣くのは。なにとなにだって、あんた、いま、言った？」

「え？」

「なにさ！　昼間のドラキーみたいな寝ぼけ顔しちゃって。リュカったら、あたしがわかんないわけ？　あんだけさんざん遊《あそ》んであげたのに？　恩知《おんし》らずねぇ。だからあんたなんて、じゅううぶん、そのなにとなにのあとのほうのなにだっていうのよ。なのにまったく、よくもそんな偉《えら》そうな口がきけたもんだわっ！」

女の子はすごい早口でしゃべった。リュカはあっけにとられて、目をぱちぱちさせた。

さんざん遊んであげた？　こんな子、村にいたっけ？　いったい誰だっけ？

「だいたいね、女と赤ん坊だなんて、どうしてそのふたつが一緒《いっしょ》になんのよ？　男ってそんなに偉いわけ？　ええ、もちろん、偉い男は偉いわよ。あんたのおとうさまみたいにね。けど言わせてもらうけど、だからって、どんな男でも偉いってわけじゃないのよ。つまんない男よりずっとちゃんとした女だって、世の中にはいくらだって……あっ」

女の子は急に目を見張《みは》ったかと思うと、腕を解《と》き、ひとが違《ちが》ったかのようにお淑《しと》やかにスカートの端《はし》をつまんで、おとなっぽい会釈《えしゃく》をした。

「おじさま。おかえりなさいませ」

「おお。旦那さまぁ！」

とサンチョ。

振り向くまでもなかった。パパスが、ようやく解放《かいほう》されて、家に戻ってきたところだったのである。父を相手にサンチョがまたひとしきり涙にむせぶ間、リュカは父と一緒にやってきた小山のような中年女に目を吸《す》い寄《よ》せられてしまっていた。てっぺんできつい団子《だんご》に結《ゆ》った黒髪《くろかみ》には真紅《しんく》の飾《かざ》り櫛《くし》をさし、びっしり刺繍《ししゅう》のついた豪華《ごうか》なケープをまとっている。おでこのほうまで弓《ゆみ》なりに描《えが》いた眉《まゆ》と、黒と緑に尻上《しりあ》がりに染《そ》め上げたまぶたがとても目立つ。サンタローズには、祭りのときでもなければ、化粧《けしょう》をする女はいないはずだったのに？

「あらまぁ、驚《おどろ》いた、あんたリュカちゃん？　大きくなったねぇ」

派手《はで》な女のうちわのような手でぎゅうぎゅう両頬《りょうほほ》を挟まれて、リュカは目を白黒させた。

「いやだねぇ、どうだろ、こーんなチビちゃんの赤ちゃんだったのに、もういっちょ前の美少年じゃないの。あたしも年を取るわけだ。心配だねぇ、パパス、いまにこの子は女を泣かすよぉ。あっははは」

「……あ、あのう……？」

「マグダレーナ・ダンカンだ」

父は地面に旅の荷物をおろし、気のきくサンチョが素早く汲《く》んできた水を、ごくごくとうまそうに飲んだ。

「忘れたか。ずいぶん面倒《めんどう》をみてもらったんだぞ」

「小さかったから、無理ないよねぇ」

と、女。

「あたしゃ、アルカパの旅籠《はたご》のおかみ、ティムズ・ダンカンの女房《にょうぼう》だよ。そこのビアンカのおっかさんさ」

ようやくぼんやり思い出した。隣村アルカパには近在《きんざい》では一番大きな旅籠《はたご》があって、もしゃもしゃした眉がまぶたに垂《た》れさがって大きなむく犬にそっくり、いつも困《こま》っているみたいに見えるおじさんがいた。そのひとの名前が、確か、ダンカン。

ダンカンおじさんはたいそうなお金持ちで、名士なのだが、リュカの目にもはっきりわかるほど、パパスを崇拝《すうはい》していた。面白《おもしろ》い話を聞けばわざわざ訪《たず》ねてきて披露《ひろう》してくれたし、宿《やど》の客に貰《もら》っためずらしい食べ物なども、しょっちゅう届《とど》けてくれた。こんどの旅に出るちょっと前に、一度か二度、リュカもその旅籠《はたご》に行ったことがある。そこには、顔はお人形みたいに可愛いのに、恐《おそ》ろしく辛辣《しんらつ》で口喧《くちやかま》しくて手もはやい女の子がいて、あれこれうるさく――お菓子《かし》を食べる前にはよく手を洗えだの、玄関を入るときはよく靴の泥を落とせだの、年上の人間にはオマエと言ってはいけないだの――指図《さしず》をし、リュカがいうことをきかないと『なんて悪い子なの！』『もう二度と遊んであげないから！』と、お尻《しり》をぶつのだ。

そうだ。思い出した。その恐ろしい女の子の名前が、ビアンカだった。

リュカは横目でビアンカを見た。ビアンカはちいさな真珠《しんじゅ》のような歯を見せて、ニタリと笑ってみせた。

「しばらくね、リュカちゃん。元気そうで、なによりだわ」

リュカの背中《せなか》はぞくっとした。

一同は家に入り、食卓《しょくたく》を囲《かこ》んだ。

「して、何用だ、マグダレーナ。ダンカンがどうかしたのか」

「実はそうなんだよ、パパス。ちょいと風邪《かぜ》をひいたと思ったら、こじらせちまってね。食欲《しょくよく》はないわ熱は高いわで、なかなか床《とこ》を離れられないのさ。あたしひとりじゃあ満足に切り盛《も》りできゃしないし、お客にうつしてもいけないだろ。この際旅籠《さいはたご》はお休みにして、グータフに薬を作ってもらいに来たんだけどねぇ」

「なんとかいう大事な薬草がたりないとかで」

と、サンチョがひきとる。

「親方みずから川の洞窟《どうくつ》に入ってってたのが、今日の朝。昼飯時《ひるめしどき》もとうに過ぎたのに、さっぱり戻って来やしません。中で怪我《けが》でもして動けなくなっちまったんじゃないかって、みんなで心配してたとこなんでございますよ」

「そりゃいかんな。グータフのことだ、案《あん》ずるまでもなかろうが……もう年齢《とし》だからな。捜《さが》しに行ってみるか」

パパスが立ち上がったとたん、戸口を叩《たた》くものがあった。ビアンカが気のつくところを見せて扉《とびら》を開けると、そこにはサンタローズ村長トムスンを先頭に、十人ばかりの村人がせっぱつまったような顔つきで集まっているのだった。

「無事《ぶじ》戻ってくれてなによりだった、パパス。帰ったばかりで、疲《つか》れているのは知ってるが」

村長は帽子《ぼうし》を脱《ぬ》いだ。

「みなあんたの戻るのを待ちこがれていたんだよ。ほれ、ずっと気にとめなかった空腹《くうふく》も、飯《めし》の匂《にお》いをかいだとたん、我慢《がまん》できないものになる。寝てる間は痛くない虫歯も、起きたとたんに天地も割《わ》れよと疼《うず》くだろう。あんなもんでな。無事なあんたの顔を見たとたん、みんな、自分の心配ごとが、もう一刻《いっこく》も猶予《ゆうよ》のないものに思えてしまったらしいのだ。そう言えば、あんたのことだ、いやな顔はしないだろうと思ったから、連れてきた。どうかね」

「あいかわらず策略家《さくりゃくか》だな、トムスン。そうまで言われて断《ことわ》れるものか。して、どういった話かね？」

苦笑《くしょう》まじりにパパスが戸口に歩みよると、集まっていたひとびとは口々に言い募《つの》った。

「羊《ひつじ》が乳房炎《にゅうぼうえん》になっちまって」

「豆の莢《さや》に黒い虫がつくだ」

「共同井戸の煉瓦《れんが》がゆるんでるんでさ」

「野良《のら》にわとりが畑を荒らして」

「隣のバサマが色気づきゃがって、うちのジサマをおっかけまわして困るだ。このままじゃジサマ、とり殺されちまうだ！」

「いや、わかったわかった。まぁ、待て、順番にしてくれ。……サンチョよ、すまないが、わたしはこのひとたちとちょっと二階にゆくよ。何か食べるものを用意してくれないか」

ムッとした顔ながら、承知《しょうち》いたしました、と台所にひっこむサンチョに、あたしも手伝うよ、と、ついてゆくマグダレーナ。

「あたしだって手伝えるわ！」

ビアンカが声をはりあげて宣言《せんげん》すると、もう、ぞろぞろとみなを引き連れて階段《かいだん》をあがりかけていたパパスが、わざわざ足を止め、手すりの上から身を乗り出すようにして、ありがとうビアンカ、と微笑《ほほえ》んだ。ビアンカの頬《ほお》がぱぁっと紅潮《こうちょう》した。リュカが呆《あき》れて横目で見ると、ビアンカは視線《しせん》に気づいて、ふんだ、とばかりに顎《あご》をそびやかす。形のいい鼻の穴《あな》が、ぴくぴくする。

変な子だなぁ、とリュカは思った。が、もちろん、口に出しては言わずにおく。

食卓にパパスの降りてくる気配はまるでなかった。二階にあがったうちの何人かは安心したような顔であっさり帰っていったが、何人かは腰を落ち着けることにしたらしい。そのうえ、パパスが歓迎《かんげい》してくれるという噂《うわさ》を聞きつけたのだろう、たいして差《さ》し迫《せま》った相談《そうだん》があるとも思えない様子《ようす》のものが、あるいは、酒やら果物《くだもの》やらを下げてちゃっかり宴会《えんかい》気分の客が、みなに遅《おく》れじと単なる顔みせに駆《か》けつけたらしいものまでが、新たにどんどんやって来るありさまである。

サンチョが一人前ちょっきりの食事と、ほんの少しの飲み物を盆《ぼん》に載《の》せて、足音高く階段を昇《のぼ》ってゆくのを、リュカばかりかビアンカまで『そうでなくっちゃ』とばかりに見送った。それで邪魔《じゃま》しているのだと気がついて、みんな、さっさと引き揚《あ》げてくれるかもしれないと思ったのだ。だが、仏頂面《ぶっちょうづら》で降りてきたサンチョはすぐに、ありったけのカップや茶碗《ちゃわん》、鍋《なべ》ごとの料理をいくつも持ってまたあがってゆくのだった。

うわべばかり賑《にぎ》やかな食事を終えると、マグダレーナたちはサンチョに送られて宿に戻っていってしまった。パパスと話ができないなら、長居《ながい》してもしょうがない、ということらしい。

急にしんとなってしまった。リュカは途方《とほう》にくれた。二階の楽しそうな声、どっと笑《わら》い崩《くず》れる声。しばらくぶりの我《わ》が家《や》は、目に慣《な》れず、どこかよそよそしく、落ち着かない。壁《かべ》の燭台《しょくだい》の灯《あかり》は暗く、床には、小さな影《かげ》が——リュカ自身の影《かげ》が、ぽつねんと縮《ちぢ》こまって、なんだか頼りなげに揺《ゆ》れているばかりだ。ひどく、寂《さび》しい、ひとりぼっちな感じがした。

「ぼくの家なのに。ぼくのおとうさんなのにさ」

リュカは天井《てんじょう》を見上げ、少しばかり口を尖《とが》らせた。文句《もんく》を言ってもしかたのないことは、よくわかっていた。パパスは頼りにされる男だ。みんなに愛され、慕《した》われる男だ。そんな父の息子として、わがままなケチンボにはなりたくなかったが、やはり、少し不満ではあった。

「よし。お皿《さら》を片付《かたづ》けちゃおう。きっと、サンチョが喜んでくれるぞ」

椅子に乗り、汚れた皿を砂《すな》で擦《こす》ってきれいにしているうちに、だんだんまぶたが重くなってきた。お腹《なか》はくちい。からだじゅうがどんよりと重い。なにしろ、今日は久《ひさ》しぶりにうんとこさ歩いたのだ。大きなあくびが何度も出た。もう指に力が入らない。皿を落としてしまったら大変だ。流すのはやめにして、汲《く》んだ水に浸《つ》けておいた。サンチョはちっとも帰ってこない。かまど脇《わき》の寝台《しんだい》ばかりが目に入る。おいでおいでしているように見える。

「ふぁぁ、ああ、眠《ねむ》いや。もう待ってるのやめよう」

リュカの寝床《ねどこ》は上にあったが、二階はお客でいっぱいだ。あの、サンチョのベッドの端《はし》っこのほうに、ちょっとだけ潜《もぐ》りこませてもらおう。

埃《ほこり》だらけの服を順番に椅子にかけている途中で、足のマメのことを思いだした。靴を脱《ぬ》いでみると、案《あん》の定《じょう》、かかとと足の裏《うら》で水ぶくれがいくつも無惨《むざん》につぶれて、じくじくと黄色いつゆがにじみだしている。血のでるほどの傷《きず》ではなかった。

リュカはかまどの余《あま》り湯《ゆ》を木桶《きおけ》に汲んできて、傷を洗った。脳天に響くほどしみたけれど、声はあげなかった。ついでにからだの汚《よご》れを拭《ぬぐ》い、清潔《せいけつ》な布で拭《ふ》き、しばらくほかほか湯気をあげる裸《はだか》のまま床に座《すわ》って、冷《さ》めるのを待った。サンチョはそれでも戻ってこない。湯気が消えると、あっという間に寒くなって、震《ふる》えてきた。

旅荷《たびに》の中に、幸《さいわ》い、下着の替《か》えが見つかった。サンチョの寝台の掛《か》け布をめくり、痛い足がどこにもさわらないように気をつけながら潜りこんだ。あとは、頭を枕《まくら》につけたかどうかも、よく覚えていない。次に気がついたのは、床の上だった。朦朧《もうろう》とした頭には、クジラに体当たりされて船から放り出されてしまった夢《ゆめ》の切れっぱしが、ぼんやり霞《かす》んで漂《ただよ》っていた。どうやら、サンチョの巨体《きょたい》が寝返りを打った拍子《ひょうし》に、押されて、毛布ごと床に転げ落ちてしまったらしい。

用足しに外に出ると、驚いたことに、二階は明るく、話し声がまだ続いている。まん丸く真っ白な月が、濁《にご》ったような不思議な青の空の、てっぺんのほうにかかっている。リュカはため息をつき、もう一度、ふとんに包《くる》まり、サンチョのでっかい背中に背中をつけて、まぶたを閉じた。こんどの眠りは深かった。

翌朝《よくあさ》の食事は水いらずだった。正面に座った父の顔と、早起きサンチョの特製《とくせい》ふかふかパンケーキに、リュカは幸せな気持ちになった。サンチョはクリームやジャムを塗《ぬ》ってくれ、腸詰《ちょうづ》めやら野菜やらを取り分けてくれ、お茶をせっせと注ぎたして、甲斐甲斐《かいがい》しく世話を焼《や》いてばかりいる。

「自分でできるよ。いいから、冷めないうちにサンチョも食べなよ」

リュカが促《うなが》すと、いいえ、ほうっておいてください、あたしは胸がいっぱいですし、どんな食べ物より、旦那さまやぼっちゃまのお世話ができるのが、このサンチョにはご馳走《ちそう》なんです！　などと言う。ひょっとすると、サンチョもゆうべはつまんなかったって言いたいのかなぁ、とリュカは思った。

「うまかった」

パパスはナプキンで口を拭《ぬぐ》った。

「このうまい飯《めし》を二年も食いっぱぐれてしまったとはな。またよろしく頼む」

「はいっ、かしこまりましてございます！」

サンチョは丸い頬っぺたをつやつやと輝かせた。

「さて。さっそくだが、儂《わし》はちょっと出かけてくる。リュカ、いい子にしていられるな？」

「うん」

「なんなら、ビアンカのところにいって、遊んでもらってもいいんだぞ」

「……い、いいよ」

リュカはぶるぶる頭を振った。

「ぼく、やることあるから」

「そうか」

パパスは目を細めた。つっかい棒《ぼう》をかって開けてある東の窓《まど》から差しこんだ光がパパスの顔に横から照りつけると、鼻から頬にかけての傷痕《きずあと》がまっすぐな線になって鋭くきらめいた。

「じゃあ、晩《ばん》にな」

「いってらっしゃいませ」

片手をあげてあっさり出てゆく父を、リュカは目で追いかけた。バタンと扉がしまったのを機会《きかい》に正面に向き直れば、サンチョとまともに顔を見合わせることになってしまった。浮《う》かない顔をしていたサンチョは、すかさずにっこりして目をそらし、さーて、と手を叩《たた》いた。

「さっさと片付けますか」

「手伝う」

「いいですよ。ほんのちょっとですから。ぼっちゃんは、どうぞ、ぼっちゃんのご用事をなさいませ」

「ん……」

もちろん、さっきのはでまかせだ。やるべきことなど、別にない。後ろめたい気分にもじもじと足をよじっているうちに、リュカはふと思いだした。行方《ゆくえ》不明の薬調合師。そうだ。きっと、おとうさんは、洞窟にそのひとを迎《むか》えにゆくつもりなのに違《ちが》いない！

家々の影を縫《ぬ》うようにして、リュカは走った。教会の高い屋根、宿屋《やどや》名物の模様花壇《もようかだん》。村の後《うし》ろ盾《だて》である屏風《びょうぶ》のようなパンドスタン山。懐《なつ》かしさに胸が締《し》めつけられるような景色《けしき》が次々に目の隅《すみ》を流れすぎたが、いまはそれどころではない。走りながら、リュカは腰紐《こしひも》に通した小さな革ポーチを手で確かめた。火打ち用の石と鉄板、ナイフと呼《よ》ぶには少々無理のある切り出し小刀、繃帯《ほうたい》にもなるきれいな布、薬草……万一どこかで父とはぐれてしまったときのために、いつも持っている道具たち。

ふと父ののっぽの頭が見えたような気がして、うっかり入りこんだ先は、誰かの家の裏庭《うらにわ》だった。行き止まりだ。あわてて取ってかえそうとしたとたん、でっかいオンドリに飛《と》び蹴《げ》りを喰《く》らわされそうになった。くわーっかかか、くわーっかかか。十羽《ぱ》あまりのメンドリたちも凄《すさ》まじい形相《ぎょうそう》で押し寄せる。逃げるリュカの頭の上から、ばさり、と網《あみ》が落ちてきた！

「うわははは、とーおとおつかまえてやったぞぉ、ニワトリどろぼうのスライムどもめぇっ」

棒を持って出てきたじいさまは、くしゃくしゃになってもがいている小さなからだに目を丸くし、急ぎ網をはずしてくれた。

「ほい、パパスさんとこのぼうずじゃないか。いたずらはいかんぞ、いたずらは。なんだ、ニワトリが欲《ほ》しいんなら、一羽《わ》しめてやるぞ、あーん？」

「いっ、いえっ。けっこうです、ごめんなさいっ」

気がついたときには、生みたて卵を三つも持たされ、オンドリの尾羽《おばね》根の長いのをターバンの飾《かざ》りにさしてもらってしまっていた。おかげで、むやみに走るわけにはいかなくなった。これはサンチョに届《とど》けたほうがいいかしら。もう、おとうさんはずーっと遠くまで行ってしまったろうか。リュカは途方にくれてしまった。

行き当たった石段《いしだん》に座って、ひと息つく。と、すぐ右手の下のほうに、何か気になるようなものが見えた気がした。目を凝《こ》らすと、なんと、赤い屋根の村長のトムスンの屋敷《やしき》の裏口《うらぐち》から、ほかでもない父が出てくるではないか！　リュカは傍《かたわ》らの樹《き》の陰《かげ》にサッと身をひそめた。父は、後ろを振り返って、何かしゃべっているらしい。続いて出てきたトムスンが片手をあげて小川のほうを指さす。父がうなずく。

高い位置から見下ろしていたので、あたりの様子がよくわかった。川は、屋敷を回りこんだあたりで濠《ほり》にひきこまれ、石で護岸《ごがん》した用水路に続き、いくつかに枝《えだ》わかれしながら建物の陰や地面の下へと消えている。濠のそばには、ちいさな桟橋《さんばし》があり、ボートが浮《う》かんでいる。いま、父はひとりボートに乗りこんだところだ。もやい綱《づな》を解《と》いてくれた村長に片手をあげて挨拶《あいさつ》をし、さっそく漕《こ》ぎ始める。リュカはよく見ようとして、伸び上がった。ボートははじめ渦《うず》に巻きこまれてよろよろと舳先《へさき》を回していたが、そのうち、いい調子をつかんだのだろう。急にぐんと速度をあげると、たちまち樹々《きぎ》の間に隠《かく》れ、見えなくなった。

リュカは目を見開いた。

「そうか！ あっちに行けば洞窟がある。おとうさんは舟で洞窟に入るつもりなんだ」

リュカは隠れ場所を離れた。生《い》け垣《がき》の破れ目をくぐり、塀《へい》の上を伝い歩き、使っていない用水路の中を走りぬけて、子供《こども》か猫《ねこ》にしか許《ゆる》されない近道を急いだ。三つの卵は、上着の裾《すそ》に大事に包《つつ》んで結んでおいて、だ。

村長の家の石垣《いしがき》を回りこむと、木立《こだち》を茂《しげ》らせた浮き島を挟《はさ》んで左右に分かれてゆく川の流れが見えた。むろん、父のボートはすでに跡形《あとかた》もない。

「よーし。探検《たんけん》だ！」

リュカは迷《まよ》わず、土手の叢《くさむら》に飛びこんだ。丈《たけ》の高い茅《かや》が茂って、しばらくは何も見えなかったが、水音のするほうに向かって進むと、ぽっかり岸に出た。リュカの背ほどもある岩がいくつもごろごろして浅瀬《あさせ》になっているところを、向こう岸に渡《わた》る。左側の岸は、幸《さいわ》い歩きやすい砂地《すなじ》だ。

リュカは川のすぐ傍《かたわ》らを、どんどん進んだ。やがて、砂は泥《どろ》になり、うっかりぬかるみに踏《ふ》みこむと、靴底《くつぞこ》が粘《ねば》って離れなくなった。一歩一歩にひどく力がいる。ふくらはぎが硬《かた》くなり、昨日《きのう》のマメがはやくもむけはじめる感じがした。それでもリュカは足を緩《ゆる》めなかった。いっぺん歩きだしたら、痛くなっても歩き続けたほうがいいことを、リュカは知っていた。同じペースで歩いているうちに、足は突然《とつぜん》いうことを聞くようになるのだ。

やがて川は浅《あさ》く広くなり、岸と呼べるようなものがなくなってしまった。しばらくは倒木《とうぼく》を伝い、立ち木の枝にすがって歩いたが、ついにほんとうに足場のないところに出てしまった。リュカは水に踏みこんだ。たちまち見た目よりもずっと速くて強い流れに足ばらいをかけられ、くるぶしまで泥の中にのめりこんだ。手を振り回して、転ぶのは免《まぬが》れたが、膝《ひざ》まですっかり水に浸《つ》かり、しぶきは尻から背中にまでかかってしまった。だが、いったん水の力を確認《かくにん》すると、もうそんなに速くも強くも感じなくなった。岸辺《きしべ》近くでは、流れはそんなにひどくない。ただ不意に持っていかれないように気をつけなくてはならない。リュカはしばらく、水に押されながら進んだ。ひとむれの蒲《がま》をまわりこむと、乾《かわ》いた岩が平《たい》らな面をのぞかせているところに出た。靴の中にしみこんでしまった水を、じょっぷじょっぷと鳴らしながら、リュカはさらに進んだ。ふと顔をあげると、洞窟がそこにあった。

洞窟はリュカの背の三倍ほどの高さに口を開けている。天然の門をなした大岩は、薔薇色《ばらいろ》の縞《しま》を浮かせた部分と青くてザラザラした部分が複雑な層《そう》をなしていて、まるで誰かがわざわざそう作ったもののように美しく見えた。小川は確かに、この奥《おく》に流れこんでゆく。岩にすがったままそっと顔をつきだしてのぞきこむと、真っ暗だった。あっけにとられるくらい真っ暗だ。だが、ひなたから陰《かげ》のほうを見ると、ほんとう以上に暗く見えるはずだ。リュカは急いで目を閉じ、しばらく待ってから、そっとまぶたの隙間《すきま》からうかがってみた。完全に真っ暗というほどではない。三日月《みかづき》の夜くらいの明るさはある。とげとげした波を白く光らせている水面と、洞窟の壁《かべ》にそってずっと奥まで伸びてゆく、ひとひとりがようやく歩けるほどの岩棚《いわだな》が見てとれた。先のほうの天井に隙間でもあるのか、つきあたりの壁は斜《なな》めにさす光にぼんやり照らされている。川はそこで、急激《きゅうげき》に左に曲がり、なお奥まで続いているらしい。

ぴしょん。ぴしょ。波が岩を叩《たた》くささやかな音の底に、ごう、と低く、耳を圧《あっ》するような流れそのものの立てる響きがとどろいている。リュカはごくりと唾《つば》を飲んだ。薬屋のご老人も、父も、こんなところに入っていったのだ。ひとりぼっちで。

「やれやれ……どうしようかなぁ」

門岩《かどいわ》にもたれて、リュカは座りこんだ。強い日差しを浴《あ》びていた岩は、ほかほかと温かく、いかにも居心地《いごこち》がよかった。ここで父を待っていようか。それとも、さっさと家に帰ろうか。父がなにか赤っぽい布に包んだものを持っていたように見えたことを、リュカは思いだした。あれはいったい、何だったんだろう?

じるじるじる。知らず知らずのうちに力をこめたらしく、まだ残《のこ》っていた水が、足指の間をくすぐって抜けていった。なにげなく足許《あしもと》に目をやって、リュカはぎくりとした。革靴に見慣れぬ皺《しわ》が寄ってしまっている。水に濡《ぬ》れて、縮《ちぢ》んでしまったのだ。リュカはあわててたちあがった。濡れた靴底が滑《なめ》らかな岩肌《いわはだ》の上をずるりと滑《すべ》った。マメの痛みを予想して、リュカは歯を食い縛《しば》った。

痛くなかった。少なくとも、思ったほどには。はいたまま濡らして乾かした柔《やわ》らかな革は、リュカの足にぴったり吸いついていた。ちょうどぴったりになってしまえば、もう擦《こす》れない。だから、痛くないのだ。

「すっげぇ！」

世紀《せいき》の大発見だ。こんな重要な秘密《ひみつ》をひとりで発見したことが嬉しかった。誰かに、話したい。父やサンチョに教えたい。

「……お……おとうさん。おとうさぁぁん！」

リュカは叫《さけ》んだ。おとうさぁん。おとうさぁぁぁん。声はこだまして洞窟の奥に消えていった。ぴしょん。ぴしょん。水の囁《ささや》きが答えた。いったん叫んでしまうと、もう矢もたてもたまらなくなった。暗くたっていい、知らない道だっていい、おとうさんにあいたい。一刻《いっこく》も早く。おとうさんを追いかけるんだ。

「おとうさぁぁぁん！」

そうしてリュカは走りだした。岩棚の道を、洞窟の奥へ。小さな、濡れた足跡《あしあと》を点々と残しながら。

斜め光の角を曲がると、道はまたすぐつきあたり、鉤《かぎ》の手に右に折れていた。勢いづいて道なりに進むと、ふたまたの分かれ道に出た。とっさに左を取ったのは、左手は壁だという頭があったからだ。が、左に曲がったとたん、急に闇《やみ》が濃《こ》くなった。まるで、目の前に黒い紗《しゃ》をかぶせられたみたいに。

リュカは急いで足をとめ、暗さに目が慣れるのを待った。空気はひんやりと冷《つめ》たく、頬《ほお》を撫《な》でて通る。風があるらしい。リュカはそろそろと手を伸ばして、壁にふれようとした。壁は、あるだろうと思っていたところにはなかった。リュカはぎくりと凍《こお》りついた。遠くを流れてゆく水の音。壁に届かぬまま、闇をまさぐる指。横目に見れば壁は幸いそこにある、ただ腕《うで》が短すぎて届かなかっただけだった。だが、どこまでもあるとは限《かぎ》らないのだ。足許《あしもと》のこの岩棚も。左手の壁も。突然、自分の立っている場所が、いまにも消えてしまいそうな頼りないものに思えた。

思わずからだをすくめるのと、風が動くのを感じたのと、どちらが先だったか。偶然《ぐうぜん》にもちょうどひっこめた頭のあたりを、ふわっ、とかすめて、何かが通った。

きぃっ！

そいつは怒《おこ》ったように鳴いて、高いところで身をひるがえした。闇に光る赤いふたつの目。なにかの動物？ リュカは瞬《まばた》きをして、必死に目を凝《こ》らした。そのとたん。ふたつの赤い星のまわりに、さらにいくつかの赤い星が灯《とも》った。つづいて、もう十ばかり。もう二十。

「え」

いちめんに赤い星をちりばめた闇天井がざわりとうごめく。そこは吸血蝙蝠《きゅうけつこうもり》ドラキーたちの巣《す》だったのだ。ドラキーどもは、互《たが》いにぴったりくっつきあいながら、ゆきどまりの天井の隅《すみ》から隅までいっぱいに詰《つ》まっていた！

「う……うわぁぁあ……」

背中が壁にぶちあたった。リュカの足は知らぬ間に後退《あとずさ》っていたのだ。頭がカッと白くなる。ばさばさばさばさ。ドラキーたちが身もがきする。嘲《あざけ》り笑《わら》いをするように。いまに降って来る。つかみかかってくる。可愛《かわい》い人間の子供の柔らかい肉。甘《あま》くて熱《あつ》い血。リュカの心臓《しんぞう》はボッと燃え始める。何か。何かなかったか。ポーチの中の切りだしナイフ。小さすぎる。あれは武器じゃない。木の枝の先を削《けず》ったり、解《ほど》けなくなった紐《ひも》を切ったりする道具にすぎない。でも、もしかしたら……そうだ！

「そらっ、いいものやるぞっ！」

リュカは卵を投げた。卵は、偶然《ぐうぜん》にも、とある不幸なドラキーの脳天に命中して、ぱしゃりと飛び散《ち》った。もろにぶつけられた奴《やつ》が、がくんとずっこけた。生みたて卵のぷりんぷりんの黄身《きみ》と、どろりと硬《かた》いほど新鮮《しんせん》な白身が、あたりに密集《みっしゅう》していた別のドラキーたちになすりつけられた。腹《はら》ぺこだったドラキーたちは思わずそいつを嘗《な》めてみた。けっこういける。少し遠くにいたのが、たまたま飛んできた殻《から》のカケラをやっぱりついつい嘗めてみた。うん、なるほど、いけるじゃないか！かくて、卵まみれの気の毒なドラキーに、グルメ・ドラキーたちが殺到《さっとう》することとなった。

うぎゃぎゃぎゃぎゃぎゃあっ！

リュカは壁に背中をつけたまま、あと二つの卵を、急いで騒《さわ》ぎの真ん中へんに放りこんだ。いまやほとんど全部のドラキーが卵まみれだった。互いに卵をなすりあい、なすられた卵ごと貪《むさぼ》りあって、すさまじい狂態《きょうたい》をくりひろげている。すっかりこっちのことを忘《わす》れてしまったらしいドラキーどもを油断《ゆだん》なく見つめながら、リュカはじりじりと横に動いた。そして、壁が途切《とぎ》れたところを指がさぐりあてたとたん、ダッと駆け出した。駆けて駆けて……たちまち苦しくなった。緊張《きんちょう》のあまり息をすっかり止めてしまっていたのである。

膝に両手をついてハァハァ胸を上下させているうちに、あたりが静かになっていることに気づいた。リュカは思わずにこっと安堵《あんど》し、すぐ笑《わら》いをひきつらせた。水音が遠い。どうも右手の奥から聞こえるようだ。リュカはあたりを見回した。右も左も、ぼうっと濡れたように輝《かがや》く壁だ。光る苔《こけ》か黴《かび》みたいなものが生えているらしい。真っ暗でないのはありがたいが……父の進んだはずの道からはずれてしまった！

「お、落ち着け。落ち着くんだぞ、リュカ」

リュカは小さく声に出して自分にいいきかせた。少なくとも、ここらの床はしっかりしてる。水が遠いということは、うっかり足を踏みはずして溺《おぼ》れる心配はない。まだ迷《まよ》ったわけじゃない。来た道をまっすぐ戻れば、外に出られる。

だが、あのドラキーどものそばにいま戻るのは気がすすまなかった。もう少し時間がたってからにしよう。そうすれば、あいつら、諦《あきら》めて寝《ね》ちゃうかもしれない。それから、そっと、足音をしのばせて通ればいい。

かといって、この場にじっとしているのも怖《こわ》かった。

呼吸《こきゅう》三つ分あれこれ迷って考えてから、リュカは床に膝をついた。ポーチをさぐって、切りだしナイフを出す。そいつで、右の壁の一番明るく見えるあたりの苔をこそげ、ちいさな目印《めじるし》をつけた。奥に向かう矢。そう、奥に進むつもりだった。水の音に耳をすませながら、行けるところまで行く、そして、もう一度川にぶちあたるところを探《さが》すのだ。

手の中のナイフを持ったまま歩こうかどうしようか、リュカは迷ったけれど、結局もう一度ポーチにしまった。もっと大きな、ほんもののナイフならともかく、これじゃあ何かをやっつけることなんてできない。そのくせ、なまじ持って歩いて、もしもうっかり転んだりしたら、すごく危《あぶ》ない。

「あーあ。木の枝でも拾ってくればよかったな。こんどから、危なそうなところに行くときには、ちゃんとよく考えて、何か武器《ぶき》になるものを持ってからにしよう」

リュカはこんどは右手を壁に滑《すべ》らせるようにしながら、ゆっくりと着実な足取りで奥に進んだ。洞窟の壁は広くも狭《せま》くもならず、床は平《たい》らで歩きやすかった。ただ、水音は行けば行くほど、ますますくぐもって遠くなるようだ。不安が喉元《のどもと》まで膨《ふく》れ上がった。けれど、行けるところまでは行くと決めたのだ。途中で考えを変えてはいけない。何度もそんなことをすれば、間違いなく道に迷う。

リュカは歩いた。歩くうちに、次第《しだい》に、水音が近くなってきたような気がした。暗い中で神経を研《と》ぎ澄《す》ましているから、自分に都合《つごう》よくそう感じてしまうだけかと疑《うたが》いはじめたとたん、ぽっかりと広い部屋のような場所に出た。両側の壁が消失し、天井も高くなっている。そして、つるつるした岩床《がんしょう》とは明らかに違う何かが、踏《ふ》み荒《あ》らされた畑のような水面が見えるではないか！

はやる気持ちを抑《おさ》えて、リュカは一歩一歩慎重《しんちょう》に足を運んだ。どこかで、ごうごうと、流れ落ちる音がする。見えないところに滝《たき》があるのかもしれない。川はこちら側ではうんと浅《あさ》くなって、ひたひたと打ち寄せてくるほどだ。薄闇《うすやみ》の彼方《かなた》に、白っぽく揺れるものがある。じっと目を凝らして。もう一度見つめて。リュカは、思わず、ああと声を洩《も》らした。ボートだ。漕《こ》ぎ手もなく、繋《つな》ぎとめられている。

では、自分は間違っていなかったのだ。ちゃんと正しい道を追ってきたのだ。それは得意《とくい》で満足だったけれど、主《あるじ》のないまま波に揺られているボートはいかにも不吉《ふきつ》だった。父はどこにいってしまったんだろう？　舟を乗り捨《す》てたのなら、ごく近くにいるのではないか。呼《よ》んだら聞こえるのではないか。

「……おと」

言いかけて、リュカはことばを飲みこんだ。あの山のようなドラキーたちが、聞きつけて追いかけてくるかもしれないし、思いきり叫んで、もし、父の返事がなかったら、今度こそほんとうに自分が抑えられなくなりそうだった。喉《のど》がゴツゴツ痛い。泣きたい。思いきり、声をあげて。だが、リュカは唇《くちびる》をへの字にして、ぐっと肚《はら》の底に力をこめた。泣くもんか。

「……もう帰ろう」

そろそろ、サンチョが心配しているかもしれない。お昼の用意ができて、いったいどこまで遊びにいったのか、捜《さが》しているかもしれない。お昼のことを考えると、腹《はら》がグウと鳴った。リュカはボートに背を向け、できるだけしっかりした足取りで歩きだした。こんなに落ち着いているんだと、自分に言い聞かせるように。

そう。もうすっかり帰るつもりだったのだ。へんてこな生き物を目にするまでは。

そいつは、かすかに曲がりくねった岩廊下《いわろうか》の先、さっきリュカが曲がってきた角の向こう側を、ひょっこりぴょっこりジグザグに跳《は》ねるようにして遠ざかってゆくところだった。暗かったから、そんな妙《みょう》な動きをしていなかったら、きっと見落としてしまっただろう。

「なんだ？」

リュカは棒立《ぼうだ》ちになり、それから、摺《す》り足《あし》で近づいてみた。

そいつは一匹《ぴき》で、小さかった。リュカの拳《こぶし》よりほんの少し大きい程度《ていど》だ。跳ねて浮き上がったときのかっこうはほとんどまん丸《まる》。ただし、あたまのてっぺんには、泡立《あわだ》てたクリームをしゃくったときみたいなツンとした角《つの》がある。落ちるとぺしょりと床に張りつく。半透明《はんとうめい》で、ゼリーみたいにぷるんぷるんしているらしい。つまりそいつは、ひと跳ねごとに、まん丸になっては潰《つぶ》れ、まん丸になっては潰れしているのだ。時々、あまり激《はげ》しく潰れすぎて、もとの丸に戻るのに苦労《くろう》しては、ふうふう全身震《ふる》わせて息をついたりもしている。

……おっかしなチビ助！

リュカはくすくす笑った。声に出したつもりはなかったのだけれど、気配が洩《も》れてしまったらしい。生き物が振り向いた。いや、ほんとうのところ、振り向いたといえるのかどうか、とにかく、からだの割《わり》にはでっかい目玉がいきなり現れて、リュカを見たのだ。それはまるで、ゼリー状のからだのあっち側にあった目玉がすばやく流れてきてこっち側で急停止《きゅうていし》をかけたような具合《ぐあい》だった。

「こんちは」

リュカは言い、首をかしげて、にこっと笑ってみせた。

「きみ、誰？」

生き物はぶるぶるっと震え、続いて、輪郭《りんかく》を歪《ゆが》めてへたりこみかけたが、すぐにハッと気をとりなおした。ひときわ高く跳ねあがったかと思うと、生き物は、球体《きゅうたい》が流線形になってしまうほどの勢いで走りだした。いや、走ったといえるのかどうか、とにかく、跳ねては潰れ跳ねては潰れしながら、必死の大急ぎであっちへ行くのである。

「あっ、待ってよ」

リュカは追いかけた。通路の端《はし》っこで、生き物がフッと消えた。どこに行ったのだろうと迷う暇《ひま》もなかった。もう少しで追いつくところまで来ていたリュカは、そいつを抱き止めようと手を伸ばしたかっこうのまんま、突然口をあけていた石階段に転がりこんでしまったのだ。

「わぁっ！」

階段はつるつるで、おまけに相当に急だった。リュカはすぐさま足を滑らせ、背中をがつんがつんぶつけながら降りていった。どすん！　とうとう弾《はず》んで勢いよく落ちた割には痛くなかった。尻《しり》の下に、例のぷるんぷるんした奴《やつ》を敷《し》いてしまったのだ。

「うわっ、ごめんよ、きみ、しっかりして！」

助け起こそうにも、なにしろぷよぷよつかみどころがない。揺すってみると、いつまでもぷるぷる揺れている。

「きみったら。ねぇっ。死んじゃったの？」

ためしに、あのおじいさんにもらったニワトリの羽根《はね》でくすぐってみると、そいつの口がえへらと開いた。ホッとして、飲ませてやれる水でもないかとあたりを見回してみて、リュカはぎょっとした。同じようなぷるんぷるんの、リュカの胴体《どうたい》ほどもあるのが二つばかり、すぐ横でわなわな震えている。敷いてしまった奴の仲間だろうか。兄弟だろうか。両親だろうか。その目はどうも、怒《おこ》っているみたいだった。その震えかたは、なんとなく危険な感じがした。

「ご、ごめんね、悪気じゃなかったんだ」

リュカは羽根を放り出して、じりじり後《あと》ずさりをした。

「ほんとだよ。ともだちになりたかっただけなんだ」

でっかいのがいきなり跳《は》ねた。リュカの頭よりも高いところまで飛び上がって、クワッとばかりに口を開いた。思わず避けたリュカの頭のあったあたりで、そいつの口がパクンと閉じた。リュカはくるりと後ろを向き、膝で顎《あご》を蹴《け》ってしまいそうな勢いで逃げ出した。チビのぷるぷるよりは自分のほうが速いと確信していたけれど、でっかい奴はどうかわからなかったから。

「……ひょっとしたら……あれが噂《うわさ》に聞くスライムって魔物なんじゃないかしら？　深い森とか、

山の奥とかにこっそり隠れて住んでる奴。卵のおじいさんが、ニワトリどろぼうに来るようなことを言ってた。ひと里に顔をだすようになったのは、エサがなくなっちゃったからなのかな。……けっこう可愛い奴だったけど……」

嫌《きら》われてしまったかな。しょんぼり首をうなだれて、ふと顔をあげたとたん、リュカはどきりとした。

どちらを向いてもかわりばえのしない床の一部が、木の棒杭《ぼうくい》で囲《かこ》ってあるのだ。人間の痕跡《こんせき》だ。棒杭《ぼうくい》のそばには看板《かんばん》がある。何かの文字が焼きつけてある。実は『危険、近寄るべからず』と書いてあった。だがしかし、リュカはまだ字が読めなかった……！

字は読めなくとも、それが、かつて誰かがここまでやって来た証拠《しょうこ》であることは、リュカにもわかった。ちゃんとそういうことがわかる自分は、けっこう利口かもしれないと、ちょっと得意になりさえした。誰かが来たことのあるところならば、グータフさんや、おとうさんもここらに来ているかもしれない。すぐ近くにいるかもしれないではないか。

ふと、何か聞こえたような気がした。棒杭の向こうからだ。リュカは杭の間をすり抜《ぬ》けた。杭の間隔《かんかく》が少々広いところがあり、おとなにはきついかもしれないが、リュカには楽々通れるほどの隙《すき》間《ま》があいていたのだ。

ごつごつと瓦礫《がれき》めいた岩床に穴があいている。どうも音はそこから聞こえてくるらしい。なんだか、誰かの、いびきみたいな音だ……。もっとよく聞こうと、次の一歩を踏みだしたとたん。

「えっ」

足が沈《しず》んだ。既《すで》にひびが入って脆《もろ》くなっていた岩板は、リュカごときの体重をも支え得なかったのだ。あわてて飛びのいてしがみついた杭のすぐそばから、ぐりがりと嫌《いや》な音がしたかと思うと、一見頑丈《がんじょう》そうな岩板の床が不気味に震え、リュカの踏んだ跡《あと》の凹《くぼ》みがみるみるうちにさらにへこんでいった。凹《くぼ》んでゆく岩と周囲の岩が摩擦《まさつ》すると、埃《ほこり》なのか削《けず》り粉《こ》なのか、ぽわっとひと息、白い煙《けむり》があがった。巨人が煙草《たばこ》でもふかしたかのように。リュカが目を疑った瞬間、岩の軋《きし》みが不意にとぎれ、ピシリと別な音がして、ひとカケラの岩が消失した。落ちたのだ。新しい穴がぽっかり開いた。すると。

「わぁっ!!」

その穴から、こんどははっきりと、誰かの声がしたのだった。

「わぁっ、なんじゃっ！　空が落ちる、星が落ちる、天変地異《てんぺんちい》じゃっ！」

「グータフさん……？」

リュカはつぶやき、次にもっとはっきりと呼んでみた。

「おーい！　もしもしー。そこにいるのは、グータフさんですかぁ？」

短い沈黙《ちんもく》に続いて、さっきよりは落ち着いた声がした。

「そうじゃ。グータフじゃ。思いだした。なんとしたことじゃ。儂《わし》ゃ、薬草を取りに来て……そこから落ちたんじゃな。ここぁ、飲み水はあるんじゃが、手をかければかけるほど岩が崩《くず》れてしもうてどうにもならん。座りこんでいるうちに、どうやら眠ってしまったようじゃ。やれやれ。あんたは誰じゃ。サンタローズのもんか？　儂を捜しに来てくれたんか？」

「そうです。ちょっと待ってね、いま助ける」

「いやはや、すまんのう」

リュカはポーチからナイフと布を取り出した。ナイフで切れ目を入れておいて布を裂《さ》き、長く繋《つな》げてロープにするのだ。ドゾブに教わった船員結び。うんと引っ張っても絶対《ぜったい》に解《ほど》けないやつだ。充分《じゅうぶん》な長さのロープができた。端を輪にして、大きなほうの穴に一番近い杭にひっかけた。解けないことを確かめる。反対側の端っこに、小石をくるんで大きな結び目を作る。こうすれば放り投げやすいことも、船でならった。穴をめがけて、何度か投げ、ようやく垂《た》らすのに成功《せいこう》する。

「おお。ロープか！」

「はい。ぼくがこっち側を押さえてますから、昇ってきてください」

「やってみよう」

急に重みがかかると、杭が曲がって、輪がすっぽ抜けそうになった。リュカは腕を杭に巻いてしがみつき、反対方向に体重をかけて、輪を押さえた。ぐん、ぐん、ぐん、とロープがひかれた。リュカは顔を真っ赤にしてがんばった。ぐん、ぐん……ぐん。ロープが止まったかと思うと、力《りき》みのためによく聞こえなくなった耳に、岩床がまたひと塊《かたまり》崩れてゆく不気味な音が届く。リュカは歯を食い縛った。ようやく落盤《らくばん》がひと段落すると、また少しロープがひかれた。リュカは呻《うめ》いた。だんだん力が続かなくなる。腕が滑って、離してしまいそうだ。

もし、おとうさんだったら。

と、リュカは考えた。

このぐらいの重さ、なんともないぞ。おとうさんは水の入った樽《たる》でも持ち上げることができる。ぼくはまだ、空《から》っぽの樽でも転がさなくっちゃうまく動かせないけど……でも！　ぼくはおとうさんの息子《むすこ》だ。いまに。いまにきっと……。

ぐん、ぐん。……ぐん。引っ張りが止まった。

「よーし、もう大丈夫《だいじょうぶ》だ。ありがとうよ」

重さが消えたのがわかったとたん、力尽《ちからつ》きたリュカは気を失い、ばったりと前のめりに倒《たお》れてしまった……。


……次に気がついたのは、川沿《かわぞ》いの岩棚を、誰かの背中に揺られながら進んでいるところだった。すぐ向こうに、明るい外の景色が見えている。

「あっ！」

リュカは焦《あせ》って真っ赤になった。

「ごめんなさい。おろして、おろしてください」

「いやはや」

グータフは、膝を屈《かが》めて、リュカをおろした。向かい合ってみると、グータフの背丈《せたけ》は子供のリュカよりほんのちょっぴり大きいだけだ。だが、首から肩にかけては筋肉がもりあがり、胸板《むないた》は幅《はば》と同じほどの厚みがあった。恐ろしいほどのぎょろ目で、どっしりあぐらをかいた鼻の下からは白い炎《ほのお》のような口髭が八の字に吹きだしている。

ドワーフだ、とリュカは思った。こんな近くで見たのははじめてだった。

ドワーフ族《ぞく》は、小柄《こがら》だが屈強《くっきょう》で、薬草や毒《どく》きのこ、鉱物《こうぶつ》の鋳《い》かけや美しい細工物《さいくもの》などに特別な才能《さいのう》を持ったひとびとだ。人間というより、妖精《エルフ》や地霊《ドリン》の仲間《なかま》なのである。その重宝《ちょうほう》な特技《とくぎ》やありがたい知識《ちしき》のゆえに、乞《こ》われて、たいがいどこの村にも二、三人はいるが、本来の住《す》みかは、地底や荒れ地、古い森などであるらしい。人間と一緒に暮らしてゆくことを承知するのはある程度年《と》齢《し》をとった男のドワーフばかりで、たぶん、彼らの中では少々変わり者であるひとたちなのだろう。若者や婦人、子供のドワーフはめったに異種族《いしゅぞく》のものの前に姿を現すことはない。なかなかに誇《ほこ》り高く、気難《きむずか》しい連中なのだ。

「恥《は》ずかしがることはないぞ、お若いの」

とグータフは言った。改めて聞くと、息の音がとても強い。少し訛《なま》っているのだ。

「このぐらいはさせてもらって当然じゃ。儂のほうが面目次第《めんぼくしだい》もないのじゃからの。まったく、吃《びっ》驚《くり》したぞや。助けに来てくれたのが、おまえさんみたいな小さな子だったとはの」

ちぃいいぃいいいさな子。特に強調するように言いながら、ドワーフはにやりとした。

「いやいや、こりゃ当分話のタネには困《こま》らんわ」

リュカは、あわてて小さく首を振った。

「あの、困ります。どうかお願いです、ぼくが来たこと、言わないで。誰にも」

グータフはぐるりと目をまわした。

「どうして」

だって、叱《しか》られる。こっそりあとをつけたこと。危ない場所にひとりで来たこと。助けるつもりだったひとに、赤ちゃんみたいにオンブしてもらっちゃったこと。……ああ、恥ずかしい！

うつむいて黙りこんだリュカを見て、グータフは顔をしかめ、それからため息をついた。

「わかったよ。言わん。さすればおかげさんで、儂もいい年こいてバカな好奇心《こうきしん》を起こしたことを村の衆《しゅう》に笑われんですむんだしの。……だが、小鳥さんや、このグータフは忘れんぞ。あやうく飢《う》え死《じ》にしちまうところを助けてもらったのだと。ドワーフは受けた恩は忘れんのじゃ。迷子《まいご》のカケスのために、たったひとりで黒の森の奥まで飛びこんできてくれた、勇敢《ゆうかん》で冒険好《ぼうけんず》きな小さなツグミのことを、ドワーフたちは長く歌いつぐだろう。人間たちには意味がわからんとしても、ドワーフなら誰でもはっきり、わかるのだ」

「……ほんと？　へぇ、すっごいんだね、ドワーフって……」

リュカがおずおず顔をあげると、グータフはいかめしい顔を笑《え》み崩《くず》した。

「そうだ。して、おまえさん、名前は？」

「リュカです」

「どこんちの子だ」

「おとうさんはパパスっていうの」

「なるほど」

グータフはうなずいた。

「パパスどのが戻られたか。そういえば小さなお子があったっけな……ほう、どれどれ」

グータフは少しからだを引いて、改めてじっくりリュカを見た。照《て》れ臭《くさ》さのあまり、頭に血がのぼってしまって、リュカは、わざと関係ない方向を向いた。

「さぞかし自慢の息子じゃろうのう……うむ。よい瞳じゃ。紛《まぎ》れもなくあのかたの血筋。賢くて、勇敢《ゆうかん》で、優しい」

これを聞くと、リュカは思わず嬉《うれ》しくなって、にっこり笑ってしまった。

グータフはリュカの肩を抱き、押すようにして歩きだした。村に帰るのだ。

3 いにしえの城

「わぁっ、見て。きっれぇなお花ぁ」

「きゃあ、可愛《かわい》い小鳥さん♡」

はしゃぐビアンカの声は、うわずって、耳障《みみざわ》りにキィキィしている。

「うんまっ！ あの雲《くも》、パパスおじさまに似《に》ていなくって？ ほら、あれが、目で、あの影《かげ》のところがお髭《ひげ》で。やさしそうに笑《わら》ってらっしゃるみたい。ね、ね？ ご自分ではそうお思いになりません、おじさまぁ？」

右に左に駆《か》け寄《よ》ってくるくる踊《おど》っていたかと思うと、両手を背中《せなか》に回してペチャクチャしゃべりながら後ろ歩きをする。梢《こずえ》に赤い実がなっていれば樹《き》の枝《えだ》をひっぱりおろしてしげしげ見つめ、風が吹《ふ》いては仰向《あおむ》いて空を眺《なが》め、ウサギ三つ編みをひょこひょこ可愛らしくはためかせ、薔薇色《ばらいろ》に上気した頬《ほお》をうっとりさせる。

「せからしいねぇ。ちょいとビアンカ、少しは落ち着いたらどうだい」

同じその風に肩《かた》のショールをかき合わせながら、マグダレーナは言った。

「だぁっておかあさん！ こぉんないいお天気よ。とってもいい気持ち。じっとしてなんかいられないわ、ああいい匂《にお》い」

「いまに転《ころ》ぶよ」

言われたとたん、ビアンカは小石につまずいた。腕《うで》を振《ふ》り回して踏《ふ》ん張《ば》ったが、結局、地面に両手をついてしまった。座《すわ》りこんだまま、みるみる顔を歪《ゆが》め、はなをすすりはじめる。

リュカはうっかり吹き出しそうになったが、あまりにも痛《いた》そうなので、すぐにあわてて真面目《まじめ》な顔を作った。

二組の親子四人は街道《かいどう》を西に向かっているところだった。いつの間にか無事《ぶじ》サンタローズに戻《もど》っていた薬師《くすし》のグータフが大至急《だいしきゅう》作りあげてくれた特効薬《とっこうやく》を持って、女たちは、アルカパのダンカンの元に戻ることになった。帰還《きかん》の挨拶《あいさつ》と道中《どうちゅう》の護衛《ごえい》をかねて、パパスがこれに同行を申し出、リュカもついてゆくことにしたのだ。哀《あわ》れサンチョはまたも留守番《るすばん》である。

パパスは転んだ娘《むすめ》の傍《かたわ》らにひざまずくと、きれいな布《ぬの》を革水筒《かわすいとう》の水に浸《ひた》して、汚《よご》れた手を拭《ふ》いてやった。血が出ているのを見つけると（といっても、小指の爪《つめ》の先ぐらいのかすり傷《きず》なのだが）布を口で裂《さ》き、繃帯《ほうたい》がわりに巻いてやる。

「そんなに、甘《あま》やかさなくたって」

マグダレーナはぶつぶつ言った。

だが、ビアンカには聞こえていなかったに違《ちが》いない。いっぱいに涙《なみだ》を湛《たた》えた目をあげ、手当てをしてくれるパパスの顔を一心にみつめて、ぼうっとしているのだ。

「さぁ、これでいい。ほかに怪我《けが》はないか？　膝《ひざ》は？」

立ち上がったパパスが手を差し出すと、ビアンカは大急ぎで瞬《まばた》きをして、お淑《しと》やかに微笑《ほほえ》んだ。さっきまでとはうってかわった声で、平気です、ありがとう、と、つぶやく。

「じゃあ、行こう。気をつけてな。まだ先は長い」

ビアンカはおずおずとうなずき、先頭に立って歩き出した。彼女が黙《だま》りこむと、あたりは急に静かになった。

リュカは駆《か》け足《あし》になって、ビアンカの隣《となり》に並《なら》んだ。しょんぼりしているようだったら、何かおかしなことでも言って笑わせてあげようと思ったのだ。だが、横目で見あげると、ビアンカはもう少しもべそをかいてはいなかった。唇《くちびる》をとがらせ、強情そうな目をきっぱりと前に向け、両手で背負《せお》い袋《ぶくろ》の紐《ひも》をきつく握《にぎ》りしめながら、凛々《りり》しく、黙々《もくもく》と歩き続けている。

ふうん。ビアンカは、女の子だけど、泣《な》き虫《むし》じゃないんだ。

リュカはなんだか自分のことのように嬉《うれ》しくなって、そのまま隣を歩き続けた。

砂利《じゃり》の多い道は緩《ゆる》い下りになってやがて尽《つ》き、一行《いっこう》は雲の影がゆっくりと横切るなだらかな丘《おか》にさしかかった。若みどり色に萌《も》えたつ草が海のように波立つ野原の道を、一列になって、まっすぐつっきる。

このうららかな陽気では、賊《ぞく》も山のばけものたちも、あまりその気になれなかったのだろう。手《て》強《ごわ》い奴《やつ》は姿《すがた》を現さなかった。道の真ん中のよく陽《ひ》のあたるあたりでバッタリ出くわした首長《くびなが》イタチは半分寝《ね》ぼけており、自分の吐《は》いた息をうっかり吸《す》いこんで、さらにぐうぐう高鼾《たかいびき》をかきだしてしまったし、マッドプラントはパパスの大剣《たいけん》の一閃《いっせん》で、サラダみたいに千切《せんぎ》りになった。臆病者《おくびょうもの》の大ネズミは、気配《けはい》を知ると、一族郎党砂嵐《いちぞくろうどうすなあらし》を蹴《け》たて長い尻尾《しっぽ》をふりふり大慌《おおあわ》てで逃《に》げてゆく。

「あっ、おとうさん」

「しっ。わかってる」

毛皮頭布《けがわずきん》の大木槌《おおきづち》は、草陰《くさかげ》で息をひそめ獲物《えもの》の通りかかるのを待っている姑息《こそく》な魔物《まもの》だが、じぶんのからだの倍も長い柄《え》のついた道具を持っていることを、まるで考えに入れていないらしい。草の間からつきだした木槌《きづち》が重たそうにぐらぐらしている。

パパスがいきなり背中の剣を抜き放ち、オウッと気合いを発すると、その木槌がびくりと震《ふる》えた。あっちこっちにふらふらし、やがて、誰《だれ》かが足を滑《すべ》らせてズデンと転ぶ音がした。パパスは剣を戻《もど》した。リュカとビアンカは急いで草をかきわけて走り、ひっくりかえって気絶《きぜつ》している魔物を見つけた。

「わぁ。ぷくぷくしてる。可愛いね」

「こいつ、どんな顔してるのかしら。めくっちゃおうか？」

ビアンカが頭布に手をかけようとすると、大木槌は目をさまし、ぴゃっ、と鳴いて逃げ出した。

「おーい、待ちなよ、忘《わす》れものだよ。ほら、木槌ぃ！」

「木槌なくしたら、大木槌じゃなくなっちゃうじゃないねぇ」

子供《こども》たちは笑った。

まったくのどかな昼下がりであった。

野原の丘を三つばかり越えると険《けわ》しい山がぐんと迫《せま》ってきて、街道も森に飲みこまれた。おとなの背丈《せたけ》の何十倍にも伸《の》びたトウヒの樹《き》は、どれもこれも胸高直径《きょうこうちょっけい》七手幅をゆうに超《こ》える、樹齢《じゅれい》何百年という巨木《きょぼく》である。森の中は分厚《ぶあつ》い枝葉《えだは》の天蓋《てんがい》に遮《さえぎ》られて薄暗《うすぐら》く、空気はひっそり澱《よど》んで寒いほどに冷《つめ》たかった。背の低い樹木《じゅもく》は育たないらしい。互《たが》いに広く間隔《かんかく》をあけた大木の幹《みき》が何百もまるで柱のように並び、シダや苔《こけ》がさまざまな色あいのみどりを連《つら》ねた絨緞《じゅうたん》となって敷《し》き詰《つ》められた空間は、太古《たいこ》の民《たみ》の神殿《しんでん》を思わせて、おごそかに静まりかえっている。遠くで、鳥が鳴く。じぇーい。じぇーい。……きーや。きーや。

「……あっ！　カケスとツグミだ！」

叫んでしまってから、リュカは、自分が深い沈黙を破ってしまったことに気づいて首をすくめた。木々とその孕《はら》んだ空気にうっとりと見とれていたビアンカは、たちまち目を見張り、ニッと唇を曲げた。

「よく知ってるわねえ。あんた、ほんとに動物好きだもんね……なによ、真っ赤になって」

「な、なんでもない。秘密なんだ。言えないよ」

リュカはあわててうつむいた。

じぇーい。嗄《しゃが》れた声のカケスの奴が、それでいいぞ、とでもいうかのようにひと声鳴いた。今朝、ビアンカ親子と一緒に家にやって来たグータフさんも、おや、きみはリュカくんだね、ずいぶん大きくなったなぁ、なんてちゃんと知らんぷりをしてくれた。

「無事で何よりだったな、グータフ。洞窟で、いったい、何があったんだ？」

パパスが尋ね、リュカは首をすくめたが。

「それが恥ずかしい話での。どうも、熱さまし草の新芽を欲張りすぎたらしい。知ってのとおり、あれは眠れぬ夜にも処方《しょほう》する薬じゃ、せっせと摘《つ》んでる間に草の気《け》にあたって……いやはや、グッスリよく寝たわい。一年分も寝たようじゃや。はっはっはっ」

「そうだったのか。実はちょっと捜《さが》してはみたんだが……行き違いになったようだな」

「そりゃ、すまなんだな。まぁ、ともかく、あんたがまたサンタローズに戻ってきてくれて嬉《うれ》しいよ。何か儂《わし》にできることがあったらいつでも言ってくれ……ぼうやもな」

そう言って、グータフさんは、大きな目をにっこり笑わせてくれたのだ……。

「あらまぁ、秘密ですって？　生意気《なまいき》ねぇ」

ビアンカはにやにやし、リュカの首を抱きこむようにして、耳に囁《ささや》いた。

「……で、どんな秘密？　おねえさんに教えて？」

「だ、だめだよっ」

「ぜったい、ぜったい誰にも言わないから。ねっ。お願い。リュカちゃあん？」

「…………」

「ふんだ、なによ、ごうじょっぱりっ！」

ビアンカはふくれた。

「あったまきちゃうわねっ。あんた、あたしのことバカにしてるんじゃないのっ？　こうみえてもね、あたし、けっこう強いのよ。ふっふっふ、いま実はね、魔法も練習してるの。メラの呪文をちゃんと覚えたら、グリーンワームだって、一角ウサギだってへっちゃらよっ！」

「一角ウサギって、どんな奴《やつ》？」

「うん。こーんなぶっとい角《つの》があって、とっても狂暴《きょうぼう》なのよ。あたし、もう一匹《ぴき》、やっつけたことあるの。おとうさんが罠《わな》で捕《つか》まえたやつだけどね」

「やっつけた……？」

リュカは顔を曇《くも》らせた。ビアンカは、ニタリとした。

「そーよ。うほほほ。どーお、悔《くや》しい？　でも、しょうがないじゃない。リュカちゃんはまだたった六歳《さい》ぽっちなんだもの。あたしはもう八歳よ。知ってた？　あんたより二つも、おねえさんなのよ。リュカだって、八つになれば、魔法くらい使えるようになるわよ、うっふっふっふ」

そんなんじゃないよ、とリュカは思った。

ウサギたちって、怖がりなんだ。ピンクの鼻をもぐもぐやりながら、お花畑の真ん中に座《すわ》ってたりすると、まん丸おめめがすっごく可愛いのに、いつだって、すぐに逃げちゃう。一度でいいから一緒《いっしょ》に遊びたいなぁって思うのに。

ビアンカは、自分がウサギそっくりなくせに、ウサギいじめたりするんだ。ビアンカこそ、狂暴だよ。凶悪《きょうあく》ウサギだよ。

「なに不貞腐《ふてくさ》れてんのよ。ほんっとに子供なんだから。なによ、このぷっくり頰《ほ》っぺ！」

急に頰をつつかれてリュカは飛び上がった。

「さわるなよっ！」

「あら、逆《さか》らう気？」

ビアンカは得意の腕組《うでぐ》みポーズをして、ふーんとばかりにリュカを下から上へ、上から下へ見回した。

「じゃあ。……これでどおおっ？」

両手でリュカの頰を挟《はさ》んで揉《も》み、引っ張り、ぐにぐに揺《ゆ》らす。

「わー、よく伸びる。きゃあははは。へーんな顔！」

リュカはじめあっけにとられてされるがままになっていたが、ゆっくりこみ上げた怒《いか》りが頂点《ちょうてん》でカッと爆発《ばくはつ》すると、思わず、ビアンカの手を振り払っていた。

「やめろよっ、暴力女《ぼうりょくおんな》！」

「だーってあんたの頰っぺったら、すべすべで、柔《やわ》らかくって、捏《こ》ねかけのパン生地《きじ》みたい。さわりごこちがいいんだもーん」

「ばかばか。ばか野郎《やろう》。おまえなんて嫌《きら》いだ」

「あーら、野郎っていうのは男相手に言うことばよ。無知ねぇ。子供ねぇ」

小犬のようにじゃれあいながら先をゆく子供たちを見つめるパパスの頬には、いつしかむず痒《がゆ》いような微笑《ほほえ》みが浮かんでいる。マグダレーナはそっとその腕に腕をからめた。

「ねえ。いい男じゃないの、あんたの息子《むすこ》は。うちのお転婆《てんば》が落ちこんでんのを見て、かまってやってくれたろ？　いまいち不器用《ぶきよう》なとこが、誰かさんにそっくりだけど」

「少しでも早く育ってくれればよいと思っている」

パパスは目を細めた。

「こんな時代だからな。はやく一人前《いちにんまえ》になってもらわないと」

「ひとりでも生きていけるように？」

マグダレーナは長いまつげを伏《ふ》せた。

「パパス。あんたは、また、どっかに行っちまう気なんだろう。あの子を置いて」

「いや。それはない。……まだ無理だ」

「いっそうちに」

言いかけてマグダレーナは、いやいや、と頭を振った。

「預《あず》かるわけにはいかないね。あの子はおとなしく収まってなんかいないだろうから」

「なんの話だ」

「わからないのかい？」

マグダレーナは凄《すご》いような流し目をくれ、遥《はる》か十本も向こうのトウヒ樹《じゅ》の間を、小突《こづ》きあい、追いかけては逃げ、もつれあいながら遠ざかってゆく子供たちのほうに顎《あご》をしゃくった。

「あの子は戦士だ。乱暴者《らんぼうもの》って意味じゃなく。きっと、困《こま》ってるひとを助け、悪い奴を懲《こ》らしめ、みんなに頼《たよ》りにされる男になるんだろうよ。ああ、そうさ、ちょうどあんたみたいにね。世界じゅうを彷徨《さまよ》い歩き、お宝もともだちもいっぱいいっぱい手に入れる。でも、どこかに腰を落ち着けることはできないのさ。遠くで呼《よ》ぶ声のある限りは。どんな街《まち》にも住めないさ。闇《やみ》に隠《かく》れて牙《きば》を研《と》ぐ奴がいる限りは。向かい風に両足を踏《ふ》ん張《ば》り、炎《ほのお》の中に身を投げこみ、濁流《だくりゅう》の源《みなもと》まで前のめりにつき進んでゆく。あれはそういう子さ。そういう目をしてる。そういうさだめを持っている」

パパスは黙って聞いていたが、マグダレーナがことばを切ると、ふっ、と息をついて静かに言った。

「人相見《にんそうみ》をするとは知らなかったな。おぬしほんとうは魔女《まじょ》なんだろう」

「よしとくれよ」

マグダレーナは片手を振って豪快《ごうかい》に笑ってみせた。

「旅籠《はたご》のおかみなんて商売を長いことやってるとねぇ、いろんな人間を見る、いろんな人生を見る。するといろいろとわかるようになっちまうもんなんだよ。……いや、まじめな話。パパス、あの子は尊《とうと》い、かけがえのない子だ。まだまだ、無邪気《むじゃき》な赤ちゃんだけど……ほんとにもったいないぐらい、こころの優しいいい子だよ。どっかに行かなきゃならないんなら、今のうちにせいぜい大事にしてやるんだね」

パパスは肩をすくめた。だが、謎《なぞ》のような、苦《くる》しみを堪《こら》えているような微笑みの奥で、何かをしきりに考えている様子《ようす》だった。

宵《よい》のとばりの降《お》りかかるころ、一行は村にたどりついた。アルカパはレッテルロン山脈《さんみゃく》の麓《ふもと》にあり、峠《とうげ》の向こうのサンタローズよりはだいぶ標高《ひょうこう》が低い。上ではまだつぼみも堅《かた》い桜《さくら》がこちらではいまやまさに満開、村のあちこちがほんのりとピンク色の綿《わた》ぼうしをかぶって、なんとも和《なご》やかに見えた。

リュカはひどく汗《あせ》をかいて旅着《たびぎ》の前をだらしなくはだけてしまっていたのだが、行《い》き交《か》うひとびとに挨拶《あいさつ》されて、あわてて襟《えり》をかきあわせた。裕福《ゆうふく》なアルカパの村人は、いずれも高価そうな、こざっぱりとした身なりをしている。つぎの当たった服や、泥汚《どろよご》れのついたままの野良着《のらぎ》など、ひとりも見かけない。リュカは気はずかしくなって、首を縮《ちぢ》めた。堂々と胸を張って歩くビアンカの陰《かげ》に身をひそめる。もっとも、まる一日近く歩いたというのに、足は少しも痛くない。女たちにあわせてゆっくりだったたし、そう、濡《ぬ》らして乾《かわ》かした革靴《かわぐつ》は足にぴったりあっていたからだ。

ダンカンの旅籠《はたご》は北東の高台に建《た》っている。ここからは、カンナ・リンナのふたご山やボーデ岳《だけ》、デルウスのとんがり頭が、遮《さえぎ》るものなくよく見えるのだ。並木《なみき》の桜《さくら》の花びらが淡桃色《あわももいろ》のかすみとなって風に舞《ま》う中、荷馬車が二台すれ違《ちが》えるほど幅《はば》のあるくねくね坂をあがってゆくと、急に開けた視野《しや》いっぱいに、宿《やど》の本館が現れた。横長に組んだ材が長い年月に燻《いぶ》されて良い具合に色濃《いろこ》くなった瀟洒《しょうしゃ》な建物だ。いくつも並んだ窓枠《まどわく》や外柱はみな真っ白に塗《ぬ》りなおされてある。パンジーやきんぽうげが競《きそ》うように咲《さ》き誇《ほこ》る花壇《かだん》の向こうに、大扉《おおとびら》を開け放ってあるのが正面玄関《げんかん》だ。どの窓にも花が飾《かざ》ってあり、きれいなカーテンがきちんと両側に引かれてあった。

はじめてここを見たときは、お城《しろ》かと思ったんだっけ、とリュカは思いだした。小さいころに見た景色《けしき》や建物は、すこしあとに見ると記憶《きおく》よりも小さく貧弱《ひんじゃく》に見えるものだが、ここは今でも充《じゅう》分立派《ぶんりっぱ》で豪華《ごうか》に見えた。最近になってパパスと一緒にまわってきたよその村のどこにも、こんなに大きくてきれいな建物はなかったから。

玄関ホールは二階までが大きく吹き抜けになっている。天井《てんじょう》のほうの明かり取りが開け放してあるので室内にしてはとても明るかった。左手から螺旋《らせん》に昇《のぼ》ってゆく幅広い階段《かいだん》の脇《わき》の、帳場《ちょうば》のカウンターでなにやら書き物をしていた赤毛の番頭《ばんとう》は、入ってきた人影《ひとかげ》に、申《もう》し訳《わけ》ありませんがあいにくただいま当館は営業をいたしておりませんで、と口上《こうじょう》を述《の》べかけて顔をあげ、アッと立ち上がった。

「おかみさん！　お嬢《じょう》さん！　お帰りなさいませっ！」

「ただいま、ジェリコ。ご苦労さま」

気取った声を出すビアンカに、リュカは目を丸くした。まるで、おとなみたいだ。

「こちら、隣村《となりむら》のパパスさんとぼうやのリュカよ。送ってくださったの」

「それはようございました。お迎《むか》えに参上せねばと思ってはいたのですが……旦那《だんな》さまのお具合があまり捗々《はかばか》しくありませんで、わたくしもこちらを離れられず……」

「そんなによくないのかい？」

と、眉をひそめるマグダレーナ。

「はい。お熱がなかなかさがりませず、節々《ふしぶし》がひどくお痛みで、あまりよくおやすみにもなれぬご様子……うう、わたくしは、お労《いたわ》しくて、お労しくて」

「はやく。薬を」

パパスが言った。

「そうだ。あんちくしょうに飲ませてくれなくっちゃ」

ばかでかい寝台《しんだい》の中央に横たわったティムズ・ダンカンは、三つも積み重ねた枕《まくら》に完全に埋没《まいぼっ》していた。すっかり衰弱《すいじゃく》してどす黒く隈《くま》の出た顔で、はぁはぁと苦しげな息を洩《も》らしている。いまにも死んでしまいそうだ。リュカの胸はどきどきした。だが、声をかけると、ダンカンは落ち窪《くぼ》んだ目をうっすら開き、続いて、顔を輝かせた。

「おお。いとしの妻《つま》よ。戻ったか。最愛のビアンカも。なんと、パパスどのではないか⁉ ぶふふっ、ごほっごほっ、いや、これでもう思い残すことはない」

「ちっ」

マグダレーナは舌《した》を鳴らすと、ぐいと前に進み出て、ふとんから出してぶるぶる震わせている亭《てい》主《しゅ》の手に、水ぐすりの土器《かわらけ》を押しつけた。

「なに寝とぼけたことを言ってやがんだよ！ いいから、とっととこいつを飲みな。泣きごとぬかす元気があるんなら、廊下《ろうか》じゅう雑巾《ぞうきん》がけをしてもらうよ、このスットコドッコイ！ ふん、なんだい、おおげさな。風邪《かぜ》ぐらいで死ぬわけないじゃないか、くされヒョットコのヒョウタンナマズ!」

「……おまえ、病人《びょうにん》にぐらいは、もう少し優《やさ》しいことばをかけられんものかね……」

言いながらも、ダンカンは妙《みょう》に嬉《うれ》しそうに、くすりを飲んだ。

「ふん。飲んだね。よし、飲んだら寝るんだ、徹底的《てっていてき》に寝るんだよ、フーチャカピーのいかれスライム。おまえさんがグズらグズら怠慢《たいまん》こいて、一日のばしに客を断ってりゃあ、女中も番頭も料理人もひぼし、あたしとビアンカは路頭《ろとう》に迷《まよ》うことになるんだ。一刻《いっこく》も早く現場復帰してもらうからね! いいねっ!!」

「やれやれ。……わかったよ奥さん」

マグダレーナはフンと肩をそびやかし、窓を閉めて部屋《へや》を暗くすると、ひとりでずんずん出ていってしまった。

「じゃあ、あたしたちも行くわ。ぐっすりおやすみなさい、おとうさん」

「旦那さまっ、きっと、きっとよくなってくださいましっ」

「またな、ダンカン。こんどゆっくり」

「おじさん、元気でっ」

残る四人がそれぞれ短く声をかけて辞《じ》してみると、マグダレーナは廊下の壁にぐったりもたれ、両手で顔をおおっていた。四人は顔を見合わせた。

「……じゃあ……」

片手をあげて、パパスが通りすぎようとすると、マグダレーナの赤く染《そ》めた爪《つめ》が素早く伸びてその腕をつかんだ。

「泊《と》まってっておくれ」

うつむいたまま言う。

「じき暗くなるし、リュカだって歩きづめだ。今夜はうちにお泊まりな。もちろんあたしが奢《おご》る。ねっ、そうさしておくれ。いいね?」

「いや、そうもいかないよ、マグダレーナ」

「あんたまさか」

マグダレーナは目をあげた。すさまじい気魄《きはく》の籠《こも》った、ギラギラした目だ。

「ひとりで飲めっていうのかい? このあたしに? こんな日に? そりゃないだろう、パパス!ともだち甲斐《がい》がないじゃないかっ!!」

「大声を出すな、ダンカンに聞こえる」

「泊まっておいき」

「…………」

「頼むよ」

「わかったよ」

パパスはマグダレーナの手をそっと叩いてはずさせた。

「今日はあんたにつきあおう」

「わぁい！」

とビアンカ。

「嬉しいっ！　おじさまがいてくださるなんて心強いわぁ。ジェリコ！　厨房《ちゅうぼう》に言いつけて、おいしいものたーくさん用意させるのよっ。さっ、はやくっ」

「はっ、お嬢《じょう》さま」

「さーあ宴会《えんかい》だ、宴会だ！　あたしゃ今夜は飲むよぉお」

女たちはスカートをからげて駆け出した。リュカはパパスを見た。パパスはリュカを見た。パパスはちょっと耳をかき、すまなそうに首をすくめた。

リュカは、ビアンカが誰に似たのか、将来どうなるのか、よーくわかったような気がした。

翌朝《よくあさ》リュカはいつも早起きな父がまだ隣の寝台につっぷしているのを見つけて驚《おどろ》いた。首や手足を奇妙《きみょう》なかっこうに曲げ、半身ふとんからはみだし、いまにもおっこちそうになりながら、ぶるぶる震えているのである。声をかけても、唸《うな》りで答える。揺すってみようと手をかけたら、背中がひどく熱い。リュカはあわてて、マグダレーナを呼びに行った。

「うつったね」

マグダレーナは冷たい水で絞《しぼ》った布を、仰向《あおむ》いたパパスの額《ひたい》に載《の》せた。パパスは真っ赤な顔をして、山なす羽根枕《はねまくら》に埋《う》もれている。部屋の隅《すみ》に持ちこんだ火桶《ひおけ》の上では鉄鍋《てつなべ》がしゅんしゅん蒸《じょう》気《き》を吐《は》き出しており、あたりは熱いほど暖《あたた》かい。

「どーもおかしいと思ったんだよ。あんたがたった樽《たる》二つで呂律《ろれつ》がまわらなくなるなんてさ」

ううう、と、パパス。

「とんだとばっちりを、ご迷惑《めいわく》をおかけしてしまって」

ダンカンはまだ寝間着《ねまき》にローブをひっかけた姿だったが、いささか頬に赤みがさし、瞳《ひとみ》に力が戻っている。なんといっても、同じ建物の中とはいえ、自分で歩いて、ここまで来ることができたのだ。

「まったく恐縮《きょうしゅく》のいたりです。ともかく、グータフさんのお薬はてきめんに効《き》きます。あたしはすっかり楽になって、もうじき、床《とこ》もあげられます。それはわかっているんですから、安心して、ゆっくり休んでください。いま、うちのものを急ぎサンタローズに向かわせておりますから。サンチョさんにはことの次第《しだい》をお話する手筈《てはず》ですし、明日《あす》には薬が届きますから」

「……うう。かたじけない……」

「おじさまっ」

涙を湛《たた》えたビアンカは、抱《だ》いていた巨大な熊《くま》のぬいぐるみを差し出した。

「そんな水臭《みずくさ》いこと言っちゃいや！　苦しい？　熱い？　寒い？　欲しいものがあったら、なんでも言ってくださいね。お守りに、わたしのライアンちゃんを貸してあげます。だから、どうか、はやく、よくなって！」

「ふだん丈夫《じょうぶ》なやつほど急に重くなるって、あれかね。長旅の疲《つか》れが出たんだろうねぇ」

マグダレーナは首を振り、

「ともかく、うちで寝ついたが運のつき。サンチョには気の毒だけど、まぁ、そんだけ気を許《ゆる》してくれたんだと思うとあたしはなんだか嬉しいくらいさ。この際《さい》、あんじょう養生《ようじょう》しておくれ。ああ、リュカのことは心配おしでないよ。あたしがちゃあんとするからね。大船に乗ったつもりで、このマグダレーナにお任《まか》せ……ちょっと、ちゃんとあったかくしてなきゃだめだったら！」

ビアンカが熊を受け取ろうと伸ばしたパパスの手をいつまでもさすっているのをひったくると、マグダレーナは無理やりふとんの中に戻させた。

「……おまえたち……」

と、ダンカン。

「なんだかあたしのときとは、ずいぶん態度《たいど》が違うねぇ……」

「遠慮《えんりょ》することないのよ」

と、ビアンカは言った。

「あたしもおかあさんも、おとうさんだって、ほんといって嬉しくってしょうがないぐらいよ。おじさまはいつだって、大忙《おおいそが》しで、せっかくいらしてくださっても、すーぐ帰っちゃうんですもの。ああ、うちが旅館《りょかん》でよかった。ゆっくりのんびりしていただくには、ほんとピッタリのどバッチリだもの！ そりゃサンタローズだったらお薬はすぐ手に入ったかもしれないし、サンチョさんのごはんもなかなか美味《おい》しいけど、でも、うちの料理人はほんものの超一流《ちょういちりゅう》だし、栄養《えいよう》たっぷりの材料だってふんだんにあるでしょう。おふとんもふっかふかで、お部屋もぬっくぬく。なんたって、あの村のひとたちときたら、おじさまが少しぐらい具合が悪くったって、平気でおしかけてきそうなんだからっ」

リュカは返事をしなかった。ビアンカの言うのはもっともだが、故郷《こきょう》の悪口を言われたみたいで、ちょっとイヤだったのだ。

「またふくれてる。なにが気に入らないのよ。はっきり言いなさいよ！」

「……なんでもないよ」

「いやあね、ジメジメしちゃって。なによ、男でしょう。元気だしなさいよ。そんな顔してると、あんたまで病気になっちゃうから」

ジメジメなんかしてないぞ！ だいたい、男でしょ、だなんて。ぼくがうっかり女の子を悪く言ったときは、あんなにプンプン怒《おこ》ったくせに。リュカは不満だったが、口に出しては何も言わなかった。

ふたりは村の南側の果樹園《かじゅえん》にお使いに行くところだった。パパスに飲ませる新鮮《しんせん》なジュースを作るため、果物《くだもの》をたくさん届《とど》けてくれるよう頼《たの》みにゆくのだ。

実際のところ、この用事を言いつけられたのはビアンカで、リュカではなかった。眠る父のそばで、静かに顔を見ていようと思っていた。だが、ビアンカは姉《ねえ》さん風を吹かせて、連れてってあげる、と主張したのだ。

行きたくないよ。リュカが抵抗《ていこう》すると、さまざまな理由をあげてなぜ行かなければならないかを立証《りっしょう》した。曰《いわ》く、病人がゆっくり休めるようにそばをウロウロしないほうがいい、あんまりくっついているとうつるかもしれない、一般《いっぱん》に子供は晴れてる日は元気よくおもてで遊んで太陽の光をたくさん浴《あ》びなくてはならない、でないと大きくならないし丈夫にならない、また、あえて言わせてもらえば、かりそめにも男であるところのリュカは女であるところのビアンカが親切にも一緒に行こうと誘《さそ》っているときに、その懇願《こんがん》を拒《こば》むなどという失礼なしうちをしてはならない、というようなことを知らないなんて子供なのではないか……早口に畳《たた》みかけるビアンカにリュカは頭がくらくらし、しまいには、わかった言うとおりにする、とうなずいてしまったのだった。

空は高く、大気は清浄《せいじょう》に澄《す》みきって、遠い山々のまだ溶《と》け残った雪の頂《いただき》がまぶしく輝いている。アルカパは春半《なか》ば、坂道を降り、固まった集落をふたつほどやり過ごすと、耕《たがや》されたばかりの畑の黒土のふっくらとした香《かお》りが風に流されてきた。ザリガニ釣《つ》りにはいい季節《きせつ》だな、とリュカは思った。

おとうさんはザリガニのスープが好きだ。あれは力がつくから、飲ませてあげるといいんじゃないかしら。用事が済んだら、どこかザリガニのいるところを知らないか、ビアンカに聞いてみようか。へんに打ち明けるとついて来たがって、めんどう臭《くさ》いかな……。

「……あっ……」

ビアンカが突然《とつぜん》立ち止まったので、リュカは背中にぶつかってしまった。

「あいつらったら……！」

ビアンカは駆け出した。リュカはその場に置きざりになってしまった。慌てて見回すと、ビアンカが何を見つけたのかリュカにもわかった。

行く手を流れるせせらぎの真ん中の小さな砂州《さす》になったところで、ふたりの子供《こども》が子猫をかまっている。ぐるぐる巻きに紐《ひも》をかけ、つついたり揺すったり、しっぽをつかんで宙吊《ちゅうづ》りにしたり、ひどくいじめて、笑い声をあげているのだ。オレンジがかった毛に黒いぶちの、からだの大きさの割《わり》には、ずいぶんガッシリとした猫だ。なにか赤いきれのようなものも結んであるらしい。

「よしなさいよっ！」

砂州にかかった渡《わた》り板《いた》の真ん中で、ビアンカは両手を腰《こし》にあて、例の威張《いば》りかえった口調《くちょう》で怒鳴《どな》っている。

「可哀相《かわいそう》に、いやがってるじゃないの。そんな可愛い子猫いじめるなんて最低よ！」

「なんだ、ビアンカか」

太っちょで巻き毛の男の子が大儀《たいぎ》そうに向きなおった。

「こいつぁ猫じゃねーよ。猫にしちゃでかいし。変な声で鳴くし」

追いついたリュカにも、その声が聞こえた。ずいぶん低い唸《うな》り声《ごえ》だ。猫は、喧嘩《けんか》のときでも、こんな喉《のど》の奥《おく》で唸るような声は出さない。そういえば、赤いきれに見えたのはたてがみだ。頭から背《せ》骨《ほね》にそって、ずっと尾のほうまで続いている。真っ赤な、炎《ほのお》のような、不思議《ふしぎ》なたてがみだ。

「なっ。猫じゃないだろ。ばけもんだよ。ばけもんの子供なんじゃないかと思うんだ。どうだ、すげぇだろう。俺《おれ》たちで捕まえたんだ。イワシの干《ほ》したので罠《わな》しかけてよ。穴《あな》におっこちたとこで、網《あみ》で押さえたんだ。すげぇだろう」

　太っちょは鼻の穴をふくらませた。

「おあいにくさまね、でぶっちょガーティ。あんたが人間より、ばけものと親しくしてるんだって聞いたって、あたしいまさら驚かないわ」

　太っちょはムッとして、何か言いかけたが、もうひとりのほう——痩《や》せぎすで、耳が頬の両側から突き出している——が素早く口を挟《はさ》んだ。

「こいつ、すんげぇ牙《きば》があるんだよ。ほら、見ろよ、ビアンカ。この網なんか、あっという間にズタボロにしちゃったんだ。狂暴《きょうぼう》な奴《やつ》なんだよっ！」

「んまぁ、ヨーシュったら、狂暴ですって？　こんな可愛い子猫ちゃんが？　あんたたちがいじめるから、必死《ひっし》に抵抗しているだけじゃないの。弱虫に限って弱いものいじめするって話、聞いたことない？」

　ヨーシュはみるみる顔を赤くし、ちぇっちぇっと舌を鳴らした。

　その間じゅう、妙《みょう》な子猫は、さかんに唸《うな》りながら、転がったりもがいたり、ガーティのつかんだ縄《なわ》をがしがし噛《か》み、両足を地面にふんばって、鋭《するど》い爪跡《つめあと》を残《のこ》したりしている。猫の足は、からだの割になんだかやけに大きい。足の大きい動物は、さらにもっと大きくなる。そのことをビアンカは知っていたので、ふと、眉《まゆ》を曇らせた。

これは、確かに、ばけものの子かもしれない。ほんとうに狂暴な、危険《きけん》な奴なのかもしれない。だが、いまさら言ったことを撤回《てっかい》するなんて、このビアンカにはできはしない！

「とにかく」

ビアンカは、わざときっぱり胸を張る。

「いいから、放してあげなさいよ。縛《しば》ったりしたら、可哀相でしょ」

ガーティとヨーシュは、困った顔を見合わせた。ふたりとも、ビアンカには弱い。ビアンカは可愛いし、口がまわるし、なんといっても、親の畑の作物をたくさん買ってくれる大きな旅籠《はたご》のお嬢《じょう》さまなのだ。生まれてこのかたただの一度も村を出たことのない少年たちにしてみれば、お城《しろ》のお姫《ひめ》さまも同じだった。こうやって、じかに、親しく話をするだけでも実はこっそり胸が高鳴《たかな》っている。逆《さか》らうなど、考えも及《およ》ばない。しかし。

あれこれ工夫《くふう》して、やっとつかまえた獲物《えもの》だった。いくらビアンカの頼みでも、そう簡単《かんたん》にきくわけにはいかない。

ヨーシュは下唇をつきだしながら、頭をめぐらせ、とにかくここは話を逸《そ》らしてしまうことだと思いついて、顎《あご》をしゃくった。

「……そのチビ、止めなくていいのか？」

「えっ？」

　ビアンカは振り向いてサッと青くなった。リュカときたら、網をズタボロにしちゃうほどの牙のあるばけものの子供かもしれない猫の、つまり、とても狂暴で危険かもしれない正体《しょうたい》不明の獣《けもの》の横にしゃがみこんで、何やら優しく話しかけているではないか。

「きみ、どこの子？」

　リュカが言うと、自分で余計《よけい》にこんがらがらせてしまった網の中で仰向《あおむ》けになって伸びていた猫モドキは、耳をぴくんとさせ、がるるる、と小さく唸った。

「ほんとに魔物のこどもなの？　おかあさんとはぐれちゃったのかい？」

　がるるる。猫モドキはまだ唸っていたが、リュカが指を近づけてゆくと、きょとんと瞳《ひとみ》を丸くして、鼻面《はなづら》をつきだし……。

「危ない！」

　ビアンカは悲鳴《ひめい》をあげ、リュカのからだを横抱きにして子猫から遠ざけようとした。指先が、いちばんあとに残った。猫モドキは、わざわざからだを伸ばしてリュカの指の匂《にお》いを嗅《か》ぎ、にゅう、とため息のような声を洩らした。ビアンカがあっけにとられて手を離すと、リュカは猫モドキのすぐそばにしゃがみこんで、そっと喉を撫《な》でてやった。猫モドキは気持ちよさそうに目を細め、しっぽの先まででれーっと伸びてみせる。

「げっ！　こいつ、なついてやんの！」

ガーティは呻《うめ》いた。

「可愛いねぇ」

リュカはあっけにとられる三人を振り返って、にっこり笑った。それは小さな子供にしかできないような、ほんとうに純粋《じゅんすい》に嬉《うれ》しそうな微笑《ほほえ》みだった。ビアンカはごくりと唾《つば》を飲みこんで膝をつき、リュカのやったようにしてみた。猫モドキは一瞬びくりと緊張《きんちょう》したが、結局、おとなしく撫でられ、頬擦《ほおず》りをして甘えるのだ。

「まぁ。すべすべだわ。すごく手ざわりがいいのね、おまえって……きゃっ、舐《な》めてる舐めてる。やぁん、くすぐったぁい」

それじゃあとばかりにヨーシュが近づいたとたん。

ガァッ！

「痛ぇッ!!」

ぶっとい前肢《まえあし》が予想よりも遥かに遠くまで伸び、ヨーシュの急いでひっこめた掌《てのひら》には、恐《おそ》ろしい三本傷が生《しょう》じたのだった。

「……ううう、痛ぇ……グスッ、ちくしょう、なんで俺だけが！」

「さんざんいじめたからよ」

危険な猫モドキをごろごろ言わせながら、ふふん、とビアンカは笑った。

「よちよち。おまえ、頭のいい猫なんだねぇ……悪い奴と優しいひとと、ちゃんとみわけるのねぇ。

……ねっ、わかったでしょ、この子は大丈夫よ。いじめられなきゃ、悪さはしない。だから。さあ、放してあげなさい！」

「どうするガーティ」

「……んー……」

ガーティは仏頂面《ぶっちょうづら》で考えこんだ。こいつを見つけたのは俺たちだし、穴を掘《ほ》ったり罠をかけたり、おっかさんの台所からイワシを失敬《しっけい》してきたり、さんざん苦労をしたのも俺たちだ。せっかくの獲物をただ逃《のが》してやるのは悔《くや》しい。女の言うとおりにするなんて腹《はら》だたしい。おまけに、このチビが気にいらない。村の人間でもないくせに、なんだかビアンカとやけに仲《なか》がいい。猫まであっという間に手懐《てなず》けてしまった。こんなチビに負けるなんて、どうにも気分が収まらない。なんとかへこませてやれないものか。

……そうだ。

「おい、チビ」

「ぼくの名前はリュカだよ」

「チビだからチビでいい。チビ。おまえ、ずいぶん、ばけもの扱《あつか》いがうまそうじゃないか。だったら、レヌール城《じょう》のおばけを退治《たいじ》してこられるか？　できたら、その猫をやってもいいぞ」

リュカは目をぱちぱちさせた。

「レヌール城のおばけって、なに？」

「てへーっ！　知らねぇでやんの！　やーい、もの知らずもの知らず！」

「しょうがないでしょ！」

ビアンカがリュカとガーティの間に割《わ》りこんだ。

「リュカはおとうさんと長い旅から帰ってきたばかりなのよ。このへんのことはあんまりよく知らないのよ」

「それじゃあ説明してやろう」

ガーティは悪魔的《あくまてき》な微笑みを浮かべ、どかりと地面に座りこんだ。

「ここから北に、カンナ・リンナのふたご山の方角にずーっと行くと、ヘルライン河《がわ》のうんと上流、アッケンペトンの丘に、古ぅい石の城《しろ》があるんだ。城の名前はレヌール城《じょう》、たくましい王さまと美しい王妃《おうひ》さまが幸せに暮らしていた。けれど、ふたりには子供がなく、いつしか家は絶《た》え、ご家《け》来衆《らいしゅう》もちりぢりになり、城には、誰ひとり住むものがなくなった。ところが！　……出るんだなぁ」

「出るって、何がさ」

「幽霊《ゆうれい》さ。王と王妃のさまよえる魂《たましい》さ！　通りがかって、一夜の宿を借りようとした旅人《たびびと》が見つけたんだよ。すさまじい亡者《もうじゃ》の姿で、ひぃぃぃ、ひぃぃぃ、とすすり泣くんだと。旅人は必死に逃げてきて、ショーエン農場のコーリ爺《じい》さんのところでことの次第《しだい》を喋《しゃべ》ったあと、高い熱を出して寝ついたっきり息を引き取った。それからてぇもの、もう七人ぐらいも行ったかな。やじ馬気分ででかけた奴も、腕自慢の戦士も、鎮魂《ちんこん》のために出かけてった坊《ぼう》さんもいたが、みんな、二度と戻ってこなかったのさ……ばけものに取り殺されたに違いないんだ」

リュカは青ざめた。

熱を出して、寝ついたきり。息を。

リュカの脳裏《のうり》に、枕に埋《う》もれて目を閉じた父の顔が浮かんだ。

「どうだ、チビ？」

ガーティはにやにやした。

「ぼく……ぼく、ごめん、帰る！」

「あっ、ちょっとリュカ！」

「あーっははははは‼」

まろぶように走りだしたリュカの背に、ガーティが高笑いを浴《あ》びせかけた。

「なんだい、あっさりびびっちまいやんの。見たかビアンカ、ただの話なのによぉ、すっかりブルッちまって。ひっひっひ、あいつ、今夜はネショーベンしちまうんじゃねーか？　なぁヨーシュ、まったくあの顔は傑作《けっさく》だっ……てっ！」

ぱちん。ガーティの頬が、赤くなった。ビアンカが平手打ちにしたのだ。

「ひどいひとね！　あの子のおとうさん、いま、具合が悪いのよっ。なのに、あんな無神経なこと言ってて！」

「……ってぇなぁ。だって、俺そんなこと知るわけねーじゃん？」

「リュカにあやまんなさいよ。でないと、もうあんたとなんか一生口きかないから」

「えっ？　なんで？　おい、そりゃねーぜ……おーい、ビアンカよぉ！」

ずんずん遠ざかるビアンカの背に、ガーティは紐《ひも》つきの猫モドキを振ってみせた。

「どーすんだよ、こいつはよぉ！」

ビアンカは立ち止まり、くるりと振り返ると、まっすぐ立てた指をガーティとヨーシュにグサグサ刺《さ》すようなかっこうをして言った。

「持ってて。大事に可愛がって、ちゃんとお腹いっぱい何か食べさせておくのよ。ふん、見てらっしゃい、へなちょこガーティ！　あたしたち、きっと幽霊を退治《たいじ》して、あんたの鼻をあかしてやるからっ！」

言うがはやいか、大股《おおまた》に進みかけ。もう一度ふりかえり。

「パーゴスさんちの奥《おく》さんに言ってちょうだい。りんごと、かりんと、ほかにもあったら蓄《たくわ》えてあるだけの果物、うちに届けてくれるようにって。いいわね！」


リュカは寝台の傍《かたわ》らの椅子《いす》に座っていた。火桶《ひおけ》の鉄鍋は水がもうほとんどなくなっていて、じゅるじゅると泡《あわ》を作っては壊《こわ》す小さな音が聞こえる。

父は眠っていた。ゆうべのダンカンのようにひどい顔ではなかった。まだそんなにこじれてはいないのだろう。悪くならないうちに治《なお》ってくれればいい。安《やす》らかに熟睡《じゅくすい》する父の顔を、リュカは黙って見つめた。静かに横になっているうちに少しは熱がひいたのか、その肌は、いつもよりずいぶん白く見えた。

髭の下で薄く開いた唇、傷の走る鼻、まぶたを閉じていても消えない目尻《めじり》の皺。動かない父の顔は、何かを語りかけている。たぶん、戦い続け、旅を続けてきた男の、長いながいものがたりを。見ているだけで、胸がいっぱいになる。幸福になり、不安になり、せつなくなり、温かくなる。リュカは椅子の上で片膝《かたひざ》をたて、そのたてた膝に両手を重ねて頬をもたせかけた。父の顔を、どんなにか、自分は好きだろう。自分は父に似《に》ているのだろうか。あまり似ていないような気がするけれど、いつか、この父のような男になれるのだろうか。それとも、母のほうに似ているのか。見たことのない母に……。

父の顔が、いつの間にか、あの夢の中の自分の顔に重なっていた。リュカはうとうとした。ゆうべは、おとなたちが酒盛《さかも》りをして騒いでいる間、よく知らない部屋にひとりぼっちにされて、不安と混乱《こんらん》と、なんだか胸の冷えるような寂《さび》しさのうちに、ずいぶん長いこと眠れないまま、寝返りばかり打っていたのだ。今はここにおとうさんがいる。父のそばは安全だ。ばけものの出る荒れ野でも、嵐に揉《も》まれる船の上でも。おとうさんがいれば。おとうさんと一緒なら。

ビアンカはそっと少しだけ隙間をあけた扉から、中を覗《のぞ》き、リュカの背中を見つけた。リュカが手《て》加減《かげん》抜きで走ったので、家まで追いつくことができなかったのだ。入ろうか、どうしようか。迷いながら見つめているうちに、リュカの小さな頭が、こくっ、と舟を漕《こ》いだ。眠っている。ビアンカは微笑み、音をたてぬように扉を閉めた。

いまのうちに眠っておいてくれれば助かる。今夜は幽霊退治にでかけなくてはならないのだ！


晩ごはんの席にはダンカンも姿を見せた。食事が終わると、子供はもう寝る時間だとおいたてられた。素直《すなお》に寝床に入ったリュカがおとなしく目を閉じていると、誰かが入ってくる気配がした。そーっと手を伸ばして肩に触《ふ》れようとする。

リュカは揺り起こされる前に飛び起きた。ビアンカはギョッとしたが、すぐに笑った。

「さ。起きて。行きましょ」

リュカは目を丸くした。

「どこに？」

「なに言ってんのよ。レヌール城に決まってるじゃないの！」

「なんでぼくが」

「だって、リュカ」

ビアンカは張り上げかけた声をあわててひそめた。

「あの猫ちゃんを助けてあげたいでしょ？　あのままじゃ可哀相だと思うでしょう？　それとも、あんた、王さまの亡霊《ぼうれい》が怖《こわ》いの？」

猫は可愛いし、おばけはそんなに怖くないけれど。

「おとうさんの近くにいたい」

「んもう。なに甘ったれたこと言ってんのよ。ここにあんたがいたからって、何かの役にたつわけ？」

リュカはどきりと目をあげた。

「でしょ。でも、あんた、あの子猫ちゃんの役にはたってあげられるのよ。猫にだけじゃないわ。お城のばけものを退治したら、村じゅうみんな、安心できるじゃないの。違う？」

「……ん……」

ビアンカの言うとおりだ。リュカは思った。それに、もし、おとうさんが元気だったら。すすり泣く不気味な声のうわさを、ほうってはおけないかもしれない。病《や》み上がりでも、自分で行って退治しなくちゃと思うかもしれない。

ぼくは、ひとりで洞窟《どうくつ》に入ってって、グータフさんを見つけた。もう、一度、おとうさんならやりそうなことを、おとうさんの代わりにやって成功したんだ。こんどもできるかもしれない。やってみるだけの価値《かち》はある。

リュカの表情の変化をビアンカは正しく読んだ。

「わかったわね。じゃ、これ使って」

ビアンカは大きな豚《ぶた》のぬいぐるみを差し出した。

「なぁに？」

「ふとんを被《かぶ》せて、身がわりにするのよ。誰かがちょっと覗いてみたとしても、あんたがぐっすり眠ってるって思うようにね。あたしもそうしたの。それから……何か武器《ぶき》があったら持ったほうがいいと思うわ。自分の身は自分で守るのよ。いいわね！」

ビアンカは、麺棒《めんぼう》とお鍋《なべ》の蓋《ふた》を掲《かか》げてみせた。

リュカは部屋の隅《すみ》の父の荷物を探《さぐ》ってみた。父愛用の大剣は無理だ。重すぎるし長くて引きずってしまう。合切袋《がっさいぶくろ》の底のほうで、肘《ひじ》から指までぐらいの長さの銅《どう》の剣《つるぎ》を見つけた。父が、灌木《かんぼく》の枝を払ったり、野宿《のじゅく》の際《さい》調理に使ったりする刃物《はもの》だ。厚《あつ》く、頑丈《がんじょう》で、刃先《はさき》はよく研《と》いである。木をくりぬいた鞘《さや》には紐《ひも》がついていた。リュカは歩いてもしゃがんでも脚《あし》に当たらず、いつものポーチの邪魔《じゃま》にならないような位置を探《さが》して、鞘を腰に結んだ。

なんだか、強くなったような気がする。

ふたりは裏口《うらぐち》から外に出た。昼間とはうってかわって空気が冷たい。星は夜空にとめたたくさんのブローチのように輝いている。月は少し欠けはじめているが、充分明るい。

「こっちよ、リュカ！」

北に進む道を、子供たちは二匹《ひき》のキツネのように駆け抜けた。リュカは山歩きにはそこそこの自信があったが、このあたりの地勢《ちせい》にはなんの知識もない。ビアンカがどこまで知っているのかあやしいと心配していたのだが、彼女の足取りは確信に満ちて速い。

二刻《こく》ばかり歩き通してから、周囲のよく見える丘の途中で立ったまま休息《きゅうそく》を取ったとき、そのことを問《と》い質《ただ》すと、彼女は答えた。

「知ってるわよ。道ぐらい。このあたりには、小さいころ、家族で何度も来たことがあるの。木の実やきのこがたっぷり取れるし、山もそんなに急じゃないし。お弁当《べんとう》持って長いお散歩《さんぽ》をしにでかけるにはぴったりの気持ちいいところだから。……っていっても、なくなった王さまや王妃さまの邪魔《じゃま》をしちゃいけないからって、お城の中までは入らなかったけどね。すぐそばから見あげたことならあるわ。とっても素敵《すてき》な、立派なお城よ。いにしえの伝統《でんとう》、重厚《じゅうこう》にして堅牢《けんろう》って感じで。もちろん、うちの旅籠《はたご》のほうが、ずっとずーっと新しくってきれいなんだけどね！」

「へぇ。すごいな。おばけの出るようなお城にピクニックに行ったの？」

「違うわよ、おばけが出るようになったのは、ついこのごろなの。ガーティの言ってたお坊《ぼう》さんってひとは、実はうちに泊まってたんだけど。それが、この前の三日月《みかづき》のころよ」

「……変なの」

「なにが？」

「だって、その王さまやお妃《きさき》さまがなくなったのは、ずっと前のことなんでしょう？　なんで今ごろになって急に、ばけて出ることにしたの？」

「そういえばそうね……でも。あのね。あたしはね、ほんとはおばけなんていないと思うの。壁とか柱とかが長年のうちに崩《くず》れたかなんかしてて、そこに風が吹くとすすり泣きみたいに聞こえる。そういうことなんじゃないかしら。……ほら、おとなって、誰だってたいがい、ひとの恨《うら》みを買うようなこと、やっちゃってるでしょ。だから、怨念《おんねん》とか、亡者《もうじゃ》とか、祟《たた》りとか呪《のろ》いとか言われると、ゾーッとしちゃうのよ。ありもしないものまで見たり聞いたりして、勝手におっかなくなっちゃうの。あたしみたいな罪《つみ》も汚《けが》れもない子供には、幽霊なんて怖くないわ。なんにも悪いことしてないのに、どうして死んだひとに、いじめられなきゃならないの？　だから。この純粋《じゅんすい》な目でほんとうのところを確かめて、誤解《ごかい》のもとの、その壁か柱かを動かしちゃえばもう平気。ねっ、退治って、案外《あんがい》簡単でしょう？」

「ふうん」

リュカは感心した。

「でも、じゃあ、なんだって武器なんて持っていこうって言ったの？」

「バカねぇ。亡霊は平気かもしれないけど、お腹をすかせたオオカミや子供を産んだばかりのおかあさん熊には、偶然出くわしちゃうかもしれないじゃないの。一角ウサギやバブルスライムにあわないとも限らないし。ねぇ、もしかそういうときは、戦うのよ、リュカ。かよわいあたしを守ってよ。いいわね！」

いいけど、とリュカは思った。かよわいあたし、だって。こないだは、けっこう強いって、魔法だってできるって、自慢してたくせに。

「ほんとは、ビアンカ、ひとりで行くの怖いんでしょ」

「ばっ、ばか言わないでよ。怖くなんかないわよっ！　でもね、育ちのいい女の子は、夜遅《おそ》くなってからひとりで出歩いたりしないのっ！　ねぇ、リュカ、あんた、光栄に思わなくっちゃいけないわよ。このあたしの騎士《きし》の役目、やらせてあげるんだから」

「……わかったよ」

それにしても。そんな簡単なことなら、なぜ、おおぜいの戦士やお坊さんが行方《ゆくえ》知れずになったりしたんだろう？　やっぱり変だなぁ……。


空が、いつの間にか暗くなっていた。どんより垂《た》れこめた分厚《ぶあつ》い雲から、いまにも雨が降り出しそうだ。城はおぼろに霞《かす》みながら、薄青い影《かげ》のようにひっそりと建っていた。サンタローズの教会の塔《とう》よりも高く、ビアンカ自慢のダンカンの旅籠《はたご》の五倍も大きい。

ふたりでしばらく耳をすましてみたが、すすり泣きの声とやらは聞こえない。そっと近づいてみると、打ち欠いた層積岩《そうせきがん》を丹念《たんねん》に重ね上げて作られた壁が冷たく道を閉ざしている。これを積んだのは、何百年か前のひとなんだ、そのひとたちのことは、もう誰《だれ》も覚えていないんだなぁと思うと、リュカのからだにわけのわからない震えが走った。

「離れちゃだめよ、リュカ。あんた迷子《まいご》になるといけないから」

ビアンカはお鍋の蓋を持っていないほうの手でリュカの腕をギュッと抱いて、からだをくっつけた。なんだかビアンカのからだも震えているみたいだ。

「うん。でも、そこ持たれてると、もしかのときに剣《けん》が抜けないんだけど」

ビアンカは無言のまま腕を離し、反対側に回って、リュカの服の端《はし》っこをつかんだ。ふたり寄《よ》り添《そ》ったまま、おっかなびっくり回りこんでいくと、やがて燻《いぶ》した木でできた大きな扉《とびら》が見つかった。城の正門《せいもん》らしい。押してみるが、びくともしない。

「だめだわ。開かない。裏《うら》からかんぬきがかかってる。……ほかの入り口を探《さが》しましょう」

建物の影が濃《こ》く落ちているので、まるで見通しがきかなかった。壁際《かべぎわ》をゆっくり、じっくり、目を凝《こ》らし耳をすませながら進むと、不意《ふい》に、石の直線が途切れて、直角に曲がった。三身長ばかり行くと、また角だ。いつの間にか先に立ち（どうもビアンカに押し出されたらしい）、顔に覆《おお》いかぶさってくるような薄闇《うすやみ》の中、一歩一歩彼女をひっぱるようにして進んでいたリュカの手が、なにか石でないものにさわった。

「見て、ビアンカ。これ、はしごだよ。ずっと上まで伸びてる」

「……高いわね」

ビアンカは首をそらして上を見た。

「おまけに真っ暗。先がどうなってるのか、ちっともわかんないわね」

リュカはクスッと笑った。確かに暗いけれど、あの洞窟のときほど真っ暗ではない。そして、なんといっても、今日は腰に剣があるのだ。

「ぼく、ちょっと昇《のぼ》ってみてくるよ」

「やだ、待ってよ！　行くなら一緒よ」

はしごはまっすぐで、行けども行けども尽《つ》きなかった。ビアンカの手前、ことさら元気よく昇りだしたリュカだったが、すぐに不安になりはじめた。はしごの材は相当に古く、ところどころ緩《ゆる》んでぶかぶかになっている。うっかり重みをかけると折れてしまいそうだ。横木が一本崩《くず》れるだけならまだいいが、もしも支柱がはずれて、はしごごと倒《たお》れてしまったら？　緊張のあまり、肩がこわばり、一回一回、腕をあげるのが辛《つら》くなってきた。ビアンカがどこにいるのか確かめようとして、リュカは肩ごしに何気なく下を見た。金髪《きんぱつ》のおさげがひょこひょこ揺れた瞬間《しゅんかん》、稲妻《いなずま》が走った。びっくりして、思わず手が滑《すべ》りそうになった。あわててはしごにからだをへばりつかせる。

「降りだしそうね」

追いついてきたビアンカが言った。

「雨宿《あまやど》りできればいいけど」

はしごは、狭《せま》い床をくぐり抜け、小さな屋上に通じた。ここから上は、塔の壁の外側の吹きさらしをたどらなければならないらしい。冷たく湿《しめ》った風が吹きつけてきた。ふたりは先を急ぐことにした。

やがてはしごは終わり、塔のてっぺんに出た。四角い床《ゆか》のまんなかへんには、小さな部屋くらいの大きさの丸みを帯《お》びたでっぱりがあったが、あとは無味乾燥《むみかんそう》、周囲に手すりさえもない。リュカは手をかしてビアンカをひっぱりあげた。ふたりは石床に手をついて息を整えた。風が巻き、リュカのターバンとビアンカの髪を揺らした。時おり強く吹きつける風の中に、痛《いた》いほどの雨粒《あまつぶ》がまじっている。飛ばされてしまわないうちに、ふたりは小さな手と手を繋《つな》ぎあった。床石は、摩耗《まもう》し、夜露《よつゆ》に濡《ぬ》れており、うっかり足を滑らせたらとんでもないことになりそうだった。

どろどろと渦巻《うずま》く空の下、カンナ・リンナのふたご山やデルウスのとんがり帽子《ぼうし》が、かすかなシルエットとなって見えた。途中の森がなかったら、ダンカンの旅籠《はたご》もみつかったかもしれない。だが、見渡《みわた》す限《かぎ》り、人家《じんか》らしい灯《あかり》はただのひとつもうかがえなかった。真下を見たら、きっと目がまわってしまうだろう。ふたりは寄り添ったまま、できるだけ端から遠ざかり、ほとんど這《は》うようにして、あたりを調べてみた。

「……見て、リュカ。そこ、口があいてる」

でっぱりの壁の一部がアーチ型にくりぬかれている。中は真っ暗だ。

「見張り部屋じゃないかしら。そうよ、何かなくっちゃ、へんよ。あんな長いはしご、ただ架《か》けとくわけないもの。さ、入ってみましょ」

リュカは、いやな気分がした。なぜか、悪いことが起こりそうな、そんな気がした。

「ほんとに入るの？　大丈夫かなぁ」

「何で？　せっかくここまで来たのに」

ビアンカは汗《あせ》で額《ひたい》に張りついた髪をはねのけながら、しかめっ面《つら》をした。

「あんた、おばけが怖いの？」

びゅう、とまた突風《とっぷう》が吹いた。氷の剃刀《かみそり》みたいな風だ。ふたりは平たく這《は》いつくばった。汗が冷《ひ》えて、ひどく寒かった。こんな吹きさらしでグズグズしていてもしょうがない。ひと雨通りすぎるまで、あそこで待ったほうがいいかな、とリュカは考えた。このまま戻るなんて、ビアンカが納得《なっとく》しないだろう。

風が静まった。リュカは、行こう、と声をかけ、でっぱりに向けてそろそろと這い進んだ。入り口の縁《ふち》に手をかけて、おっかなびっくり中を覗《のぞ》いてみる。がらんと何もない。ただの、天井の低い、ドーム型《がた》の空間だ。生き物の気配はない。ばけものの気配もないようだ。ふたりは顔を見合わせ、力づけあうようにうなずきあった。

まず、リュカが、続いてビアンカが素早くアーチを潜《くぐ》った。そのとたん。

天地も崩《くず》れよといわんばかりのすさまじい音がして、ふたりは弾《はじ》かれたように飛びのいた。床がぴりぴりと振動《しんどう》し、また唐突《とうとつ》に静かになった。振り返ると、いま一度の稲光《いなびかり》にくっきりと切り取られた入り口のアーチに、何本もの縦線《たてせん》があった。まるで、檻《おり》の中から、外を見たように。子供の腕ほどもある鋳鉄《ちゅうてつ》の格子《こうし》が、口を塞《ふさ》いでしまったのだ！　雷鳴《らいめい》。そして、また部屋いっぱいがレモン色に輝く。

「……とじこめられちゃった」

リュカは茫然《ぼうぜん》とした。おそるおそる立ち上がっていって、鉄棒《てつぼう》にさわってみる。つかんでみる。揺すってみる。びくともしない。隙間から腕を出すことはできるけれども、頭はとても通らない。

「どうしよう？」

「……あたしに聞かないでッ！」

ビアンカも両手をかけて鉄棒を揺すった。動かない。

「だめだわ。困ったわね。どうしよう？」

「ぼくだってわかんない。……しょうがない、一緒に考えようよ」

ふたりは手分けしてあたりの壁をさぐってみた。なにもない。鉄棒を落とす仕掛《しか》けも、あげる仕掛けも、みつからない。

「そんなはずはないわ。だって、誰か入ってきて、うっかり出られなくなっちゃったら困るもの……ううん、待って。これは、お城にしのびこもうとする泥棒《どろぼう》を捕まえる罠かもしれない。出られないようにして、飢《う》え死《じ》にするまでほうっておくとか」

「なら、死骸《しがい》かなにかあるんじゃない？」

リュカは鼻をうごめかせた。その類《たぐい》の匂《にお》いがしないかと思ったのだ。少し黴臭《かびくさ》いが、それだけだった。

「死んだころを見計《みはか》らってキレイに掃除《そうじ》しちゃうのよ。旅籠《はたご》のお客が帰ったあとみたいに」

「掃除しに来たひとも、一緒にとじこめられちゃうよ」

「だから、どこか他所《よそ》に仕掛けがあるのよ。きちんと隅々《すみずみ》までキレイにしないと、おまえも閉じこめちゃうぞ！　っておどかして、サボらないように……でもそれじゃあ、すぐに人手不足になっちゃうわねぇ。毎度あの長ぁいはしごをのぼらなきゃお掃除できないんじゃ、あんまり大変だし……きっと、ほかに出入り口があるんだわ。探してみよう」

ふたりは部屋を少しずつ探ってみた。最奥の床に、木蓋《きぶた》のようなものがあり、そっと開けてみると、案《あん》の定《じょう》、下に降りる階段が続いているのがわかった。

「どうする？」

ふたり、同時に言ったとたん、またカミナリが光った。

「降りてみるしかないわね」

「うん。でも、ビアンカ、こんどこそ、ほんとに、うんと気をつけてよ」

こんどはビアンカが先に、リュカがあとになって、降りはじめた。狭くて急で暗くて、どこまで続いているかもわからない。用心のために、後ろ向きになり両手も使って降りてゆく。

朝までに帰れるのかなぁ。ぼんやりと、リュカは考えた。ぼくたちがどこに行ったのか、伝言ぐらい残してきたほうがよかったんじゃ……。

「きゃあああああっ!!」

「ビアンカ、どうしたの!?　……うわっ！」

振り返った勢いでリュカは足を滑らせ、尾骶骨《びていこつ》のあたりをしたたかに打ちつけた。手足が痺《しび》れて立ち上がれぬまま、目を丸くする。不気味な燐光《りんこう》を発する何十というガイコツが、音もなく蠢《うごめ》き、行進してゆく！　重なりあった骨《ほね》と骨のさなかに、ビアンカのウサギ三つ編みがきらめくのが、確かに見えた。大変だ。ビアンカがさらわれる。さらわれる！

歯を食い縛《しば》り、首を振って、ようやく頭をはっきりさせたときには、もうあたりはシンと静まりかえって、何の気配もしなくなっていた。がらんと広い部屋だ。無人の古い寝台ばかりが、いくつもいくつも並んでいる。ガイコツたちが眠ってでもいたのだろうか。遠くで雷鳴《らいめい》。壊《こわ》れた窓《まど》から入ってくる稲光に、埃《ほこり》の渦《うず》が小さな光の粒《つぶ》を躍《おど》らせる。それはこんな場合なのに、なんだかやけにきれいだった。そんな小さなものを見つめていると、頭がぼうっとした。リュカはギュッと目をつぶり、開き、よろよろと立ち上がった。

「……ビアンカ……?」

返事がない。

「ビアンカぁっ!!」

リュカは走りだした。ガイコツたちが消えたとおぼしき次なる階段めがけて。薄暗がりの中を、全速力で駆けた。次の階には、冷たい風が吹いていた。テラスへの口がぽっかりと開いているのだ。おいでおいでをするように。ほかに道はない。リュカは思いきって飛びこんだ。

ひょう。夜の女神《めがみ》のマントのような風がリュカの頬を打った。そこにあったものを、リュカは信じられない思いで見つめた。

それは墓《はか》だった。二つ並んだ、石の墓碑《ぼひ》。雲が流れ、稲妻が飛び交う。墓はまるで、つい昨日《きのう》できたばかりのもののようにぴかぴかだ。

リュカは摺《す》り足《あし》で墓に近づいた。正面にひざまずく。なにかの文字が書いてある。リュカには読めなかったが、なんとなく妙な気分がした。その文字には見覚えがあるような気がしたのだ。風が吹き、雨粒《あまつぶ》がばらばらと落ちて、また止《や》んだ。墓は暗くなり、また明るく照らされた。ふと、隣の墓碑の傍らに落ちているなにかが目を惹《ひ》いた。リュカは顔を近づけてみた。それは金色の、長い髪の毛だった。

「ビアンカ!?」

両手をかけ、リュカは墓を揺さぶった。力の限り。気絶《きぜつ》したひとを揺り起こそうとするときのように。自分がなにをしているのか、よくわかっていなかった。だが、ゴトリ、と鈍《にぶ》い音がしたかと思うと、仕掛けが回り、墓碑が開いた。石の墓碑が、まるで箪笥《たんす》の扉のように、中央からふたつに開いたのだ。そして、そこには、目を瞑《つむ》ったビアンカが両手を胸の前で十字に組み合わせ、きちんと直立しているではないか！

「ビアンカ……!?」

リュカはあんぐり口をあけた。

「そこで、なにをしてるの？」

「……なにって……動けないのよ、固められちゃったの！　お願い！　ボサッとしてないで、早く引っ張って！」

驚いたことに、墓碑の内側には、ちょうどぴったりビアンカのからだの形の凹《くぼ》みができていた。ぴょんとつきだした三つ編みまで、すっかり同じ形の石の型の中に埋《う》まりこんでいる！　だが、リュカがビアンカをひっぱると……ケーキを焼き型からはずす時のように、思いきってぐいっとひっぱると……ビアンカは突然すっぽりと抜け、リュカの真上に転がり落ちた。とたんに、ビアンカ型の凹《くぼ》みは、水が染《し》みだすようにしてみるみる埋まり、扉がひとりでにパタンと閉じた。すると墓石《ぼせき》には、もう継《つ》ぎ目《め》ひとつ見えなくなった。

「……ああ、苦しかった」

ビアンカは起き上がって、胸を押さえた。

「教えて、リュカ、いったい、なにがあったの?」

「……わかんないよ! ビアンカが突然、いなくなっちゃったんじゃないか」

「なんか冷たい、白い霧《きり》みたいなものがまとわりついてきたのよ。気が遠くなったかと思ったら、あそこにいたの。息ができなかった。死んじゃうかと思ったわ。どういう仕掛けなのかしら、昔《むかし》の人ってまったく……あらやだ!」

墓石を見たビアンカは眉《まゆ》をひそめ、ぶるっと肩を震わせた。

「『ビアンカの墓《はか》』だなんて書いてある! 悪趣味《あくしゅみ》な冗談《じょうだん》ね。あら、こっちはリュカのですって。驚いたわねえ」

そうか。見覚えがあったのは、自分の名前だったからか。リュカは納得《なっとく》した。早く自分の名前の文字ぐらい覚えよう。

それにしても。ビアンカはあのガイコツたちを見ていないんだ。よかった。あんなの見ちゃったら、その瞬間《しゅんかん》に怖《こわ》くて心臓が止まっちゃってたかもしれない。

「ビアンカ、ここはやっぱり変だよ。もう帰ろう」

「そうね。確かに気味《きみ》が悪くなってきたわ。名乗ってもいないのに名前知られちゃうなんて、おかしいし……でも……どうやって帰る？　どうしたら出られるの？」

　手分けして隅々まで調べてみたが、テラスから壁伝いに脱出《だっしゅつ》するのは不可能に思われた。滑り落ちないように用心して身を乗り出せば、すぐそこに庭が見えたが、ずいぶん高い。手がかりはないし、雨に濡れてつるつるだ。

　グータフさんをひっぱりあげたときみたいに、布を切ってロープにしたら？

「……しまった！　布はあのとき使っちゃったんだっけ……」

「布？　布をはしごにするの？」

　リュカは、なんでもない、と口ごもった。ロープにつかまって降りる、なんてこと、ビアンカにはどうせできっこない。それにしても、またしても、うっかり忘れ物をした自分が悔《くや》しかった。冒《ぼう》険《けん》にはちゃんとした準備が必要だって、あの洞窟で思い知っていたはずなのに。

「やっぱり真面目《まじめ》に出口を探すほかないわね。あら、こんな部屋があったの」

「え……どれ？」

　思いを振り払うようにしてリュカが立ち上がると、ビアンカは、テラスから、さっきリュカが走り抜けてきた部屋を覗きこんでいるところだった。その背中のあたりに、ぼうっとした何かが漂っている。

リュカが目を見張ると、ぼうっとした影は、ひとの形になった。豪華《ごうか》な白テンのマントを羽織《はお》り、銀の冠《かんむり》を被《かぶ》った女のひとだ。リュカは呻《うめ》き声《ごえ》を押し殺した。女のひとはリュカと目が合うと、はかなげに微笑み、かい潜《くぐ》るようにして部屋の中に消えた。ビアンカも。いや、どちらが先とはいえない、ふたりはまるで繋《つな》がっているかのように、一緒に入っていってしまったのだ。

「……び、ビアンカッ！ 待ってよっ」

つんのめるようにしてあとに続くリュカに、ビアンカが振り返った。

「どうしたの？ なにをあわてているのよ」

そこは、図書室のようなものでもあったのだろうか、背の高い書棚《しょだな》が広く間隔を開けて並んでいる。古い書物の、埃《ほこり》っぽい、鼻がむずむずするような匂いがする。リュカがホッとして笑おうとしたとき、ビアンカの背後から、白いものが浮き上がった。あの女のひとだ！

「……あ……あ……ああ……」

「なに？」

リュカがわなわな指をさすのに、ビアンカが振り返る間もなく、女のひとは、音もなく離れて、向こうの壁に消えた。壁などないかのように、通りぬけてしまったのだ。

「あら。リュカ、目がいいわね。ここ、なにか書いてあるわ」

何も知らないビアンカは平気ですたすた壁により（ちょうど女のひとが吸いこまれたあたりだ）、うっすらと黴《かび》の生えた石壁に浮《う》き彫《ぼ》りのように描《えが》かれた文字を、ひとつひとつ指でたどって、読んだ。

「おねがい、かえして……わたしたちの……ぼ……ぼ……ひょお……かな？　昔のことばって、つづりがややこしくて、よくわかんない」

かえして？　あのお墓のことかな。リュカは消えてしまった女のひとのことを考えた。ちょっと薄気味《うすきみ》悪くはあったけれど、悪いひとのようには見えなかった。ずいぶん悲しそうな顔をしていた。あのひとは、ひょっとすると……。

「きゃあっ」

突然、足許《あしもと》が揺れ動きはじめ、思わず手をついた壁がびりびり震えた。積み石という積み石がみな生きているものであるかのようにてんでんばらばらに動きはじめ、長い年月に降り積もった塵埃《じんあい》が、もうもうとたちのぼる。

「もういやぁっ、ごほっ、ごほっ、ななな何なのよ、これぇ？」

「じじじ地震《じしん》だよ……うわ！」

何かがリュカの頭を踏んで通りぬけた。何かがビアンカのスカートの裾《すそ》にまとわりついた。何か。形のない動物のようなもの。実体のない影のようなもの。そして、流れる火花のようなもの。凄《すさ》まじい速さで縦横無尽《じゅうおうむじん》に駆け抜けるさまざまなばけものの気配が、薄闇をかき乱《みだ》し、ふたりの顔に生臭《なまぐさ》い吐息《といき》を吹きかけ、耳元でケラケラと嘲笑《あざわら》った。リュカは腰の剣を抜いて、振り回した。いくつかが切り払われて消滅《しょうめつ》し、いくつかがサッと遠ざかった。

「見て、リュカ！　棚がっ！」

リュカは振り返った。部屋じゅうに散らばった棚が音もなく動いている。まるで陣取《じんと》り遊びをする子供のように、ぐるぐると互いに位置をいれかえる。と。不意に、揺れも棚も止まり、ばけものたちも消えた。何も動いたりなどしなかったかのように。戦いなどなかったかのように。乱された埃《ほこり》が、ふわふわ漂《ただよ》う。

「んまぁ、驚いた。あんなとこに階段があるじゃないの！」

さっきまでどれかの棚が載《の》っていた床に、ぽっかりと穴が開いている。

「どうしよ……」

言いかけて、ふたりは黙りこんだ。答えはわかりきっている。なにやら謎《なぞ》だらけ、からくりだらけの城だけれど、先に進める限りは、行くしかないではないか。

「こんどはあんたが先よ」

「いいけど」

階段を降りきると、あたりは自分の手さえも見えないほど真っ暗になってしまった。おまけに、なにげなく一歩踏み出して戻ってみると、ほんの今しがたたどってきたはずの階段がもうそこにないのだ！

闇《やみ》。真の暗黒。濡《ぬ》れた黒紙をべっとりと顔に押しつけられているようだ。子供たちは無言で手を繋ぎあい、もう一方の手で、あたりをまさぐってみた。

「壁だ」

「こっちもよ」

どうやら、ここは廊下《ろうか》のようなところであるらしい。おとなだったら、ゆずりあわなければすれ違えないほどの狭《せま》さだ。来たほうはすぐに行き止まり、何度探しても階段に触れることはできない。しかたなく、逆《ぎゃく》の方角にしばらく進んでゆくと、前方の低いところで奇妙《きみょう》な音がした。ふたりは足を止め、息を殺した。そら耳じゃない。カラカラと、乾《かわ》いた貝殻《かいがら》を打ち鳴らすような音がする。冷たい水をかけられたような気分がする。危険だ。恐《おそ》ろしい相手だ。繋いだ手が、どきどき脈打《みゃくう》つのをリュカは感じた。どきどきしているのは、自分の心臓か、それともビアンカか。

「離して」

リュカは繋いだ手を振りほどき、前に出た。剣の柄《つか》に手をかける。と、何の前ぶれもなく、音が、リュカの顔めがけて、飛びかかってきた。しゅしゅしゅうっ、と怒った蛇《へび》の吐《は》くような声を、リュカは聞いた。抜きはなった剣が、すぐ顔の前でそいつに当たった瞬間《しゅんかん》、鞭《むち》のようなものがリュカの腕《うで》を打った。ひやりとした。衝撃《しょうげき》で剣を落としてしまったかと思ったのだ。だが、痺《しび》れかけた手を握りかえると柄の感触《かんしょく》があった。リュカはそれを両手で握りなおした。しゅうっ。しゅうっ。見えない敵《てき》はひとつではないらしい。こんどは、何匹かいっせいに飛びかかってきた。

「あっ、ごめん、逃《に》がした！」

「えーいっ！　平気よっ。麺棒《めんぼう》も、お鍋《なべ》の蓋《ふた》もあるし。ネズミなんか怖くないわっ」

「……ね、ネズミ？」

「暗いとこでコソコソしてんのはネズミに決まってるじゃない。えーい、卑怯《ひきょう》ものめっ！ こないだもあたしの、大事なよそいき齧《かじ》ったでしょっ‼ ここであったが百年め、ビアンカさまの鉄拳《てっけん》を受けてみよっ‼」

真っ暗闇の中で、ふたりは必死に防戦した。ようやくカラカラいう音が遠ざかったかと思うと、続いて、ゆらめく火炎《かえん》のようなものがいくつもいくつも出現した。

「火事だわ！ 大変！ 叩《たた》き消すのよ！」

火事？ こんな誰もいないところで？ リュカにはそれは炎《ほのお》のばけものにしか見えなかったが、旅籠《はたご》の娘《むすめ》は消防訓練《しょうぼうくんれん》も行き届いている。ひるみもせずに、火に向かってゆく。

炎のおかげで、通路の壁がぼんやり見えた。どこまでもまっすぐに続く積み石のトンネル。いまのうちによく見ておこう、とリュカが思ったとたん、熱波《ねっぱ》が吹きつけ、きなくさい匂いが鼻を襲《おそ》った。リュカは必死で両手を振り回し、火花たちを薙《な》ぎ払《はら》った。ビアンカは麵棒で炎をぶちのめし、飛び散る火《ひ》の粉《こ》を踏み消した。あたりはたちまち、また真っ暗になった。リュカの耳には、自分の荒《あら》い息づかいしか聞こえなくなった。

「……ビアンカ？」

「ここよ」

声のほうに伸ばした腕が、服らしきものにさわり……とたんに、後頭部をどやされた。

「えっちっ！」

「へ、へんなこと言うなよっ、はぐれるよりいいだろっ」

「こんな狭いところじゃはぐれっこないわよ。さっ、行きましょう」

「うん」

ビアンカの明るくはずんだ声にリュカはしかたなく歩きだしかけたが。

「……あれ……ねぇ、待ってよ。ぼくら、どっちから来たんだっけ？」

「えっ、こっち行くとこだったでしょ？　あんた、覚えてないの？」

「ぼく……あっちだったと思う」

光一条《ひとすじ》ささない世界で、ふたりは凍《こお》りつき、押し黙った。あたりは恐ろしいほど静まりかえっている。空気は澱《よど》んで重かった。ビアンカが小さくため息をつくのが聞こえた。リュカは頭からつま先まで、鳥肌《とりはだ》だっていた。胸の奥のほうで、怖い気持ちが膨《ふく》れ上がりかけている。いまにも口からこぼれそうだ。

あれはネズミなんかじゃなかったし、さっきの火だって、ただの火事なんかであったはずがない。だが、このお城には、やっぱりおばけがいるんじゃないか！　ビアンカに、そう言ってやりたかった。だが、知らないなら、知らないほうがいい。なまじほんとのことがわかったら、せっかくの元気が消えてしまうかもしれない。やつあたりめいた怒《いか》りを、リュカは押し殺した。ふたりぼっち、いまは、助けあわなきゃ。

「……とにかく、歩こう」

「そうね」

ふたりは手をしっかり絡《から》めあい、一歩一歩摺《す》り足《あし》で探るようにして歩いた。もしかすると、階段か、落とし穴のようなものがあるかもしれないと、ビアンカが言ったのだ。

「こんな立派なお城だもの、泥棒よけの変な仕掛けがあっても不思議じゃないわ」

リュカの靴は、時おり、敷石《しきいし》の継ぎ目らしいものを捉《とら》えてつまずきかけた。そのたびに、ビアンカの手が緊張《きんちょう》した。

夜の底、闇の奥のその奥。ものかげひとつ見えない、ただ一面の暗黒。どうしたらいいのか、ほんとうに出ることができるのかどうか、リュカの頭はふわふわしてうまく考えられない。どちらも口をきかなかった。何か言ったら、ぐちになってしまうし、口に出したら、不安がそのまま実体になってしまいそうで、リュカは唇を噛《か》みしめた。息をひそめ、胸を塗《ぬ》りこめる真っ暗な恐怖《きょうふ》をけして正面から見つめないようにしながら、やみくもに歩いて歩いて。ふたりの手は、やがて、行き止まりの壁をさぐりあてた。

「……だめだ……」

リュカは、震える声で言った。それでも喚《わめ》きだしたいのを、けんめいに我慢《がまん》したのだ。

「出られない。ここは袋小路《ふくろこうじ》なんだ」

「百三十二」

とびきり平静な声で、ビアンカが言った。

「百三十二か、三よ。さっき立往生《たちおうじょう》したところからここまで、まっすぐ百三十二歩だった。だから、こんどは反対向きに歩いてみるのよ。そうして、もし百三十二歩以上行けたら、そっちはまだ、あたしたちが行ってみていないほうなんだわ」

リュカはあんぐり口を開けた。数を数えるなんて思いつきもしなかった。だいたい、リュカは二十以上の数はまだ知らない。そんなにたくさん数えるには、指の数が足りない！

「だから、リュカ」

ビアンカは、リュカの指を痛いほど握《にぎ》りしめた。

「諦《あきら》めるのはまだ早いわ。ちょっぴり怖いけど、がんばろう。ねっ」

「……ビアンカ」

リュカはたまらなくなって、思わずビアンカの首だと思われるあたりに抱きついた。ビアンカのからだはぐらぐら揺れ、よろめいた。しまった、またいやがられるようなことしちゃった！　だが、ビアンカは立ちなおると、リュカの背中を優しく叩き、ついで、手でリュカの顔をさぐりあて、その頬をそっと包んだ。

「だいじょうぶ」

闇の中で、ビアンカの唇が鼻にさわった。

「あたしたち、ちゃんと帰れる。ね。そう信じるのよ」

「……ん」

こくりとうなずくと、頬がビアンカの頬に触《ふ》れた。リュカはびっくりした。そこは冷たかった。濡《ぬ》れていた。ビアンカは泣いていたのだ。いつの間にか。声もたてずに。

リュカは指でビアンカの頬を拭《ぬぐ》った。涙《なみだ》がばれてしまったことに気づくと、たちまち、ビアンカの胸が小刻《こきざ》みに震え、鼻をすする音がした。

「……ごめん。ごめんね、リュカ。こんなとこに連れてきちゃって」

「ごめんなんて、なしだよ」

ビアンカもほんとは、心細かったんだ。なのに、せいいっぱい我慢《がまん》をしてた。ワンワン泣きだしてもあたり前なのに、こらえてたんだ。きっと、泣いたら、ぼくも泣いちゃうからだ。

リュカは力が湧《わ》いてくるのを感じた。こんどはぼくが、かばってあげなくちゃいけない。ぼくも、泣きべその弱虫じゃないところを、ちゃんと見せなくっちゃいけない。

「ぼく、来てよかったと思うよ。ほんとだよ。ビアンカがひとりで来て、こんなとこで迷うのを、遠くで何にも知らずにいるよか、一緒のほうが、ずっといい」

「……ありがとう、リュカ……」

ふたりはそのまま、しばらくの間、じっと動かなかった。互いに互いのぬくもりを、なぐさめとするように。互いの無事を、生命《いのち》を、いま一度きっぱりと確かめあうかのように。

ふとリュカは、暗闇《くらやみ》の彼方《かなた》から自分を見つめる視線を感じたような気がして顔をあげた。何も見えないはずの闇の中に、あの白いマントの女のひとの姿が浮かび、頭の中で声がした。

『おねがいです……わたしとエリックを静かに眠らせてください』

『おねがいです……助けてください……パパスの子、リュカ……』

瞬《まばた》きすると姿も声も消えてしまった。けれど、リュカは三つの名前を確かに受け止めた。エリック。パパス。リュカ。幻《まぼろし》じゃない。

父の名が胸を焦《こ》がした。そうだ。おとうさんの名にかけて、ぼくは負けない。

「さぁ。歩こう、ビアンカ」

低いけれども力強い声で、リュカは言った。

「きっと、どこかに、出口があるよ！」


三百二十六歩め、廊下は鉤《かぎ》の手に折れた。そこから九十六歩行くと、突然また突き当たりになった。リュカの指は石ではない何かに触れた。まっすぐなでっぱり、同じ厚さの桟《さん》、もう一度でっぱり。明らかに、人間の手で作ったもの。ふたりは高まる期待を押し殺しながら、あたりじゅうを探ってみた。と、ふいに扉が開いた。抜けだした！　ふたりは歓声《かんせい》をあげて扉を開け放った。

月光さす狭い小部屋の真ん中に、人影が立っていた。ゆっくりと振り返る。真紅《しんく》のマント、黄金《おうごん》の冠《かんむり》。髪も髭《ひげ》も真っ白、厳《きび》しい表情をした、恰幅《かっぷく》のいい、初老《しょろう》の男。その輪郭《りんかく》はゆらゆらとにじみ、からだの向こう側の壁が透《す》けて見える。

「王さま……？」

ビアンカが呟《つぶや》いた。とうとうビアンカにもおばけが見えてしまったのだ。

「王さまの亡霊《ぼうれい》……!?」

息を飲むふたりに気づいたのか、王の亡霊らしきものは、静かに横に向きなおると、滑るように動きだした。部屋の片隅《かたすみ》の階段を漂いながら降りてゆく。ふたりは顔を見合わせた。ビアンカが真《ま》っ青《さお》な顔でうなずいた。ふたりは亡霊のあとをつけることにした。

いくつもの扉、いくつもの階段。城は入り組んで、はかり知れぬほど巨大だった。まるで悪夢《あくむ》の中をさまようように、足は重く、からだはふわふわということを聞かない。よく似た積み石の廊下をあんまりぐるぐる歩かされて、もうどこをどう来たのかよくわからない。迷路《めいろ》のような城の中を、王と子供たちは、後先《あとさき》になって駆け抜けた。何度か見失いかけたが、足を速めて次の角までたどりつくと、王は見通せるぎりぎりのあたりを、その次の死角の中へ、すうっと消えてゆく。

からかわれているんだろうか、とリュカは考えた。同じところを、堂々巡《どうどうめぐ》りさせられてるのかな。そうして、ぼくたちは、もう歩けないほど疲れきって、座りこんで、きっと、さっきの……音からすると、蛇《へび》らしいばけもののオヤツになってしまうのかも……。

いつしか、リュカは父の銅《どう》の剣《つるぎ》を、ほんの小さな武器《ぶき》を抜いて構えていた。どこかで追いつくことができたら、すぐ切りつけてやる！　黙ってオヤツになるもんか！　遠ざかる姿をにらみながら、リュカは進んだ。やがて、王の亡霊らしきは月明かりのこぼれる小さなテラスに出た。ふたりが素早く続く。

吹《ふ》き荒《すさ》ぶ夜の風に、こどもたちは、飛ばされぬようしっかりと身を寄せあわなければならなかった。だがテラスの突端《とったん》でこちらを向いて立った王のマントは、少しもたなびいていなかった。リュカは剣を握りなおした。隙《すき》を見て、飛びかかってやる。

『盗人《ぬすっと》にふさわしきは恥辱《ちじょく》。邪悪《じゃあく》にふさわしきは厳罰《げんばつ》』

朗々《ろうろう》とした声が、突然響き渡った。悲しげな、訴《うった》えるような声だった。ビアンカにも聞こえているらしい。身構えていたお鍋の蓋をわずかにさげて、彼女も耳をすましている。

『招《まね》かれもせで我《わ》が城《しろ》に至《いた》り、尊《とうと》まれんべき黄泉《よみ》の眠《ねむ》りを妨《さまた》げしものよ。悔《く》いあらば改めよ、畏《おそ》れあらば祈るがよい。こは終局。こは果《は》ての果て。帰路《きろ》はなし。死の縁《ふち》を越えぬ限りには。絶望《ぜつぼう》の闇、永遠《とわ》の迷走《めいそう》を断《た》ち切るべきすべは、ただひとつ』

いにしえのことばは難《むずか》しくて、リュカにはさっぱりわけがわからなかった。だが、亡霊の指が、ゆっくりと動いて、テラスの外をさし示すのはわかった。

断崖《だんがい》のように切り立った城の壁の、その向こうを。

リュカはつられて横目を使い、やめておけばよかったと後悔《こうかい》した。襤褸《ぼろ》のようになった塊《かたまり》がいくつも散らばっていた。誰か、前に、ここから飛び降りたのだ。そうする以外には、城から脱出することができなかったから。

じわり、と王が動き、

『決意せよ』

冷たく言い放つと、そっぽを向いた。その身は足許《あしもと》から薄《うす》れゆき、いまにも空気に飲みこまれそうだ。

「待ってよ！　ひどいじゃないの！」

ビアンカが叫《さけ》んだ。ビアンカの目は真っ赤だった。

「あたしたち、悪いことなんかしてないわ！　子猫を助けようと思っただけ、不気味なすすり泣きの声の原因《げんいん》を知りたかっただけよ。なのに、どうして死ななくっちゃならないの？」

その声に、リュカは自分を取り戻した。

「待ってください、エリック王！」

ビアンカも仰天《ぎょうてん》したが、胸まで闇に溶けかかっていた王もまた、驚愕《きょうがく》したような顔でリュカを振り向いた。リュカは剣を納《おさ》めて、王の前に立った。

「あなたたちのお墓を、きっと取り戻してあげます。ぼく、王妃さまに頼まれたんです。だけど、どうすればいいのか、わからない。だから、教えてください、どうすればいいか。きっと、やってみせるから」

『ソフィアが』

王の口髭がわなわなと震えた。

『ソフィアがそちに話しかけたと？』

「ええ！　そうです！　えっと……あのう、たぶん、そうだと思うんだけど」

「いつ？」

と、悲鳴《ひめい》まじりのビアンカ。

「最初は、あのお墓のそばで。それから、あの、真っ暗な廊下でも。とっても、きれいな女のひとだった。白いマントで、冠をかぶって。なんだか、悲しそうだった」

「じゃ、なに？」

ビアンカは腕組《うでぐ》みをし、母親ゆずりの流し目でリュカをにらんだ。

「ひょっとすると、あんた、あのとんでもないときに、このビアンカの目を盗《ぬす》んで、よそのきれいな女のひとと、親しくのんびり、お喋《しゃべ》りなんかしちゃってたってことなのッ？」

「え？　待ってよ、ビアンカ。ぼくだって、びっくりしちゃったんだ。何度か教えようとしたんだけど、ビアンカが見そうになると、王妃さま、すうっと消えちゃって……うわわわ、そんなに押してこないでよ、落ちちゃうよ！」

『おお、ソフィア！　うるわしの我が妃《きさき》ソフィア！』

王が叫んだ。両手を天に広げ、おおげさな動作で悶《もだ》え苦しみながら。そして、下半身が透明なまま、あっけにとられるリュカとビアンカのそばまで瞬時《しゅんじ》に飛んできたかと思うと、それぞれの手をはっしと取って（実際は触《さわ》ることはできなかった。ただ、ひんやりと、冷たい感触《かんしょく》をさせただけだったのだが）言う。

『こころあらば聞け、民草《たみくさ》の子らよ。なじかは知らねど我が城、余《よ》と我が妃ソフィアの愛の褥《しとね》こコレヌール宮殿《きゅうでん》は、前《さき》んずること幾年《いくねん》、突如《とつじょ》として暗黒の気運《きうん》に呑《の》みこまれてしもうたのじゃ！　邪《よこしま》なるものどもが集《つど》い来て、我等《われら》が自慢の広間にて、闇の饗宴《きょうえん》を繰り広げること夥《おびただ》し。我等が永遠《とわ》なる誓《ちか》いの碑《ひ》さえ、魍魎《もうりょう》に汚《けが》され、悪鬼《あっき》の嘲弄《ちょうろう》に晒《さら》された。永久に共にあるべき余と妻は、惑《まど》いの闇に引き離され、やすらけく眠り続けることすらかなわぬ！』

「なんて言ってるの、このひと？」

リュカが囁《ささや》き、

「お城がばけものに乗っ取られちゃったんだって」

ビアンカが早口に囁き返した。

「悪いやつがお墓を汚《けが》して、王妃さまに逢《あ》えなくなっちゃったんだって。王さま、すっごく怒《おこ》ってるみたい。ね、リュカ、お墓にかいてあったのがあたしたちの名前だったことは、内緒《ないしょ》にしておいたほうがいいよ」

「……ふーん……」

『おお、誰《た》ぞこの窮状《きゅうじょう》を打ち破らんものよ出《いで》よ来たれ！　夜ごと、余は血涙《けつるい》をふり絞《しぼ》って嘆《なげ》き訴えた。するとひと握りほどの師士《しし》が訪《たず》ね来て、闇なるものと干戈《かんか》を交《まじ》えた。なれど邪《よこしま》の手のものの術策《じゅっさく》に、刃《やいば》に炎に眩惑《げんわく》に、あるは常軌《じょうき》を失い、あるは瀕死《ひんし》となり、あるは永遠《とわ》の亡者《もうじゃ》となり果てた。余に彼らを救う術《すべ》の得《う》るべけんや。畢竟《ひっきょう》こなたの淵《ふち》より身を投じ、うつつのその身は墜《つい》死《し》の憂《う》き目《め》を見ようとも、魂《たましい》のみせめて城より逃《のが》れ救われることであろうと諭《さと》してやるほかに、作麼生《そもさん》』

　さっぱりわからない王の長ぜりふを聞き流しながら、リュカは一心に考えた。

　王さま自身は、悪いひとじゃないらしい。悪いのは、お城をのっとったばけものだ。なら。

「そいつを、こらしめよう！」

　リュカは拳《こぶし》を固めて、王さまに、ニッコリ笑いかけた。

「ねっ、王さま、ばけものたちに、頭《かしら》はいないの？　頭《かしら》さえ懲《こ》らしめたら、ほかのばけものたちは、きっと逃げ出しちゃうよ。そうすれば、王さまとお妃さま、また一緒に静かに暮らせるようになるんでしょう」

『……然《しか》り』

　王はうなずいた。

『然《しか》れども幼《いと》けなき児《こ》よ。邪《よこしま》なるものに喰《く》らわれたならば、そもじの魂は未来永劫《えいごう》、苦難《くなん》と絶望《ぜつぼう》の暗黒迷宮《めいきゅう》を彷徨《さまよ》うことになるぞよ。それでも試《こころ》みるか？』

「うん、やってみる」

　リュカはうなずいた。実のところ、魂がどうなると言われたのかわからなかったが。

「だって。もう何人も、罪のないひとたちが犠牲《ぎせい》になっちゃったんでしょう？　そんなの、ほうっておけないじゃないか」

「やってみるしかないわね」

ビアンカもうなずいた。

「ほんものの幽霊さんがいたのは予定外だったけど、何もしないうちから負けを認めて引っこむなんてごめんだわ。このお城がもとの静かなところになってくれたほうが嬉しいし」

『さあらば』

王の亡霊は震えるまぶたを閉じた。

『案内《あんない》いたそう。肝胆《かんたん》気はすすまぬが……そなたはソフィアに逢《お》うたと言う。我が妻の見目《みめ》立《た》つる児《こ》とは、もの頼もしき。よもやの折にも、身を怨《うら》むるな。ゆめ託《かこ》つまじ』

おばけでも、怨《うら》みが怖いのかなぁ。リュカはちょっぴり不思議に思った。

ふたりは王の亡霊のあとにつき従っていった。大壷《おおつぼ》の陰《かげ》に隠《かく》されていた秘密《ひみつ》の通路を抜け、蜘蛛《くも》が巨大な巣《す》をかけた炊事《すいじ》部屋らしい場所を通って、長いこと歩き続けると、やがて、城の中央部にたどりついた。欠けた柱に挟《はさ》まれ、擦《す》り切れ埃に塗《まみ》れた赤絨緞《あかじゅうたん》を敷《し》き詰《つ》めた幅広《はばひろ》の階段を昇りきると、緻密《ちみつ》な彫刻《ちょうこく》に宝石《ほうせき》を塡《は》めこんだ両開きの扉が現れた。ふと気づくと、王がいない。

「きっと入れってことだね」

「そうね」

ふたりは小さくうなずきあい、両方の扉にひとりずつ取りつき、目で合図をして、一時に開け放った。

そこは謁見《えっけん》の間《ま》だった。遥《はる》かな高天井からは、かつては美しい飾《かざ》りででもあったのだろう、ひと知れず縊《くび》れたものの雨にさらされた衣服のように、ぼろぼろにすりきれた布がいくつもいくつも垂《た》れさがっている。複雑な模様を描く黒白の大理石の床は、奥まるにつれて緩《ゆる》い段状に持ち上がり、左右に長く伸びた最上段に、ふたつの玉座《ぎょくざ》が置かれてあった。何百という燭台《しょくだい》が、ちろちろと舌《した》舐《な》めずりをする青い炎を灯《とも》す彼方《かなた》、玉座のひとつに、何かがいた。獅子《しし》の足を象《かたど》った肘《ひじ》かけに体をあずけてうずくまっている。何かくすんだ緑色のものだ。

ふたりは無言のまま進み出た。ビアンカは後ろ手に麺棒《めんぼう》を握りしめ、リュカの手は油断なく剣《けん》の柄《つか》にかかっていた。

近づくにつれ、玉座にあるものは、頭からつま先まで隠すような緑色のローブをまとった、痩《や》せさらばえた老人であるのがわかった。皺《しわ》くちゃで、ひどく小さい。むきだしの足首など、骨の上に皮が一枚載っているだけのように見えた。だが、落ち窪《くぼ》んだ眼窩《がんか》の奥に覗く瞳《ひとみ》は、燠火《おきび》のように光っている。

「ほほう」

それは言い、年寄りくさく、ひとしきりぜいぜいと咳《しわぶ》いた。笑ったのかもしれない。

「ひさかたの馳走《ちそう》が紛《まぎ》れこんだは知っておったが、これはしたり、どちらもほんのこわわではないか。ニンゲンの雛《ひな》のめおと焼きができるのう、ひっひっひ」

「お城をかえせ！」

リュカは銅の剣《つるぎ》を抜いた。

「王さまたちのお墓をもとに戻すんだ！　でないと……ひどいぞ！」

「ふしゃしゃしゃしゃ。なんと元気のよい贄《にえ》よ。恐れを知らぬとはこのことじゃ、こともあろうに、この儂《わし》に、親分《おやぶん》ゴーストさまに意見するとは……ぬおっ！」

「……うわあっ！」

「キャアッ!!」

老人が隠し持っていた杖《つえ》をいきなり突きだすと、杖の先から、腐《くさ》った魚のようなひどい匂いの黒《こく》煙《えん》が吹きだした。思わず腕をあげて顔を覆《おお》った姿勢《しせい》のまま、ふたりは落ちた。床が消失していたのだ。真っ暗な淵《ふち》を背を下に落ちながら、リュカは、みるみる閉じてゆく頭上の穴を見、そこから零《こぼ》れてくる老人の高笑いに奥歯を食い縛《しば》った。ビアンカは顔のすぐそばを流れすぎてゆく別の床と天井を見、それから、落ちてゆく足許で真っ赤な水を湛《たた》えた大鍋を見、鍋のまわりにあわてて駆け寄ってくる奇怪《きかい》なものたちを見た。

盛大《せいだい》な飛沫《しぶき》をあげて、ふたりは着水した。

「うへっ、もう来たぜっ、早すぎるっ！」

「ひでえや親分ゴースト。服ぐらい毟《むし》ってからよこしてくれなくちゃ」

「もっと焚《た》け、どんどんくべろっ、急げ急げっ！」

ガイコツどもが足をもつれさせてバラバラになりかけながら薪《まき》をはこび、おばけキャンドルが四方八方から炎をあげ、大ネズミは鍋のまわりで輪になって握った匙《さじ》で小皿《こざら》を叩《たた》いてめでたい食前の踊りを踊った。

「いかんなー」

と、カラカラ首を振るスカルサーペント。

「人間ダシは完全に沸騰した湯に入れにゃあかんのだ。ぬる湯で長時間加熱すると肉が固くなっていけない。特に子供はサッと湯がくぐらいが適当だっちゅーのに……おっ？」

とんがり帽子のゴーストたちが、何匹も力をあわせて被せようとした鍋の蓋《ふた》ごと、みるみるうちに切り裂《さ》かれたかと思うと、リュカとビアンカが飛びだした！　幸いにも、そこはまだほんのぬるま湯だったのだ。

「えいっ！　もうほんとのほんとに頭にきたわよっ！　溺《おぼ》れちゃうかと思ったじゃないのっ。えーいっ!!」

ビアンカが両手で麺棒を振るえば、

「どけどけっ、下っぱたちには用はない。怪我《けが》したくなかったら、あっち行けっ」

リュカもすっかり手になじんだ剣であたるものみな薙《な》ぎ払《はら》う。

すっかり腹ぺこなうえに、急な飯銅鑼《めしどら》にかき集められて、不平たらたらだったばけものたちは、あまりにいきのいい食糧《しょくりょう》に、すっかり面食らってしまった。戦おうとするものと逃《に》げ惑《まど》うものが、ぶつかりあって邪魔しあい、足の踏み場もない騒《さわ》ぎ。こっちでは大ネズミがおばけキャンドルに尾を焦《こ》がされて怒《いか》り狂《くる》い、あっちではスカルサーペントとガイコツがぶつかりあった勢いで互いの骨をごちゃ混ぜにした。使命に燃えたふたりの子供の怖いもの知らずの勢いに、空飛ぶ火の玉ナイトウィプスたちは思わず色を失い、炎の尾をひく彗星《すいせい》となって飛び去った。

混雑を素早く切り抜けると、ふたりは、たったひとつの出入り口に向けて走った。

『こっちじゃ！』

指さす王の亡霊を勢い余って突き抜け、扉を潜《くぐ》ると、さっき落とされたとき通過した空洞《くうどう》のある部屋だ。

『こちらへ！』

手を伸《の》べる王妃の亡霊に従《したが》って、回りこみ、さらに昇《のぼ》る。

再び飛びこんだ大理石の部屋、危険な床を避《さ》け、殺気だって壇《だん》に駆け上がると、親分ゴーストと名乗った老人は、驚愕《きょうがく》のあまり玉座から転がり落ちた。

「な……な、なんと！　戻ってきおった!?」

「さあ、おじいちゃん、覚悟《かくご》して！」

ビアンカは老人の衣《ころも》を踏んで逃げられぬようにしておいて麺棒を振り上げ、

「いきなり落とすなんてずるいぞ！　頭《かしら》なら、ちゃんと勝負しろ！」

リュカは皺《しわぶか》深い喉元に剣先《けんさき》をつきつけた。

「た……助けてくれ！　わかった。城は返す。手下どもを連れてひきあげる。王と王妃の墓ももとどおりにする。だから、ああ、情け深いぼっちゃんじょうちゃん、もともと、儂ゃ、こんなことは

したくなかったんじゃ。どうか生命《いのち》ばかりはぁ！」

「ふん、年寄りの泣き言は真《ま》に受けちゃいけないって、いつもおかあさんが言っているわ！」

「待ってビアンカ。……おじいさん、いま言ったことはほんとかい？　誓《ちか》う？」

「ううう、誓う、うう」

親分ゴーストはわなわなと震えた。

「信じろ、かりそめにも親分と呼ばれるほどのこの儂じゃ、闇の世界のものといえども、おのが誓いのことばはひるがえせぬ。負けは負けじゃ。儂は二度と悪さはせぬ。ごほっ、ごほごほ。おお、苦しい、頼む、その剣を少しひっこめてくれ、年寄りは喉が詰まりやすいんじゃ！」

リュカが剣を離すと、親分ゴーストは喉をさすってひとしきりむせた。

「やれやれ。だから、儂ゃ、こんな役目はいやだと言うたのよ、昔から整理整頓《せいとん》は苦手での、何でもすぐになくすのじゃ。もの捜《さが》しは大嫌《だいきら》い、まして、ひとが死んでからまで大事に守っておる秘密《ひみつ》を探るなど、とうていできる器《うつわ》ではないというに。あのおかたときたら、まったく年寄り扱いの荒い……ごほっ、ごほごほ」

「……このひと何を言ってるの？」

「さあ？」

ふたりは首を捻《ひね》った。

「なんだ。知らぬのか」

親分ゴーストは、邪気《じゃき》の抜けた妙に人好きのする顔でニヤリと笑うと、手もつかずに立ち上がり、杖をついた。

「そりゃあすまんことをしたのう。儂やてっきり、おまえさんがたは、あれを奪いに来たんだと思ったんじゃ。が……うおっほん！　さて、それじゃあ、儂は行くよ。あのおかたが気づく前にとっととどこかに隠れておかなくては。いやはや、見逃《みのが》してくれて、ありがとうよ」

杖の先が真っ黒い煙を放ちはじめたかと思うと、燭台《しょくだい》の炎がみないっせいに燃え上がり、部屋じゅうを青く染《そ》めた。子供たちが寄り添って身構えていると、黒煙はみるみるうちに親分ゴーストを包みこみ、フッ、と消えた。あとには、なんの痕跡《こんせき》も残さず。止める間もなく。

「……行っちゃった……」

ビアンカが言った。

「これで、よかったのかしら」

「たぶん……そうだ！　お墓を確かめてみよう」

頭《かしら》が退却《たいきゃく》したとたん、手下どもも逃げ出したらしい。邪悪な気配の抜けた城では、道は、あっけないほどに簡単に分かった。墓に描かれた名と文句は、文字の読めぬリュカの目にもはっきりと変わっていた。

「謹厳《きんげん》にして勇敢《ゆうかん》な王エリック、ここに瞑《ねむ》る。ソフィアへ、永遠《とわ》の愛を。そうかいてあるわ。ああ、よかったわね。愛しあうふたりが、また一緒になったんだわ！　ロマンチックねぇ」

「死んでしまっても、離れたくなかったんだね」

「そうよ！　もちよ！　でなきゃ、結婚《けっこん》なんてしないほうがマシよ！」

じゃあ、ぼくのおとうさんは、ずいぶん可哀相《かわいそう》だな、とリュカは思った。

きっと離ればなれになんかなりたくなかっただろうに。おかあさんは、いったい、どうしちゃったんだろう。もう、死んでしまったのだろうか。あの世で、ひとりぼっちで、いつかぼくやおとうさんが来るのを待っているんだろうか……。

涙が出そうになったので、リュカはあわてて目をこすった。

すると、王と王妃が立っていた。互いに寄り添い、ほとんど抱きあわんばかりにして。微笑みながら。キラキラと黄金色に輝く光をまとって。

リュカがつつくと、ビアンカも気づいて立ち上がり、無言で王たちと向かいあった。

『天晴《あっぱ》れ、戦果《せんか》いみじくして佳節《かせつ》かたじけなし』

王は生《き》まじめな顔を、かすかに微笑ませて、そう言った。

『勇敢な子供たちよ。余は心から礼を言うぞ』

『これで、エリックもわたくしも、ゆっくりと眠れますわ』

まぶしく輝く光が集まりあい、ぐるぐる渦を巻き、空中に小さな球体を描き出す。

『受け取るがよい、少年。やつらが捜しておったはこのものじゃ。最愛の妻と離別《りべつ》の憂《う》き目《め》にあおうとも、余がけして譲《ゆず》らなかった地上の星、天の至宝《しほう》が、これじゃ』

　充分な光を吸いこんでしまうと、球《たま》はつやつや輝く宝珠《ほうじゅ》になった。そして、静かに落ちはじめた。思わず差しだした、リュカの、両手の上に。

「まぁ、きれいねぇ」

「なんなんですか？　ばけものたち、どうしてこれを欲《ほ》しがったんですか？」

『いまにわかろう。ただ預かりおけ、少年よ。時至《いた》るまで、衷心《ちゅうしん》尽《つ》くし生命を賭《と》しても守り抜け。そもじにならば、それができよう』

『さようなら……さようなら！』

　王と王妃の姿は煙《けむ》るような黄金の光に淡《あわ》く透《と》け、空の高みに遠ざかりながら、次第に薄れていった。あとには何も残らなかった。リュカの手の中の、黄金の珠《たま》以外には……。


　ずいぶんと長い夜だったが、あの城の中では、時間もねじ曲がっていたのかもしれない。

　雨の降った跡《あと》も見当たらない道を大急ぎでアルカパに戻った子供たちが充分に眠って起きだすと、町はもう、レヌール城の噂《うわさ》でもちきりだった。

　夜明けすぎ、町に到着《とうちゃく》した旅の詩人《しじん》が、証言《しょうげん》したのだ。道すがら、どこからともなく、心地《ここち》好い音楽が聞こえてきたような気がした。近づいてみると、美しい城があった。神聖《しんせい》な月の光に包まれて、優雅《ゆうが》な静寂《せいじゃく》のうちに眠るようなあの立派なお城は、さぞかし、このあたりのご自慢なのでしょうね。言われて驚いたひとびとが、おばけを見なかったか、不気味な啜《すす》り泣きの声を聞かなかったかと問うと、詩人のほうが仰天《ぎょうてん》してしまったのだそうだ。物見高い連中はさっそく見物に出かけた。確かに、邪悪な気配はどこへやら、城は昔ながらの、古びてはいるが荘厳《そうごん》な様子で佇《たたず》んでいるのだった。

いったい何があったのだろうと、みな訝《いぶか》しがったが、真相は誰にもわからなかった。ただし、ガーティとヨーシュは別だ。このふたりには、リュカとビアンカが、前夜のあらましを話して聞かせてやったから。

「約束《やくそく》よ。猫をもらうわ」

「……わかったよ。持ってけよ」

意気揚々《ようよう》ひきあげる道すがら、ビアンカは、猫の名前を考えた。いつまでも猫モドキじゃあ可哀相だ。候補《こうほ》はボロンゴ、プックル、チロル、それにゲレゲレ。

「ゲレゲレ?」

「いけない? お洒落《しゃれ》でカッコいいじゃなーい?」

「うーん……ぼくにはよくわかんない。プックルっていうのが、こいつの感じだと思う」

「そおお? じゃ、いいわ。あんたはプックルちゃんね」

ふがーお。プックルの名をもらった猫モドキは小さな牙《きば》をみせてひと声吠《ほ》えると、それでいい、というように、ビアンカの手を舐めた。

午前のうちに特効薬が届き、その日の昼には、パパスはすっかり元気を取り戻した。ダンカンもマグダレーナも用心のためにもう一泊してゆくようにと懇願《こんがん》したが、パパスは聞き入れなかった。おとなたちが土産《みやげ》やら荷物やらを整えている間に、リュカとビアンカは庭に出て、もう一度ふたりだけで話をした。こんなに早く別れが来るなら、どちらがプックルを引き取るか、急いで決めてしまわなくてはならない。

ビアンカは、プックルを手放したくなかった。だが、この狭いアルカパで、ずっと連れていたら、まるで、ガーティたちに見せびらかすみたいだし、そんなの意地悪っぽすぎて抵抗《ていこう》がある。おまけに、実はマグダレーナは猫毛にさわると湿疹《しっしん》が出る性分《しょうぶん》なのだ。

「ねぇリュカ、あんたちゃんと、この子のめんどうみられる？」

「だいじょうぶだよ」

「そうね。……公平に見て、あんたのほうに、余計に懐《なつ》いてるしね」

ビアンカはキュッと頬をすぼめ、リュカに笑いかけた。

「魔物も、動物と同じね。ほんとうに優しいひとはわかるんだわ。さよなら、プックル、またいつかあおうね」

ぐるぐるぐる。プックルは目を細め、ビアンカの指に顎《あご》をすり寄せた。

「おともだちのしるしに、これをあげる。だからプックル、あたしのことも、忘れないでね」

ビアンカは三つ編みの先っちょを飾ったリボンをはずし、ひざまずいて、プックルの喉に蝶結《ちょうむす》びにしてやった。プックルははじめ、困惑《こんわく》して、リボンの端《はし》を嗅《か》いだり引っ張ったりした。が、やがて、納得したらしく、悠然《ゆうぜん》と座《すわ》りこみ、前足を開いて指の股《また》まで丁寧《ていねい》に舐めだした。

ビアンカは、プックルの小さな頭をごしごしっと乱暴に撫でてやると、未練《みれん》を振り払うように、勢いよく立ち上がった。片っぽだけの三つ編みが、揺れて頬に当たった。

「あん。じゃまな髪！」

ビアンカはもうひとつのリボンを取って、じっと見た。

「こっちだけ残ってても困るから、リュカにあげる。靴の紐《ひも》にでも使って」

「ん……ありがと」

リボンを握らされながら、リュカの目はビアンカの顔に釘付《くぎづ》けだった。三つ編みの跡《あと》が波型《なみがた》に残った明るい金色の長い髪を、風がなびかせた。なんてきれいなんだろう。いつものお転婆《てんば》なビアンカと、違うひとみたい。まるで、どこかの王女さまみたいだ。

なんだか胸が苦しくなって、しかめっ面《つら》になってしまったリュカの手を、ビアンカは神妙《しんみょう》な顔つきで、ぎゅっと握りしめた。

「しっかりしなさいよ、リュカ。あたしに逢えなくて寂《さび》しいからって、泣いちゃだめよ！」

「な……泣かないよっ」

「そっか。そだよね」

ビアンカは横を向いて、空を仰《あお》いだ。今日の空の青を宿《やど》したようなビアンカの瞳が、きらりと輝くのを、リュカは見た。

「じゃ元気でね。またいつか、一緒に冒険しようね」

言うがはやいか、ビアンカは、リュカが返事をする間もなく、家に駆けこんでしまった。


「それは、どうしたんだ?」

サンタローズへの帰り道の途中で、パパスが聞いた。プックルのことだ。

「もらった」

飼《か》っちゃだめって言われたらどうしよう、と思いながら、リュカは答えた。ひょっとして、サンチョが猫毛に湿疹の出る体質だったりしたら? だが、パパスはニヤリとして、良かったな、と言ってくれた。父は思っていたのである。

(マーサも、妙な生き物に慕われていたっけな。いやはや、血は争えん)

「ところで、リュカ。銅の剣を知らんか?」

「あっ!」

リュカは飛び上がった。それは腰についていた。眠って起きて、無意識に、またもとどおりに結びつけてしまったのだった。

「……あの、借りてた……ごめんなさい、黙って借りちゃって! あのう、おとうさんは熱があって寒がってたから、ぼく、ぼく……そのう……そうだ、ま、薪《まき》を作ろうと思って！」

「ふむ。どれ、やってみろ」

それで、リュカはやってみた。手近なところに落ちていた樹《き》の枝《えだ》に、ヤッとばかりに切りつけた。自信はあった。城いっぱいのばけものをこれでやっつけたのだから。だが。

びぃぃん！　剣は弾《はじ》かれ、小さな切れ目を作っただけで、枝は折れさえしなかったのだ。

「……えっ、どうして？　うわ、どうしよう、刃《は》がこぼれちゃった……」

パパスは刃を調べ、だいじょうぶだ、と言った。

「たいしたことはない。このくらいは、研《と》げばなおる」

「ご……ごめんなさい……」

リュカは急いで鞘《さや》の紐《ひも》を解《ほど》き、刃を納めて差し出したが、パパスは首を振り、受け取らなかった。

「いいか、リュカ。おまえは木が生えていたときに上になっていたほうから、下に向けて切りつけたが、枝というものはそれでは切れないのだ。幹《みき》の芯《しん》と繋《つな》がった特に固い部分が、下から上に走っているから、よほど力がないと、刃がひっかかってしまう。根元側から葉先に向けてやってごらん」

それでリュカはそうした。こんどは慎重に、気合いをこめて。

「あっ、切れた！　うまく切れたよ、おとうさん！」

「ああ。良かったな」

パパスは切り口を調べ、妙な顔をした。予想したよりも、ずっと鋭く、きれいに平《たい》らな面を見せて切り離されていたのだ。

自分が熱に浮かされている間に、いったい何があったのだろう。パパスは眉をひそめた。リュカの顔は、なんだか、少しおとなびて見える。しゃんと伸ばしたからだも、またひとまわり大きくなったようだ。

「……よし」

擦《かす》れるような声でパパスは言った。

「じゃあ、そいつはおまえにやろう。これだけちゃんと使えるのならば、もう持っていていいだろう。ただし、毎日よく研《と》いでおくこと。冗談《じょうだん》でもひとに向けて振るわないこと。うっかり怪我《けが》をしないように、気をつけるんだぞ」

「うわぁっありがと！　うん、そうするよ、おとうさん！　……さ、行こう、プックル！」

夕間暮《ゆうまぐ》れの草原を、生命《いのち》の輝きをもてあましたような勢いで駆《か》け登ってゆく息子の背に、パパスはまぶしげに目を細めた。

（マーサ。おまえの息子は、とてもよい子に育ったよ。とても、いい子に）

草原を吹き上げる風に、父は旅着の襟《えり》をかきあわせた。風は、ひどく、冷たかった。

4 妖精の村

サンタローズに戻《もど》ってから、パパスは急に引きこもりがちになった。調べものがあるとかで朝から晩《ばん》まで自室を出てこない。時にはサンチョまで、炊事《すいじ》の手を止めて、長いこと二階《かい》にこもった。リュカが覗《のぞ》くと、どちらも難《むずか》しげな顔をして、ひそひそ声でなにやら真剣《しんけん》に相談《そうだん》しているのである。話しかければ邪魔《じゃま》になるのはわかっていた。

これでは家にいてもつまらない。ならばプックルと一緒《いっしょ》に野や山を探検《たんけん》しにいこうとしたが、村の入り口には昼夜いつでも交替《こうたい》に見張りが立っている。いやに頻繁《ひんぱん》に魔物《まもの》が出るそうで、小さなリュカは、保護者《ほごしゃ》なしでは、ただの一歩も出してもらえないのである。しかたなく、狭《せま》い村のあちこちを見物し、散策《さんさく》した。サンタローズにはリュカとつりあう年頃《としごろ》の子供はいない。プックルを相手に、鬼《おに》ごっこをしたり、相撲《すもう》を取ったりして暇《ひま》を潰《つぶ》したが、一日の終わりが来るたびに、どうにもやりきれないため息がこぼれた。

いやに春の遅《おそ》い年だった。教会の裏手《うらて》の土手に登って、なかなか沈《しず》まない太陽に、丘《おか》や山がさまざまな色あいの赤や橙《だいだい》に染《そ》め分けられて霞《かす》んでいるのなどをぼんやり眺《なが》めてみる夕暮《ゆうぐ》れ時には、身を切るような風が渡《わた》り、時にはちらほら粉雪《こなゆき》まで舞《ま》った。

「アルカパにはもうお花がいっぱい咲《さ》いてたのにねぇ」

リュカはプックルに話しかけた。プックルはそばに寝転《ねころ》んでうつらうつらしていたが、ナイフのような牙《きば》を覗かせてあくびをし、前肢《まえあし》をつっぱり高々と腰《こし》をあげて伸《の》びをし、リュカにからだを擦《こす》りつけた。

ともだちになってかれこれ半月。プックルは日ましに大きくなり、今ではもう後《うし》ろ肢《あし》でたちあがると、リュカの胸《むね》に手がかかるほどだ。ちょっとした崖《がけ》やそこらの樹木《じゅもく》には軽々と登ってしまうし、なにげなく振《ふ》り回した尾が頑丈《がんじょう》なはずの板塀《いたべい》にあっけなく穴《あな》を開けてしまったこともある。はじめはしょっちゅう膝《ひざ》に抱《だ》っこして戯《じゃ》らしてやっていたが、このごろでは、それも無理だ。重くてでかくて、すぐに脚《あし》が痺《しび》れてしまう。

プックルは利口《りこう》でやんちゃなやつだ。からだはぐんぐん大きくなっても、なにしろまだまだ赤《あか》ん坊《ぼう》。時々突然《とつぜん》火がついたように走りだしたり、やたらな場所で爪《つめ》を研《と》いだりする。卓《たく》の上に用意しかけの食事の匂《にお》いを嗅《か》ごうとして皿《さら》という皿を落として割《わ》り、お尻《しり》を撲《ぶ》たれたこともある。天井《てんじょう》の梁《はり》の暗がりに隠《かく》れていて、通りがかったパパスの頭に飛びつきかけ、鋭《するど》い返《かえ》り討《う》ちにあったこともある。戸棚《とだな》や扉《とびら》は前肢で開けてしまうし、どんな高いところにも飛び上がれるので、サンチョは家じゅうをことさらきちんと片付《かたづ》けておかなければならなくなってしまった。いたずらを叱《しか》ると、プックルは『エッ、ぼくが何かしましたか?』といわんばかりのすっとんきょうな顔をする。その顔が可笑《おか》しくて、みんな、ついつい許《ゆる》してやってしまうのだ。

どこにいても、何をしていても、リュカが呼《よ》べばきっとすぐにやって来た。夜はリュカとひとつ枕《まくら》で眠った。枕元に収まりきれないほど大きくなると、リュカの上で丸くなった。重みに耐《た》えかねたリュカが毛布をひきずりながら床《ゆか》に降りると、またそこにすり寄《よ》って寝《ね》た。ふたりはいつでも一緒だった……。

リュカはプックルを横抱《よこだ》きにして、つやつやした毛皮に頬《ほお》をくっつけた。大事なともだち。プックルがいてくれてほんとうによかった。リュカはしみじみそう思った。

「あら、リュカ。そんな薄着《うすぎ》で寒くないの？」

土手の上から、修道女が現れた。大きな籠《かご》を持っている。ゆうげの野菜を、奥《おく》の畑に摘《つ》みに行っていたのだ。

「こんにちは、シスター。平気です。こいつといると、あったかいの」

「まぁっ、ずいぶん大きな猫《ねこ》ねぇ。よく懐《なつ》いているのねぇ。……まさか」

修道女は言いかけて口ごもった。

「なんですか？」

「いえね。このごろ村じゅうに奇妙《きみょう》なことが起こっているみたいなの。お酒のかめと水のかめが入れ替わっていたり、じき完成のセーターがすっかり解《ほど》けてしまっていたり、教会でも、焼いてさましておいたクッキーが、ちょっと目を離した隙《すき》に、百個も消えてしまったの」

リュカがじっとプックルを見ると、プックルは目をまん丸にして、すまし顔をした。まるで、あらぬ疑《うたが》いをかけられて心外だ、といわんばかりだ。

「あら、ごめんなさい、そんな顔しないで！　ただね、猫さんは毛糸にじゃれるし、それだけ大きかったら、あのぐらいぺろっと平《たい》らげてしまうかもしれないなって思ったんだけど……おお、神よお許《ゆる》しくださいませ、聖職《せいしょく》にあずかるものが、罪《つみ》のないものを疑うようなことを言ってしまいました！」

「プックルは確かに食いしん坊《ぼう》だし、いたずらっこだけど」

おずおずとリュカ。

「だいたいぼくと一緒だから。よそのひとに、迷惑《めいわく》かけてはいないと思うんだけど……。あっ、そうだ、シスター。その籠を、持たせましょうか。ちょっとくらい重くても、平気で運びます。こいつ、こう見えて、けっこう役にたつんですよ」

「まあ、ありがとう、リュカ。でも、いいの。だって、これっぽっちですもの」

修道女は、籠の中を見せた。ひからびたような芋《いも》が二つ三つと、萎《しお》れた菜《な》っぱが、ひと摘《つま》みばかり。

「あんまり寒くて、野菜ができないのよ。木の実もならないから、播《ま》く種播く種、お腹《なか》をすかせた小鳥たちについばまれてしまうし。山の熊《くま》たちも困《こま》っているんでしょうね、畑の横の樺《かば》の樹《き》に、大きな爪跡《つめあと》があったわ。……はやく、春になってくれればいいんだけど」

シスターは籠を置いて、しもやけになりかかった赤い手に、はあ、と息を吹きかけた。

「そうそう。さっきね、見かけたことのない男のひとが教会に来たの。あちこち尋《たず》ねあるいて、何か捜《さが》してまわっているみたいだった。可愛《かわい》い子供を連れてゆく、こわーい、ひとさらいかもしれないわ。だから、リュカ、お外で遊ぶときは、よーく用心してね。……ほらほら、もう暗くなってきたじゃないの。お家《うち》で心配していなくて？」

「はあい、もう帰ります。さよなら、シスター」

「さよなら、リュカ。あのね、あの……おとうさまによろしくねッ！」

シスターの鼻の頭が赤いのは、寒さのせいばかりではなかったかもしれない。彼女が足早に立ち去ると、リュカは重々しくため息をついた。プックルが、青水晶《あおすいしょう》のような瞳《ひとみ》を丸くして、物言いたげにリュカを見る。

「ほんとに、きみがやったんじゃない？」

プックルは抗議《こうぎ》するように、低い声で、鳴いた。

「そっか。じゃ信じる。気を悪くするなよ、プックル。シスターはおセッカイでお喋《しゃべ》りだけど、こころがけの立派《りっぱ》なひとなんだ。サンチョがそう言ってた。うんと若《わか》いうちにおとうさんもおかあさんもなくしちゃって教会に預《あず》けられて以来、ずーっと、神さまに身を捧《ささ》げて、清《きよ》く正しく暮《く》らしているんだってさ。……けど、熊だとか、ひとさらいだとか、心配しすぎだよねぇ。もしかバッタリ出くわしたとしたって、きみが一緒だったら百人力さ！」

プックルは尻尾《しっぽ》をピンとたて、得意そうに上を向いて、ぐるる、と言った。

「もちろん、ぼくだって捨てたもんじゃないぞ」

リュカは腰のポーチから、金色の珠《たま》を取りだして見た。

「ほら、見て、プックル。ぼくは、レヌールの王さまから、これを預かったんだ。なんか、すっごく大切なものらしいんだ。……ぼくとビアンカだけの内緒《ないしょ》だけどね。きみは特別さ。さっ、暗くなる前に、帰ろうっ！」

だが、土手の横の小道を陽気な駆《か》け足《あし》で家のほうに戻りかけたとたん、リュカは足をとめ、大事な珠《たま》を背中に隠す羽目《はめ》となった。

長く伸びた林の影《かげ》と夕映《ゆうば》えが、黒とオレンジの縞《しま》をなした中を、旅装束《たびしょうぞく》の男が、こちらに向かって歩いてくる。ずんずんと勢いよく登ってくる。もうすぐそこだ。珠《たま》をポーチにしまう暇はなかった。シスターの言ってたひとだ。リュカにはすぐわかった。

サンタローズは狭《せま》い。どの家の人間もみな知りあいだ。ターバンに顔を埋《う》め、前かがみになって大股《おおまた》に登ってくる男の風体《ふうてい》に、リュカはまるきり見覚えがなかった。だが、不思議《ふしぎ》だ。なぜか、胸がざわめく。前にどこかで逢《あ》ったことがあるような気がする。

プックルも、何かを感じたらしい。ぴくぴく鼻をうごめかせたかと思うと、戸惑《とまど》ったようにリュカを見、男を見、うぐるう、と情けない声を出した。

道が急になって、足さばきの邪魔になるマントを今肩《かた》ごしに背中に放ったその褐色《かっしょく》の腕、額《ひたい》の汗を拭《ふ》こうとしてリュカの視線を感じ、ハッとあげた顔。

ふたりは無言で見つめあった。男の瞳が、何か異様《いよう》な光を帯《お》びて自分の顔を隅々《すみずみ》まで調べるのをリュカは感じた。異様な、だが、けして不快《ふかい》ではない、奇妙な視線。

「こんにちは」

男が笑うと、呪縛《じゅばく》が解《と》けたように時が流れだした。真っ白な歯が覗《のぞ》けている。声は、快活《かいかつ》で、いやしい企《たくら》みを感じさせるところは微塵《みじん》もなかった。

「元気なぼうや、後ろに持っているのは、なんだい？」

「えっ、え……ああ……なんでもないよ！」

リュカはあわてた。じれったい太陽の奴《やつ》が、ほとんど地面に水平になってもなお、名残惜《なごりお》しそうに、最後の腕の何本かを投げかけている。隠しておいたはずの珠《たま》は、その陽光を反射して、ひときわ鮮《あざ》やかに輝《かがや》いていたのである。

「素敵《すてき》な宝石《ほうせき》みたいだね。ちょっと見せてくれないか」

リュカは顔をしかめた。誰《だれ》にも触《さわ》らせたくなかった。パパスにさえ、まだ、見せたことがないのだ。見せたら、きっと、どこで拾ったのかと尋《たず》ねられる。子供だけで幽霊《ゆうれい》の出る城にでかけたことを白状させられる。ビアンカとふたりきりの秘密《ひみつ》が守れなくなる。

「だめかい？」

重ねて、男が尋ねた。

リュカは上目使いになって、男を見た。男はまっこうから夕陽《ゆうひ》を浴《あ》びて立っていた。真面目《まじめ》でひたむきな表情を、銅像《どうぞう》のように静止させて。白い服が燃え、腕に塡《は》めた銀のバングルもギラギラしていた。澄《す》んだ瞳が、茜《あかね》に燃えたつ遠い雲を映《うつ》して、いきいきと輝いている。

ああ、そうか。わかった。このひと、ちょっと、うちのおとうさんに似《に》ているんだ。

それに、もし悪いひとだったら、きっとプックルがもっと唸《うな》るはずだ。

「……どうぞ」

リュカは珠《たま》を差し出し、男の手が大切そうにそれを摘《つま》み上げるに任せた。

「素晴《すば》らしい。この世にふたつとない宝《たから》だね」

男は珠に目を近づけ、くるりと回した。ふいに球面にもろに太陽が反射して、リュカの目の前いっぱいを黄金色《こがねいろ》に弾《はじ》けさせた。あまりのまぶしさに、リュカはまぶたを閉じ、ほんの一瞬だけ、珠から目を逸《そ》らした。

「ありがとう。大事なものを。……さぁ、もうしまいなさい」

珠はリュカの手に戻されていた。残光で、まだ目がチカチカしている。知らないひとに命令されるようなのは、けして好きではないはずなのに、リュカは素直に、珠をポーチにいれ、きっちりと口紐《くちひも》を結んだ。男はそんなリュカをじっと見守った。ポーチを閉じ、リュカが改めて身を起こすと、はじめて一歩近づいてきて、背の高いからだをかがめ、リュカの肩に手をかけ、その耳に唇《くちびる》を寄せて、静かな声で囁《ささや》いた。

「ねぇ坊《ぼう》や。いいかい。どんな辛《つら》いことがあっても、負けちゃだめだよ。くじけちゃ、だめだ。がんばれよ」

「もちろん」

リュカははきはきと答えた。

「ぼくはそう簡単《かんたん》には負けないよ。そんな弱虫じゃないからね。でも、どうして急にそんなことを言うの。あなたは誰？　ひょっとして、おとうさんの、兄弟？」

「いや。違うよ」

「でも」

こんなに似てるのに。

リュカがふくれると、男は微笑《ほほえ》んだ。なんだか、胸が痛くなるような笑い顔だった。

きっともっと何か言うんだろうとリュカは思った。だが、男は、突然目を背《そむ》けると、さよならと手を振り、もうほとんど沈んでしまった太陽の方向に向かってずんずん歩きだした。ごくあたりまえの歩調なのに、なんだかあっという間に小さくなってゆく。まぶしい光の中に、もう溶けてしまいそうだ。

「待って。ねぇ、ちょっと待ってよ！」

男は振り向かない。知らず知らずのうちに、リュカは駆け出していた。小石につまずきながら、草の葉をかきわけながら。そのうちにプックルが追いつき、追い越して疾走《しっそう》していった。だがプックルも、男に追いすがることはできなかった。崖っぷちで立ち止まり、困ったように尻尾を揺らす。見失ったらしい。

リュカはプックルの肩に手をかけて、足をとめた。崖はひどく急で、ぼうぼうと伸び放題の雑草に覆《おお》われている。プックルでさえ戸惑うこんなところを、もしも降りてゆくことができるとしても、見渡すかぎりの藪《やぶ》をカサリともいわせないなんてことがあるはずがない。

太陽が沈《しず》んだ。見回すと、あたりはもうすっかり暗かった。教会の建物《たてもの》ごしに広がる村の灯《あかり》が、ひとつつき、ふたつついた。それは地上に落ちた星のように、ひそやかに慎《つつ》ましく、夜の底を彩《いろど》った。

「……変なの」

リュカは石を蹴《け》った。石は崖に落ち、何度もどこかにぶつかって、鋭い音を響かせた。プックルが黙ってリュカの脚《あし》に身をすり寄せた。リュカはふうっと肩の力を抜き、プックルの大きな頭をくしゃくしゃと撫《な》でた。

「帰ろう、プックル。お腹がすいたよ」


謎《なぞ》の男はそれきりどこかへ行ってしまったらしい。彼の噂《うわさ》は、すぐに途絶《とだ》えた。だが、サンタローズの珍事《ちんじ》――シスターの言う『いたずら』――は、いっかな減ろうとしなかった。

デーケンのご隠居《いんきょ》が、できてもいないシチューを食べたと称《しょう》して嫁《よめ》がご飯《はん》をケチるのだと、逢う人びとに泣き言をいい、嫁御《よめご》のほうは、とうとうボケが始まってしまったに違《ちが》いないと泣きくれたのを皮切りに、そういえばうちでもあれがなくなった、実はこれこれがどこかに行ってしまったのだと、村じゅうが告白《こくはく》しあい、当惑顔《とうわくがお》を見合わせた。

ひょっとすると、サンタローズには、知らぬ間に『もの忘《わす》れ』の風でも吹いたのではないか。あるいはこの村に春が来ないのも、神さまが『もの忘れ』をしておられるのではないか。迷信深《めいしんぶか》いヒソヒソ話も持ち上がった。

そのうちに、おかしなことには、どんどん拍車《はくしゃ》がかかってきた。鍵《かぎ》のかかった酒場《さかば》の椅子《いす》が誰もいぬ間に危《あぶ》なっかしい逆三角形に積みあげられたり、鳥でもなければ触《さわ》れるはずのない教会の尖塔《せんとう》に、神父《しんぷ》さまの真新しいステテコが翻《ひるがえ》ったりしたのだ。いつ、どんなことが起こるやら、予想もつかない。みなの不安と困惑《こんわく》は、ほとんど言い知れぬ恐怖《きょうふ》になりつつあった。おかげで、リュカの家は、パパスに相談をもちかけるひとびとで、またぞろ、二階が落ちそうな大盛況《だいせいきょう》になってしまった。

「まったく、困ってしまいますよねぇ」

てんてこまいでお茶を運ぶ合間に、サンチョは汗を拭《ふ》き拭き、愚痴《ぐち》をこぼした。

「旦那《だんな》さまにだって、ご自身のご用事があるというのに……そうでなくても働《はたら》きすぎでいらっしゃるというのに！　まぁ、みなさんが頼りにしてくださるような、そんな立派な旦那さまだから、しかたないっちゃあ、しかたないんですけどねぇ」

「ぼくも、何か手伝うよ」

「ほんとですか。じゃあ、すみませんけど、ひとっ走りテーミスの酒場に行って、氷砂糖《こおりざとう》とショウガ酒が余《あま》ってないかどうか、聞いてきてくれませんか？　もう、一年分も使っちまって、うちのはすっかり空《から》っけつなんです」

「わかった。もしあったら、プックルに背負わせて持ってくるね」

「そりゃあ助かります。お代はあとで、あたしがします。テーミスによろしくいってください。お願いしますよ、ぼっちゃん！」

　そんなわけでリュカは、生まれてはじめて、テーミスの酒場に出かけてゆくこととなった。通りがかるたびになにやら楽しそうな音楽が洩《も》れ、明るい笑い声がさんざめいていて、ぜひ一度中を覗いてみたいものだと、かねがね思っていたのである。用事ができたのがもっけの幸《さいわ》い。プックルと共に駆け出したリュカの足取りはいやがおうにも軽かった。

　酒場は、がらんと殺風景《さっぷうけい》だった。以前なら、明るいうちでも、暇《ひま》を持て余した老人や、仕事の一段落した男たちが、軽い昼食にふらりと立ち寄り、ついでにちょっと一杯《いっぱい》きこしめし、居合《いあ》わせた仲間《なかま》と世間話《せけんばなし》に興《きょう》じていつまででも座《すわ》りこんでいたに違いないのだが、なにしろ、あの椅子の怪《かい》異《い》のすぐあとだ。みな、薄気味《うすきみ》悪がって、ひとりでは来ない。夜になれば、可哀相なテーミスのために、四、五人固まってやって来ないでもないのだが。

　所在《しょざい》なげに、その日朝から四回めの掃除《そうじ》をしていたテーミスは、そんな昼間に訪ねてきた小さな姿に思わず相好《そうごう》を崩《くず》した。

「おやおや。これはこれは、可愛らしいお客さんだ。ようこそ当店へ。おはじめてですね。なんです、ミルクでもお出ししましょうか」

　人気《ひとけ》のない酒場のカウンターでひとりしみじみグラスを傾《かたむ》ける、まるでおとなの男みたいに！　この誘惑《ゆうわく》にリュカは思わずうなずきかけたが、サンチョの忙しそうな様子を思いだして、あわてて首を振った。

「いいえ、ごめんなさい。ぼくは、お使いで来たんです。うちのサンチョが、氷砂糖とショウガ酒と、余ってたら分けてもらえませんか、って」

「ああ、いいですよ」

テーミスはホウキとチリトリを壁ぎわに押しやった。

「氷砂糖はひと袋ここにあります。ショウガ酒も、確か、飲みごろに漬《つ》かってるのがまだひと樽《たる》残っていたはずだ。蔵《くら》から出してきましょう」

リュカは蔵までついて行った。

半分地下に掘《ほ》り下げたところにある酒蔵《さかぐら》は、薄暗く、空気がひんやりと湿っていたが、清潔《せいけつ》でよく整頓《せいとん》されていた。横になった樽や、まっすぐたった樽、穀物《こくもつ》の麻袋《あさぶくろ》や、干《ほ》した野菜が、年度や種類ごとに幾列《いくれつ》も並べてある。テーミスはさっさと奥に行って、お酒の樽を調べ始めた。リュカとプックルは、興味津々《しんしん》あたりを見回しながら、棚《たな》と棚の間を入っていった。

ふいに、変なものを見つけた。棚のてっぺんの暗がりで、小さな靴《くつ》が、ぶらぶら揺れているのだ。靴の裏側《うらがわ》は、子猫の足の裏みたいに、いかにも柔《やわ》らかそうなピンクで、まるで、おろしたてのように、泥汚《どろよご》れひとつついていない。

リュカは近づいた。靴は棒《ぼう》っきれみたいな足につながっている。足の上は、酒樽の向こう側に消えていた。腰をかけているというより、足だけ垂《た》らして寝転《ねころ》がっているらしい。

「……ねぇ、そんなとこで、なにしてるの？」

リュカが小声で尋《たず》ねると、キャッと甲高《かんだか》い叫《さけ》びがあがり、ジタバタと足が揺れ、上の暗がりにひっこんだ。たちまち酒樽が傾《かし》ぎ、棚がひっくりかえりそうになった。リュカとプックルはあわてて棚を押さえた。

「おーい、いたずらするなよぉ」

遠くでテーミスが言った。

「ごめんなさーい、ちょっと、つまずいたのー」

叫び返して、リュカがまた見上げると、変な奴《やつ》は、樽の上によつん這《ば》いになって、こっちを見下ろしている。細く釣《つ》り上がった目、小さくすぼめたような口、ピンとつき立った耳。やっぱり猫みたいな子だなぁ、とリュカは思った。プックルが、親しげに喉《のど》を鳴らしているのも、まったくもっともだ。

「ああ、びっくりしたねよ」

その子は言った。みうみうと、丸く聞こえる声だ。

「ひょっとして、あなたには、あたしが見えるかのよ？」

「見えるよ」

リュカはうなずいた。

「きみ、だあれ？」

「よかった！　気がついてくれるひとがいて。もう、どうしようかと思ったりもよ。ふう」

猫みたいな子は、ひょいと空中に飛びだすと、音もなく床《ゆか》に降りたった。

「はろりん。あたしベラ。ポワンさまのお使いのよ。人間に、助けを求めに来たのだわさ」

「ポワンさまって？」

「なに、ポワンさまを知らない？　からかっちゃあ、いやだりも！　ポワンさまといえば、妖精《ようせい》じゅうで、いちばん……」

テーミスが呼《よ》んだ。

「おーい、リュカー」

「ちょっと来てみてくれー」

はーい、とリュカは返事をし、どうしよう、と、ベラを見た。

「うんちょめ。ここじゃあ、ゆっくり話ができないだわり。あ、そだそだ、確か、この村には、もうひとつ地下室のある家があったでしょし。あそこで待ってる。きっと、来てねよ！」

言うがはやいか、ベラはしゃっくりのような声を洩《も》らし、そのまま、消えてしまった。なんだか、お酒みたいな匂いがした。あの子、退屈《たいくつ》して、ここのお酒をちょっと貰《もら》っちゃっていたのかもしれない。そういえば。『やっと気づいてくれるひとがいた』ってことは、さんざん気づいてもらおうとしてたってことで……。

「おーい、リュカー？　迷《まよ》ったのかぁ？」

「あ、ごめんなさい。いま、いきまーす」

地下室のある家なんてほかにあったっけ？　……あ、そうか！　なーんだ、ぼくんちのことじゃないか！


「さんざん変ないたずらしたの、きみだね」

氷砂糖の包《つつ》みとショウガ酒の樽を振り分けてプックルに背負わせ、無事に届けて、サンチョの感謝《かんしゃ》の接吻《せっぷん》を受けると、リュカは大急ぎで地下室に降りていった。ベラはそこにいて、パパスの馬具や鍵《かぎ》のかかった櫃《ひつ》などを、興味津々《きょうみしんしん》見物しているところだった。

「みんな、ずいぶん心配したんだよ。こんど、ちゃんとあやまんなよね」

「いたずらじゃないもよ！」

ベラはもともとツンとした口をますますとんがらせた。

「いっくらあたしが話しかけても、誰《だれ》も耳かしてくれないりもの。なんとか気がついてもらいたかったんだよね！　それより、急ぐんだも。いい？　でかけられる？」

「でかける？　でも、ぼく、村の外には出してもらえな……ああっ！」

リュカはその目を疑《うたが》った。地下室の床《ゆか》の真ん中、明かり取りの窓《まど》のかたちが四角く光っていたところから、キラキラと光の粒《つぶ》があふれだしたのだ。まるで、噴水《ふんすい》の水が空高く飛び上がるように。粒はみるみるうちに、寄り集まって、光の階段を形作った。

「さ、はやくはやく！」

ベラはリュカの手を取ると、階段のほうにひっぱった。

「説明はポワンさまがするねよ。とにかく、あたしについて来るがも！」

ベラはぴょんぴょん跳《は》ねるような足取りで、さっさと昇っていってしまう。リュカはおっかなびっくり最初の段に足をかけてみた。沈《しず》まない。ちゃんと固い床《ゆか》があるかのように、足は何かを踏みしめ、空中に浮いてしまっている。そこにはただ、光の段々があるだけなのに。

「はやくったらさ！」

まぶしくて見えない上のほうから、ベラの呼ぶ声がする。

リュカは覚悟《かくご》を決めて昇りはじめた。元気よくプックルが続く。ひとりと一匹は、どんどん昇っていった。もうすぐ天井だ。頭が、ガツンとぶつかって、それで目が覚《さ》めるのに違いない。ひょっとしたら、ぼくも、テーミスの蔵で、お酒の気《け》にあたっちゃったのかなぁ。それにしてもぶつかるところをもろに見るのはごめんだよ。リュカはギュッと目を閉じたものの、そのまま素直に昇り続けた。ぶつからなかった。かわりに、ふわり、とからだが浮くような感じがし、気がつくと、足の下に、もう、階段の感触《かんしょく》がない。

「うわぁ……落ちる！」

落ちなかった。どこにもぶつからなかった。おそるおそる目をあけたリュカは、あたり一面に七色に輝く雲か鳥の羽根《はね》のようなものがふわふわと漂《ただよ》い渦巻《うずま》いているのを見てびっくりした。あたり一面。上も、右も左も、足の下にもだ。まるで、巨人《きょじん》の蒲団《ふとん》の中に紛《まぎ》れこんでしまったかのようだ。触《さわ》ろうとしたけれど、手に取ることはできなかった。浮かんでいる。飛んでるんだ。リュカは思わず両手を振り回し、プックルの尻尾《しっぽ》に触《さわ》ったので、急いでそれをつかんだ。きゃおん、とプックルが抗議《こうぎ》の声をあげた。すると、それが合図だったかのように、ふっ、と雲が消えた。

リュカは、見たこともない池の真ん中に立っていた。足許《あしもと》を、小さな槍《やり》のような形の魚たちが忙《いそが》しげに泳いでゆくのが見えた。水の上に立っているのかとギョッとしたが、よく見ると、足許には、睡蓮《すいれん》の葉のような塊《かたまり》があった。それは、まるで冷たくない氷のようにすっかり透明《とうめい》で、水に浮かんでいるのである。

睡蓮はいくつも繋《つな》がって道となり、ちょうどリュカのいるところで十文字《じゅうもんじ》に交差していた。正面はキラキラ光る小さな城《しろ》まで、後ろは少しの地面を経《へ》て黒々と深い森に続いている。森のそばに、丸太小屋のようなものがある。その外で、誰かがふたり、木を輪切《わぎ》りにしただけの椅子に座って、おしゃべりをしているのが見えた。ベラの姿はどこにもない。

ぐうろろろ。プックルが不平そうに鳴いたので、リュカはあわてて、力いっぱい握《にぎ》りしめてしまっていた彼の尾を離した。

「あのひとたちに、聞いてみよう」

リュカは歩きだした。プックルははしゃいだ足取りで、とたとたと先に立つ。

「気をつけてくれよ、プックル。あんまり乱暴《らんぼう》に歩いたら、割《わ》れちゃうかもしれないぞ！」

透明な睡蓮はみかけより頑丈《がんじょう》なものらしい。たちまち向こう岸にたどりついてしまったプックルが、はやく来いとでも言いたげに尾っぽを振って喉を鳴らす。リュカは足を速めた。

「こんにちはあ、すみませーん」

リュカが声をかけると、丸太小屋のそばの人影が顔をあげ、杖《つえ》にすがって立ち上がった。お年寄りだ。青みがかった灰色《はいいろ》のローブを羽織《はお》っている。頭のてっぺんはツルツルで、耳のすぐ上にだけぐるりと白髪《しらが》が残っている。

「き、き、き、キラーパンサー!?」

お年寄りは杖をわなわな震《ふる》わせた。

「そりゃ、かの地獄《じごく》の殺し屋ではないか！　そ、そなたの連れかっ？」

「え、この子のこと？　そうですけど？」

リュカは心配になった。このおじいさん、猫が嫌《きら》いなのかしら。

「へーえ、その大猫キラパンくんっていうの」

丸太小屋の陰《かげ》になっていた部分から、水色のぷるんぷるんしたものが好奇心《こうきしん》いっぱいの顔をのぞかせた。スライムだ。リュカはびっくりした。スライムって、口がきけたのか！

「名前はプックルっていうんだよ。強いけど、ふだんはとってもおとなしいんだ」

リュカはプックルの喉を撫《な》でてみせた。

「ずいぶんでっかいねぇ」

「さわってごらんよ。かまわないから」

「ほんと？　いい？」

スライムはひょこたんひょこたんと弾《はず》んで来ると、でっかい目をぱちぱちさせてプックルを見上げた。

「ひぇー。すんげえ口。ひと呑《の》みにされちゃいそう」

スライムの頭のとんがりが、ぷるんぷるんして、たまたまプックルの鼻の穴のあたりをくすぐった。プックルは顔をむずむずさせて堪《こら》えたが、とうとう、堪えきれなくなった。

べっくしょぃっ！

「うわおっ」

吹き飛ばされたスライムを、リュカはあわてて支えてやった。というより、たまたまその後ろに立っていたため、飛んできてぺしゃんこになったスライムが顔から胸までぺったり張りつくのを我《が》慢《まん》した、というほうが正しい。

「わぁっ。きみ、スライムくん、大丈夫《だいじょうぶ》かい？」

「ひゃー、びっくりした。すんごいスリルだったあ」

と、苦《く》にもせず、剝《は》がれ落ちて、またもとに戻るスライム。

「うわぁ、便利なんだねぇ、きみのからだって」

「えへ。そんなふうに言ってもらうと嬉《うれ》しいよ。スライムなんて、どこが頭でどこからお尻《しり》かもわからない、ぶよぶよのぐちょぐちょで、気味悪い！　なんて悪口を言うやつもあるからねぇ。……でも、ポワンさまは違うよ。スライムにもスライムのいいところがあるって、優しく慰《なぐさ》めてくれるのさ。だから、きっと、きみたちだって歓迎《かんげい》してくれると思うよ」

「ポワンさまって、誰なの？」

前にも聞いたな、と思いながらリュカが尋ねた、そのとき。

「あん！　こんなところで油売ってただよか？」

どこからともなくベラが現れた。

「早く早くったら、ポワンさまがお待ちかねだってんぽ！」

「わかったよ。じゃ、さよなら、おじいさん、スライムくん。またね」

ベラのあとに従って、睡蓮の道をゆくリュカたちを、お年寄りとスライムが見送った。

「人間にも、けっこういい奴がいるんだねぇ」

と、スライム。

「そもそも、ここに来ることができた人間って、おじさん以来じゃない？」

「……むう。儂《わし》ゃずいぶん修業《しゅぎょう》をつんでこうなったが。あのような獰猛《どうもう》な怪物《かいぶつ》を手懐《てなず》けてしまうとはなあ。あの少年、みかけは子供だが、ただものではないやもしれんぞ」

お年寄りが呟《つぶや》いた。

近づくにしたがって、城は、数えきれないほどたくさんの宝石《ほうせき》の原石が、いくつもいくつもくっついて互《たが》いに支えあった一個の巨大な群晶《クラスター》であることがわかった。床も柱も天井も、全部が全部、きれいな結晶《けっしょう》で埋《う》めつくされている。色とりどりのとんがりやでっぱり、切り落としたようにすぱりと平《たい》らな面が、歩くにつれて、反射したり、ちかちか瞬《またた》いたりするさまは、たとえようもなく素晴《すば》らしかった。どれひとつとして、同じ結晶はない。完全に無色透明《むしょくとうめい》なもの、薔薇色《ばらいろ》なもの、紅《あか》いもの、黄色いもの、青、緑、紫《むらさき》。また、苔《こけ》や煙《けむり》を閉じこめたように見えるもの、黄金《おうごん》の雨を秘《ひ》めたもの、油のような七色に輝くもの、銀色でゴツゴツした卵めいた塊、内部に生じた虹《にじ》を投《とう》影《えい》しているもの、などなど……リュカはすっかり見とれてしまった。

そんな宝石でできた階《きざはし》を、ベラのあとに従って、螺旋《らせん》に昇ってゆくと、天鵞絨《ビロード》のような真っ赤な絨緞《じゅうたん》を敷《し》き巡《めぐ》らした広間に出た。小高い壇《だん》の上、結晶体の玉座《ぎょくざ》に、薄物《うすもの》をまとい、繊細《せんさい》な水晶細工《ざいく》の冠《かんむり》を被《かぶ》った女のひとが、ひとりひっそりと座っている。耳や目の形がベラによく似ており、ただ少しおとなびて、ほっそりとして、近づきがたいほど高貴《こうき》な感じがした。リュカは錠前屋《じょうまえや》のバスキンのところの猫のことを思いだした。砂漠《さばく》生まれのその猫は、たとえ眠っているときでも上品この上なく、餌《えさ》のネズミを捕《つか》まえてむさぼり喰《く》っていてさえ、おすまし顔を崩《くず》さないのだ。

舞台《ぶたい》も、ひとも、まるで夢《ゆめ》のように美しく、威厳《いげん》に溢《あふ》れていた。リュカは赤い絨緞に両膝《りょうひざ》をついた。プックルも、隣《となり》で腹這《はらば》いになり、両耳を後ろに寝かして敬意《けいい》を表《あらわ》している。

美しい女のひとは伏《ふ》せていた長いまつげをあげ、切れ長な瞳《ひとみ》を、まっすぐにリュカに向け、優《ゆう》雅《が》な眉《まゆ》をひそめた。

「ずいぶん可愛らしい戦士を見つけてきましたね、ベラ」

「あらすみませんだわ、ポワンさま。でも、このリュカって子だけだったんですねよ、あの村で、あたしに気づいてくれたりもは」

ポワンは薄く微笑《ほほえ》み、鈴《すず》を振るような声をリュカに向けた。

「わたくしは妖精《ようせい》の女王、ポワン。人間族の戦士よ、よくぞ来てくれました。そなたの助けが必要なのです」

「はい。お力になります」

リュカは答えた。

「でも、何をすればいいんですか？」

「春風のフルートを取り戻してほしいのです」

「春風のフルート？」

「わたくしたちの宝、わたくしたち妖精に与えられた役目を果たすために、欠かすことのできない道具のひとつです。それがなければ、わたしたちは、春をもたらすことができません。あなたがたの村サンタローズは、いまだ雪と北風に閉ざされているでしょう？　それは、フルートが盗《ぬす》まれてしまったからなの。あなたも知っている山裾《やますそ》の村アルカパの、花や樹木《じゅもく》や鳥や獣《けもの》たちに今年の春の歌を聞かせたあとで、あなたがたの村に出かけようとしたそのときに」

「どうして？　誰がそんなことを？」

「ザイルというドワーフの少年です」

　ポワンは辛《つら》そうに目を伏せた。

「なぜそんなことをしたのかは、わたくしにもわかりません。わたくしたちは彼と話しあおうとしました。けれど、人間の戦士よ、彼が身をひそめる氷の館《やかた》や、そこまでの道筋《みちすじ》には、悪意に満ちた魔物《まもの》たちがたくさんいます。わたくしたちは彼に近づけず、ゆえに、その真意を問《と》い質《ただ》すことさえできずにいるのです」

「わかりました」

　リュカはうなずいた。

「ぼく、その子にあってみます。そして、フルートを返してくれるよう、頼んでみます」

「おお。そうしてもらえますか」

「だって、春がこないと、シスターのしもやけが治《なお》らないし。人間も、木も草も、小鳥も、熊《くま》も、みんなお腹《なか》が減《へ》って死んじゃうもの」

「小さな戦士、あなたはこころに春を持つ子なのですね」

　ポワンは猫のような瞳を弧《こ》にして微笑《ほほえ》み、さっと片手をあげた。リュカの目の前の床が音もなくせりあがり、象牙《ぞうげ》の台座《だいざ》に載《の》って、ごつごつと節《ふし》くれだった一本の杖《つえ》が現れた。

「樫《かし》の杖《つえ》です。持っておゆきなさい」

「どうもありがとうございます。じゃ、行ってきまぁす！」

「いまひとつ。出かける前に、階下の書典官《しょてんかん》の元に寄りなさい。人間は誰でももともと、いくつかの呪文《じゅもん》を知ることができるもの。いいえ、みな、ほんとうははじめから知っている。ただ、生まれるその時に忘れてしまうのです。書典官は、あなたの心の襞陰《ひだかげ》に埋《う》もれているそれを見つける手助けをしてくれましょう……ベラ」

「はいや」

「この戦士に同行を希望しますか。案内《あんない》してさしあげてくれますか」

ベラは猫目をぱちくりさせ、少し考えたが、やがてきっぱりとうなずいた。

「まいりますねも、ポワンさま。この子を見つけたのはあたし、おまけに、サンタローズは、おばあちゃんの代からうちの一家の管轄《かんかつ》ですもよ」

「では、お行きなさい。無事《ぶじ》を祈ります」


妖精たちに見送られて宝石の城を抜けると、行く手の視野《しや》がぽっかりと開けた。あたりは突然《とつぜん》、荒涼《こうりょう》とした大地になった。右も左も、みるからに栄養《えいよう》の乏《とぼ》しい土くれとしょぼしょぼ冴《さ》えない草ばかり、どこまでも平らな地面が薄灰色《うすはいいろ》に霞《かす》みながら、世界の果てまでも続いている。空には厚《あつ》い雲のようなものが垂《た》れこめ、太陽のあるらしいあたりが、ぼうっと丸く明るんでいるばかりだ。

目を楽しませてくれるものなど何ひとつなく、生きているものの気配はどんなかすかなものもうかがえない。まったく、うんざりするように無味乾燥《むみかんそう》とした土地柄《とちがら》である。

明るみはいくら歩いても動かなかった。いくら時が過ぎても動かなかった。太陽ではなかったのかもしれない。あるいは、ここでは、時は流れなかったのかもしれない。まっすぐ北を向いて歩き続けるうちに、リュカは足の下が、こちんこちんに固くなりはじめたのを感じた。凍《こお》っているのだ。耳たぶを千切《ちぎ》りそうな風が渡《わた》る。時には、つぶてのような霰《あられ》を交えて。

「……ずいぶん寂《さび》しいところだねぇ」

沈黙《ちんもく》に耐えかねて、リュカは言った。

「でしょねも。ひどい荒廃《こうはい》ぶりさよね。前はこのへんまで、きれいなお花畑だったねよ。ポワンさまは、お優しいかたじゃああるけど、あんまり強引じゃないもね。……あののねの」

ベラはサッとあたりを見回し、リュカの首に腕《うで》をかけ、その唇《くちびる》を耳にくっつけた。

「ポワンさまてば、ちょーっと考えが甘《あま》いんじゃないかって意見もあるりん。人間も妖精も、動物も魔物だっても、みんなで仲よく暮らしたいっぷ、なんちゅら、夢《ゆめ》みたいことばかりおっしゃりも。スライムだのドワーフだのち、妙《みょう》てけれんな奴《やつ》らにまで親切すぎりも困りのさ」

「でもさ、ぼくたち」

リュカは目をぱちぱちさせた。

「ちゃんと仲よく、うまくいってると思うけど。ぼく、人間だし、きみ、妖精だし」

がうるるる！　とプックルが唸《うな》った。

「このプックルは、魔物の子供なんだって。きららぱんつとかいう名前の」

「きららぱんつ？　そんな魔物いたかしらの……あはあ、わかったぴ！　キラーパンサーでしょら！　……ええっ、こいつ、そうなのめっ!?」

得意そうに髭《ひげ》をしごくプックルを横目で見て、ベラは恐《おそ》ろしそうに距離《きょり》をあけた。

やがて、霰《あられ》は大粒《おおつぶ》の雪にかわり、あとからあとから降り積もるようになった。風がひどく巻いているので、雪は上から下にばかりでなく、下から上へも飛びしきる。白い花のような雪が、だんだんに濃くなり、深くなり、あたりはろくに見えず、長靴の中で足が凍《こご》えた。突風《とっぷう》に腕をあげて避《さ》けた勢いで、たまたま後ろを振り向けば、リュカの小さな足跡《あしあと》と、プックルの花びら型の跡《あと》が、たちまちのうちに吹き散らされ、埋められてゆく。まるで、戻る道筋すら、何者かが周到《しゅうとう》に閉ざしてまわっているかのように。そう、足跡は二つだった。リュカのと、プックルの。ベラの足跡はついていない。どうやら、ベラはほんとうの意味では足を地面につけずにすむらしい。いいなぁ、とリュカは思った。きっと足が冷たくないもの。

雪礫《ゆきつぶて》が細かな粉《こな》になり、眼前《がんぜん》を閉ざす白い幕《まく》がわずかに途切れたとき、彼方《かなた》にいくつか、きのこのような形の岩が見えた。寒さと緊張《きんちょう》に、からだがひどくこわばり、むき出しの手や顔は、もう真っ赤にかじかんでしまっている。あそこまで行ったら、ちょっと腰かけて休ませてもらおう。それを楽しみに歩いたのだが、近づいてみると、きのこ岩はひとつひとつが村長さんの家ほどの、ひどく巨大なものだった。椅子《いす》には使えそうにない。

それでも、ともかく。これっばかりの変化にも、心は躍《おど》った。

「面白《おもしろ》い岩だねぇ。神さまって、変なもの作るねぇ」

うっすらと雪帽子《ゆきぼうし》を載《の》せたきのこ岩の軸《じく》は、ずいぶん細い。いまにもぐらっと傾《かたむ》いて落ちてきそうだ。

「こんなすごい風の中、岩の間を抜けるの、危《あぶ》なくないかな?」

「平気だわさ。転げるものなら、百年も前に転げてよる。これが目印なのねよ、ここが一番の近道だもや……あ、あわわわっ? なにや!」

ベラが平然と手をかけた折《おり》も折、岩の上から、緑色の 塊《かたまり》がどさどさいくつも落ちてきた! 言わんこっちゃない! リュカは急いで立ちすくむベラを突き飛ばした。と、もうもうとあがる雪煙の中から、真っ赤な針《はり》のようなものが、いくつもいくつも飛びだして、いまさっきまでみんなの立っていたあたりをかすめていくではないか。

「……サボテンボール……! 魔物りめ、リュカ!」

それはまんまるで、全身にびっしり隙間《すきま》もなく棘《とげ》をまとった奇妙なばけものだった。鞠《まり》のようなからだで弾《はず》んではおっこちてくる。悲鳴をあげるベラを背中にかばって、リュカは杖を掲《かか》げた。

おんもうん! サボテンボールたちは耳の奥にいつまでも低くこだまするような声で吠《ほ》え、みないっせいに高々と弾んで、降りかかってきた。リュカは杖をかざし、まっすぐ敵《てき》の下に踏《ふ》みこんだ。

おうももおうん! 真っ赤な針が何百もいっぺんにぎらぎら光った。リュカは背をゾッと凍らせた。だが、リュカの手は無意識のうちに杖を撥《は》ねあげ、降りかかる緑色の生きた鞠を次々に打ち払った。燃えるつららのようなサボテンボールの棘が、頬をかすめ、マントを貫《つらぬ》いて飛んだ。毒々《どくどく》しい花をつけたひときわ大きな奴が三匹ばかり、交差する軌道《きどう》を描いて宙《ちゅう》に飛び、サッとしゃがんだリュカを捉《とら》えそこねて互いにひっぱたきあい、突き刺しあって、ぎゃあっと声をあげる。ひと塊《かたまり》になって転がる魔物を、リュカは、がつりと打ちすえた。ぼうぼうん！　痛がるサボテンボールたちの声がくぐもる。やった！

リュカがにっこりした瞬間《しゅんかん》、サボテンボールのひとつが、くるりとめくれあがるようにして立ち上がり、高々と両手を掲げた。魔法使いだ！　衣《ころも》を被《かぶ》って隠《かく》れていたのだ。

「ヒャド！」

「うわぁっ」

すさまじい冷気が吹きつけてきた。ぴしぴしと飛んでくる雪つぶてに息がつまり、目も開けられない。傍《かたわ》らでプックルがくしゃみをする。

どうしよう……このままじゃやられる！　リュカは焦《あせ》った。と。

「ルカナン！」

ベラが必死に叫ぶのが、凍えた耳にかすかに届いた。確か、それは、敵の守りを脅《おびや》かす呪文。リュカはハッと我にかえり、振り向きざま、両手で杖を高々と構えながら、立ち塞《ふさ》がった魔法使いに、からだごと思いきってぶつかっていった。魔法使いの枯《か》れ枝《えだ》のような指がリュカの顔のそばで苦痛《くつう》にのたうち、フッと消える。リュカは、杖を突き出した恰好《かっこう》のままどさりと地面に落ちた。雪がたくさん積もっていたので助かった。プックルは、のしかかるサボテンボールたちをぶるぶる振りほどき、鋭《するど》い爪で引っ掻《か》いた。ベラはきのこ岩の傘《かさ》の下で身を守りながら、次々に呪文を唱《とな》えた。

やがて唐突《とうとつ》に戦いは終わり、あたりはただ一面、降り積もる雪に音という音を吸いこまれたような、真っ白くもの柔《やわ》らかな世界になった。リュカの息が白い煙となって丸くたなびいた。

戦士たちは、互いに寄りあつまり、無事を確認して、ホッと微笑んだ。

「……ありがとう、ベラ。助かったよ。呪文の力って、すごいんだね」

「もちろんよさ。力任せばかりじゃあ、ばけものどもには勝てるわけがないねの」

ベラはおちょぼ口をニヤリとさせた。

「あやや、リュカったら、怪我《けが》をしてるじゃないのわ。そうだわ。いまのうちに、あんたも、教わったぶん、試《ため》してみるといいよさ」

リュカはうなずき、書典官に教わったいくつかの呪文を頭の中で反芻《はんすう》した。回復の呪文は、なんだっけ？　確か。リュカは、ホイミと唱えてみた。するとたちまち傷が塞《ふさ》がり、頬があたたかくなり、がっくり重くなっていたからだじゅうに再び力が漲《みなぎ》る感じがした。

「うわあ、すごい。こりゃいいや」

「うふふん。ねっ。とってもいいですのさ。呪文は確かに便利だけどの、いつも充分《じゅうぶん》に効《き》くとは限らないも。そうして、あんまり頻繁《ひんぱん》に唱えて、気力を使い果たしてしまうと、あえなくちょんぱ、一巻の終わりよさ」

「わかった。気をつけるよ」

一行は、再び北に歩きはじめた。雪はそのうちに小降りになったが、道はひどく険《けわ》しい岩尾根にさしかかった。剣を連《つら》ねたような谷間を凍《い》てつく風が吹《ふ》き荒《すさ》び、時々あちこちに雪崩《なだれ》も起こった。そして、まるで彼らが足場の悪いところにさしかかるのを待っていたかのように、あとからあとからばけものが出現した。

土わらしは気味の悪い舌《した》を信じられないほど遠くまで伸ばして襲《おそ》いかかり、ガップリンはいかにも意地が悪そうな大きく裂《さ》けた口から恐ろしい眠《ねむ》りの呪文を唱える。ホウセンカのように弾けて飛ぶスピニー、火の息を吐《は》くラーバキングなど、不気味な生き物ばかりが育つのは、この一帯にたちこめた悪意と瘴気《しょうき》のせいなのだろうか。

ひとりきりだったら、きっと、勝てなかっただろうな、とリュカは考えた。死んでしまうか、怪我をするか、少なくとも、先に進む気力が挫《くじ》けてしまったに違いない。けれどプックルとベラがいる。人間と、妖精と、魔物。種族が違うからこそ、できることが少しずつ違う、得意なことが少しずつ違う。だから、みんなで力をあわせると、すごく強いんだ！

足を取る雪と、厳《きび》しい寒さ。際限《さいげん》なく襲《おそ》ってくる魔物たち。辛《つら》い道のりだったけれど、仲間がいれば何でもない。リュカの指がたりなくなるほど戦果《せんか》を重ねたころ、彼らはいつしか尾根を越え、涸《か》れ谷《たに》を埋《う》めた厚い雪を踏み越えて、フルート泥棒《どろぼう》ザイルの隠れているという、氷の館《やかた》にたどりついたのだった。

館《やかた》の入り口は、切り立った氷の崖《がけ》の中途に穿《うが》たれたうつろな虚《あな》、魔人《まじん》のしゃれこうべの見開かれたままの眼窩《がんか》のような、見るからに不吉《ふきつ》な感じのする洞穴《どうけつ》だった。谷を埋めつくした雪の風に吹き寄せられた跡《あと》が、長い年月を刻《きざ》みこんで天然の階《きざはし》になっている。リュカが先頭、次にプックル、しんがりにベラ。硬《かた》い雪を踏みしめて、一行は、穴《あな》を潜《くぐ》った。

意外にも、中は明るく、広々としている。あたり一面、美しいといってもいいほどぴかぴかだった。何百年分も積み重なり自分の重みで押しつぶされた積雪《せきせつ》は、純白《じゅんぱく》の生地《きじ》に神秘的《しんぴてき》な青の横縞《よこしま》を鮮《あざ》やかに描《えが》きだし、何万ものつららが氷のシロホンのようにうねりながら続いている。つるつる平らな床のあちこちには、かつて落ちたつららが細《こま》かに割れてうず高く堆積《たいせき》し、あぶなっかしい氷のケルンをなしている。遥《はる》かな天井《てんじょう》から屈折《くっせつ》に屈折を繰り返してここまで届いた光は、ほのかに柔らかく、随所《ずいしょ》で小さな虹《にじ》を宿《やど》した。

外の雪嵐《ゆきあらし》が遠退《とおの》き、やがてまったく聞こえなくなった。一歩ごとに腰まで埋まる雪もここにはない。歩くのがぐんと楽だ。うっかり触《さわ》ると手袋《てぶくろ》がくっついてしまうほど冷たい氷の壁がどこまでも迷路状《めいろじょう》に続く、ひんやりとひっそりと静まりかえった氷の迷宮を、彼らは、注意深く進んだ。

最初、迷路はたいしたことはないもののように思われた。なにせ壁はところどころ完全に透明で、何重なりも向こう側まで、はっきり先が見えるのだから。だが、どんな悪意のたまものか、道はひどく入り組んでおり、とんでもない方角まで回りこまなければ、望む方角に進むことができない。回りこんでいるうちに、もともとどっちをめざしていたものやら、頭が混乱《こんらん》してしまう。さんざめく氷のまとった光の乱舞《らんぶ》は、はじめにはずいぶん心を楽しませてくれたが、だんだんうるさく煩《わずら》わしくなり、その無雑作《むぞうさ》なまぶしさが、いちいち眼球《がんきゅう》に突《つ》き刺《さ》さる、神経にさわる。

氷が、ケラケラ笑ってるみたいだ、とリュカは思った。無邪気《むじゃき》な子供の甲高《かんだか》い笑い声のように。それは最初、可愛《かわい》らしく微笑ましいけれど、いったん耳に障《さわ》りはじめると、どうにも苛立《いらだ》たしく我慢しがたくなるものだ。

さんざんぐるぐる回らされたあげく、結局どこにもたどりつけない道も多い。なまじあからさまに見えている向こうにたどりつけないのは、ひどく悔《くや》しい。そして魔物はこんなところにまで入りこんでいて、著《いちじる》しく彼らの進路を妨害《ぼうがい》する。

「えーい、どけどけ、邪魔だいっ」

「うがががが！」

「ルカナン！　ホイミー！　ほいさのよ、マヌーサだも！」

凍《こお》りつく息を吹きかけてくるカパーラナーガを組み敷《し》き、ちょろちょろと飛び回るドラキーマを切り払い、鋭い角をかざして闇雲《やみくも》に突進《とっしん》してくるアルミラージを踏み越えて、彼らは進んだ。進んだが。時には。

「うわあっ、ごめん、滑ったっ」

「……きゃっぷ！」

本来歩いているとはいえないはずのベラまでも、つるつるの床になまじ勢いがついて滑《すべ》りだしてしまったリュカたちの巻《ま》き添《ぞ》えを喰《く》って、壁に激突《げきとつ》させられたりする羽目《はめ》にもなる。

「いたたたた」

「ごめんごめん！」

「ふにゃあ。リュカに怒ってもしょうがないのけど、もうっ、いいかげん嫌《いや》になっちゃうっぷ！ あーあん、ここもまた行き止まりだぁね。なあんて陰険《いんけん》な洞窟《どうくつ》だろねよ。ひょっとして、あたしたち、ずーっと同じとこ、ぐるぐるぐるぐる回ってるだけなんじゃないも？」

「そんなはずないよ。あんなつららは見たことないし……頼むから、不安になるようなこと言わないでよ、ベラ」

「がうるるるッ！ がうっ！（がしがしがしがし）」

「プックルも、そんなにイライラするなったら。いくらきみでも、こんな分厚《ぶあつ》い壁で爪研《つめと》ぎしたら、大事な爪が折れちゃうってばのよ」

「あ」

と、ニコリともせずに指さすベラ。

「うつった」

「………」

リュカのため息は、大きな白い塊となって、顔のまわりを漂《ただよ》った。

「とにかく。さ、こんどはあっちに行ってみよう！」

「あっちい？　もう行ったよう、あっちも行き止まりの出口なしだったんだての。ふんだ」

ベラは膨《ふく》れっ面《つら》になったかと思うと急にニヤリとして、プックルの尻尾を乱暴につかんだ。

「ふがあおお……にゃっ！　ぷに〜！」

プックルが迷惑《めいわく》がってぐるぐる回る。大きな弧《こ》を描いて滑りだしたベラは片足を持ちあげて、すかさずポーズを決めた。

「きゃお、おもしろーい」

「おいおい。ねぇったら、遊んでる場合じゃないだろ」

ほんとはリュカも、一緒に滑って遊びたかった。雪は固めて投げるもの、またはダルマを作るもの、氷はぶっ欠いてワカサギを釣《つ》るか、滑って遊ぶものに決まっているじゃないか！

あーあ。いったいどこにいるんだろう、そのザイルとかいう子。早く出てきてくれないと、凍《こご》えちゃうよ。こぼした吐息《といき》が、またも白い塊となって漂う。白、白、白。ここには色はほとんどない。永遠にあるのは殺風景《さっぷうけい》な白ばかりだ。氷と雪と霜《しも》。抜け出せなくなった光の、力なくくぐもった白。永遠に続く冬。リュカはすっかり憂鬱《ゆううつ》になった。

もしこのまんま、ザイルくんが見つからなくて、フルートが取り返せないと、サンタローズには春が来ない。ちょうどこんな真っ白い景色《けしき》のまんま、お花も咲《さ》かないし、畑に種も播《ま》けない。夏が来なくっちゃ、スイカだって食べられないよ。

スイカはリュカの大好物だ。まんまるでどっしり重たいスイカを、井戸の底から引き揚《あ》げて、真夏の庭でザックリ割《わ》るときのあの幸せ。甘《あま》くて、みずみずしいスイカの半割りを、両手で持って、がしがし齧《かじ》る。時々種を吐《は》き出しながら、顔が埋まるまで食べ続ける。頰《ほお》も顎《あご》もひょっとすると髪《かみ》の毛まで、スイカの汁《しる》でべとべとになるけど、そうしたらまた川に泳《およ》ぎにいけばいいのさ！　あんまりたくさん食べたあとで泳ぎにいくと、お腹《なか》をこわすって叱《しか》られるんだけど。ああ、もし、二度とスイカが食べられないとしたら！

リュカの目に思わず涙《なみだ》がにじんでしまった。

真っ赤なスイカ。真っ赤ないちご。真っ赤なトマト。真っ赤な太陽。

まぼろしの赤が、目の前いっぱいに広がった。それは、白い服に照《て》りはえた、故郷《こきょう》サンタローズの夕焼け空。見知らぬ男の瞳の中で揺れていた太陽。王さまに託《たく》された宝に反射した黄金の輝き。熱いぬくもり。生命《いのち》。

『どんな辛《つら》いことがあっても、負けちゃだめだよ』

蘇《よみがえ》る、誰かの声。

『くじけちゃ、だめだ。がんばれよ』

父にそっくりだった、その顔。

「……そうだ。そうだよ、もちろんさ！」

リュカは突然、口に出して叫んだ。

ベラとプックルは、吃驚《びっくり》してリュカを見た。リュカは、仲間たちに向きなおり、はきはきと言った。

「こんなとこで道草を喰《く》ってちゃだめだよ。ぼくは絶対へこたれないぞ！　シスターの畑で取れる一番でっかいスイカを、今年もちゃんと食べるんだ！」

敢然《かんぜん》と頭を上げて歩きだすリュカを見て、ベラとプックルもあわてて腰をあげた。そのときだ。

「うあっはははは。スイカだって？　スイカ！　へへーんだ」

行く手の氷の壁を押して、小さな影《かげ》がふたつ現れた。

「わらかしてくれるぜ。なにがスイカだ。泣きべそかいてた迷子のくせによ！」

それは見るからに行き止まりの袋小路《ふくろこうじ》、彼方《かなた》には別の通路が透《す》けて見える場所。そんなところに出入り口があるかもしれないと、疑《うたが》ってみもしなかったあたり。

目くらましだったんだ！　リュカは拳《こぶし》を握りしめた。なまじ向こう側が透けて見えたから、そこには何もないって、思いこんでしまっていたんだ。

「『絶対にへこたれない』だと？　かっはははは！　よく言うよく言う」

ゆるゆると進みでると、小さな影は、互いにくっついてひとつになった。まるで、はじめから、ひとつだったかのように。そうか。鏡だ！　と、リュカは思った。ぴかぴかの鏡を使って、あるものをないように見せていたんだ！

ひとつになったのは、浅黒《あさぐろ》い顔を憎悪《ぞうお》に隈《くま》どり、皮肉《ひにく》っぽい笑いのかたちに唇《くちびる》を歪《ゆが》めたドワーフの少年だ。痩《や》せた手足に獣《けもの》の皮をまとい、手首や足首に、鋭い棘《とげ》のような鋲《びょう》を何本も何本も埋めこんだ銀色の環《わ》を塡《は》めている。

「はん。なんだよ、その顔は。世間《せけん》知らずの、泣きべそかきの、オッチョコチョイのおぼっちゃんよ。スイカごときでめそめそしやがって。人生にはなぁ、どんなに努力したって、奮闘《ふんとう》したって、どうしようもないことってのがあるもんなのさ。それを知らずに死ねるとしたら、ま、幸せな一生ってやつだった、って、ことかもしれないけどな」

「ザイル!」

ベラが叫んだ。

「リュカ、そいつがザイルだよね! こら、泥棒! フルートを返しやがれて!」

「どうしようもないことって、なんなの?」

リュカは静かに聞いた。

「そのために、大切なフルートを盗んだの? けど、おかげで、ぼくの村には、春が来なくなっちゃったんだよ」

「ふん。おまえの村なんか知ったこっちゃないね。どうしようもないことか? 教えてやろう。たとえば生まれ。俺《おれ》はこういうからだに生まれついた」

ザイルは右手で左手の肘《ひじ》を叩《たた》き、その左手をムッと上に掲《かか》げてみせた。痩せぎすなからだがぴしりと緊張する。ひどく撫《な》で肩《がた》に見えるのは、太い頸《くび》の後ろ側から腕のつけねまで、筋肉が盛《も》り上がっているせいだ。すんなり伸びた腕も足も、まだどこかしら子供らしく華奢《きゃしゃ》ではありながら、よく鍛《きた》えられて締《し》まっている。

「俺はドワーフだ。純血《じゅんけつ》のドワーフだ。じいちゃんも、親父《おやじ》もお袋《ふくろ》も、みんなドワーフだった。細工物《さいくもの》が得意な、手先の器用《きよう》な、優秀《ゆうしゅう》なドワーフの一族だ。俺たちは、ドワーフの村で、平和に楽しく暮らしていたんだ。だが、あるとき、妖精の村から使いが来た。職人が必要になった、あの、くそフルートの調子が狂《くる》って、直さなきゃならなくなった、とかでな。丁寧《ていねい》に頼まれて、じいちゃんは行った。村でも一番の楽器作りだったから。みんな、よしたほうがいいって言ったんだ。お高くとまった妖精どもの手伝いなんかしてやる必要はないと。だが、じいちゃんは、精魂《せいこん》こめて仕事をした。春風のフルートを、きちんと直してやった。元よりいい音色《ねいろ》で鳴るぐらいに、ぴかぴかに仕上げた。なのに、ポワンときたら、妖精どもときたら！　用が済んだら、とっとと帰れとぬかしやがったんだ。ドワーフは臭《くさ》いし、汚《きたな》いし、乱暴者だから、やつらのおきれいな村からすぐに出ていけと。妖精さまの素晴らしい笛《ふえ》を直させてやった名誉《めいよ》とやらを押しつけて、ろくに礼も言わず、金も払わず、おきれいな村から力ずくで追いだしやがったのさ！」

「えー？　待ってよ。それはおかしいっぷ！」

ベラは耳をぴくぴくさせた。

「何かの誤解《ごかい》さよ。ポワンさまに限ってめ、そんなことりもけっしてするわけが」

「『けっして』？」

ザイルは片目をぴくりとさせ、皮肉っぽく微笑んだ。

「じいちゃんは、悔しさのあまりに病気になって死んだんだぞ。親切でしてやったことを、あだで返されて。尊敬《そんけい》されてあたりまえなのに、いわれのない屈辱《くつじょく》を受けて。何がどう『誤解』だろうと『けっして』だろうと、裏切《うらぎ》りは裏切りだ。死んだものは生き返らない！　苦労も知らねぇ、ものの価値もわからねぇくせに、能天気《のうてんき》にも正義の味方を気取りやがったおまえたちなんかに、俺の気持ちがわかるか。俺の、俺の、大事なじいちゃんが、生命《いのち》がけで直したフルートを、おまえらなんかに金輪際《こんりんざい》渡しはしない。二度と使わせてやるもんか！　……ええい、帰れ帰れっ！　帰らねぇと、ぶっ殺すぞっ！」

「うっ！」

いきなり間近に詰《つ》め寄《よ》られ、ハッとした瞬間には、もう鋭い蹴《け》りを喰《く》らっていた。リュカは腹を押さえたまま前にのめり、凍った床に膝《ひざ》をぶつけた。プックルが素早く跳躍《ちょうやく》した。だが、ザイルも負けぬほど機敏《きびん》だった。サッと横ざまに伸びたプックルの爪を、棘鋲《とげびょう》の腕環《うでわ》で受け流すと、大きく後ろに飛びすさり、半回転して、また即座《そくざ》に構える。まるで猫のような身のこなし。全身が、すさまじいバネなのだ。プックルは唸《うな》り、牙《きば》を光らせた。

「……よ、よせ、プックル……！」

リュカは呻《うめ》きながら顔をあげた。

「そ、その子にさわるな……手だしをするな！」

　リュカは駆《か》け寄《よ》ろうとしたベラをも手で制した。肩で、ぜいぜい、息をつきながら。

「へーえ？　タイマン張ろうってわけ、おまえが？」

　ザイルは油断なく足を踏みかえながら、ニヤニヤした。

「よしておいたほうがいいんじゃねぇか、チビさんよ。その蹴りぁ、ほんとは金的《きんてき》に入る予定だったんだがよ、おまえがあんまりチビだから、ちーとばっか狙《ねら》いが狂《くる》っちまった。けど、次は絶対はずさねぇぜ」

「チビチビ言うなっ、おまえだって、たいしてでかかあないじゃないか！」

「けっ、くそなまいきなチビだな。わかってんのか、てめえ？　ドワーフ相手に喧嘩《けんか》するときに、いちばん、言っちゃいけねぇことを言いやがったんだぞ！」

「ほんとなんだからしょうがない」

　リュカはよろめきながら立ち上がった。頭がぐらぐらして、ザイルが二人にも三人にも見える。ホイミすれば楽になることはわかっていた。だが、それは卑怯《ひきょう》だ。リュカは唇を噛《か》んだ。

「きみもチビで、ぼくもチビで、男同士。お互いチビって呼ばれるのがいやな同士、一対一だ。フルートを賭《か》けて勝負しろ！」

「……よ、よーし」

　ザイルはフットワークを止め、腕環の棘と、唇を嘗《な》めた。

「いい覚悟だぜ、チビ。構えな」

リュカは動かなかった。両手をだらりと垂《た》らしたまま、まっすぐにザイルを見つめる。

「構えなったら！　構えておかねぇと間に合わねぇぞ！」

しゃっしゃっしゃっ！　ザイルは急《せ》かすように、腕環をすりあわせた。

リュカは、息を整え、樫《かし》の杖《つえ》を握った指に力をこめた。そのとたん、ザイルの足が飛んできた！

足環の棘鋲がリュカの頬のあたりまで伸びて、ギラッと光る。

「きゃあっ！」

ベラが両手で顔を覆《おお》った。プックルの尾がぴくりと揺れた。

リュカは身を屈《かが》めて避《よ》けながら、杖でザイルの軸足《じくあし》を払い、横飛びに転がった。ザイルは即座にからだを開き、うつ伏《ぶ》せについた手で軽く反動をつけて、たちまちぴょこんと起きなおる。突進するリュカを髪のひとすじほどの差でかわし、嘲笑《あざわら》いながら、さらに脇《わき》へ。また横へ。手と足がくるくると交互《こうご》に床や壁に弾《はず》む。キラキラする氷に、ザイルとその鏡像《きょうぞう》がいくつも浮かび、凄《すさ》まじい速さで動き回る。どれがほんものかわからない。見つめているだけで、目がまわってしまう！　杖を握ったまま立ちすくんだリュカのまわりを、ザイルは、からかうように自由自在に駆けめぐった。

「どうだ、どうだ、えっ？」

ザイルがニヤニヤ焚《た》きつける。

「俺の相手をしやがるなぁ、二百年早いぜ、チビ！」

じゃきん！

「あっ！」

二つの腕環が飛んできて、棘鋲同士がはさみのように重なり、リュカのターバンの端《はし》をちょん切った。じょきん！　こんどは、腕環のひとつと、足環のひとつ。リュカの服の裾《すそ》が千切《ちぎ》れてひらりと舞う。じゃっ！　別の足環がマントの中央を斜《なな》めに切り裂《さ》いたかと思うと、ぶつり！　マントが抜けた棘で壁に止めつけられた！　ぶつぶつぶつ！　続いて服の脇、耳の横、足の間。鋭い棘に囲まれて、リュカは、はりつけになってしまった。

「へっへっへ、いいざまだぜ」

ザイルは動きを止めて、リュカのすぐ前に立った。右の腕環から鋭く一本つきだしたナイフほどもある棘鋲を、ゆっくりとリュカの喉の急所に押しつける。

「降参しろ」

「……い……やだ……」

「ちっ。てめえ、バカじゃねぇのか？　わかるだろう、いま、俺が、ほんのちいと力をかけたら、ぶすりだ。てめえ、死ぬんだぞ？」

「きみも死ぬ」

リュカは静かに言った。

ザイルはハッとして、目を落とした。銅《どう》の剣《つるぎ》。パパスゆずりの剣を、リュカはしっかりと握りしめ、ザイルの横腹につきつけていたのだ。ザイルは思わず腹筋《ふっきん》に力をこめ、異様なほどまでそこをひっこめたが、剣の先もまた、ぴたりと動きについていった。

「……くそ、杖だけじゃなかったのか！ きたねぇぜ」

「きみなんか、両手両足に四つも武器があるじゃないか。あいこだよ」

言いながらリュカはにこっと笑い、銅の剣を懐《ふところ》に納《おさ》めた。ザイルはあっけにとられ、つぎに、カッと赤くなった。

「な、なんだ、てめえ……嘗《な》めてんなっ！ なんで勝負《しょうぶ》しないんだ、なんでそいつをしまう？ どういうつもりだ。言えっ！」

喉にあてがったままの棘鋲がかすかに震《ふる》え、赤いものが流れた。ベラが何やら喚《わめ》くのが聞こえたけれど、リュカは無視した。

「頼む。フルートを返してくれ、ザイル」

リュカは低く囁《ささや》いた。まともに声を出すと、棘《とげ》がささりそうだったから。

「おじいさんのことは気の毒だと思う。けど、サンタローズのひとたちには何の罪もないじゃないか。関係ないひとを巻き添《まぞ》えにするなんて、そんなの、おかしいよ」

「けっ、説教《せっきょう》なんざ、よしやがれ！」

「だって、サンタローズのひとたちはドワーフを尊敬してるよ。ほんとだよ。薬師《くすし》のグータフさんってひとがいてね、みんな、大好きなんだ。村の自慢だと思ってる。だって、隣の、ずっと大きな村のアルカパのひとも、わざわざ薬を作ってもらいに来るぐらいの、すごい有名人なんだから」

「グータフ？」

ザイルは眉をひそめた。

「グータフだって？　……サンタローズの……おい、待てよ」

「だから。妖精のやったことに文句《もんく》があるなら、ちゃんと妖精に話をつけなよ。きみはそんなに強いんじゃないか。卑怯なことなんかしたら、もったいないよ。もったいないっていえばさ、そのフルートだって。せっかく、おじいさんが、ドワーフきっての名人芸で修理した、素晴らしい秘密の力のあるフルートなんだろ。こんなところで、宝の持《も》ち腐《ぐさ》れにして。それが、ほんとに、おじいさんの望みだと思うの？」

「ち、ちくしょう！」

ザイルはリュカの顔の両脇を、バン！　と拳《こぶし》で叩いた。

「ちくしょう！　ああああっ、くそーっ、こんちくしょう！」

飛びのき、あちこち殴《なぐ》りつけ、じたばたともがいては頭を振り、両手を胸に抱えこんで、氷の床《ゆか》を転げ回る。ようよう自由になったリュカもベラもプックルもあっけにとられて見守るばかり。

「ちくしょう、やってくれるぜ、きたねえぜ、ずるいぜ、ポワンのやつっ！　なんでまた、よりによって、おまえみたいな野郎《やろう》を寄越《よこ》しやがったんだっ！　くそ、そうだ、俺にはおまえは殺せねぇ、カケスを捜《さが》しにきた小鳥の奴を殺せるはずがねぇっ！」

「え？　小鳥って……あ」

リュカはぼんやり思いだした。洞窟に迎《むか》えに行ったときグータフさんが、何とか言っていた。ドワーフは恩《おん》を忘れない、そんなようなことを、確か、カケスとツグミの譬《たと》えで。

「じゃあ……わあ！　ねぇ、ザイル、ぼくがドワーフのひとともだちだってこと、わかってくれたんだね！　じゃあ、フルートを返してくれるね？」

「うるせえっ、厚《あつ》かましい！　それとこれとは話が別だあっ！」

「あのう、お取りこみ中失礼なんですけどねの」

床にうずくまっていじけたザイルを、ベラがちょんちょんとつついた。

「ちょいとうかがいますがり、おたくのおじいさんが追いだされたのってば、いったい、いつのことなんですかよの？」

「いつって……いつって、ええと……俺がまだ赤ん坊のときだ。……それがなんだってんだよ、さわるな、くそ妖精！」

「それ、ポワンさまの時代と違いますすめ」

「へ？」

ベラは目を猫のように細くして、しみじみうなずいた。

「んなこっちゃないかと思ってましたもよ。ポワンさまは、人間でも、魔物でも、なんでもかんでも、来るもの拒《こば》まず去《さ》るもの追わず。ご自身の懐《ふところ》に抱《だ》きしめて、差別も区別もなく、おんなじよーに庇護《ひご》されますのねの。それで、前の長《おさ》のキリオさまのころからいた妖精の中なんかには、なんか損《そん》させられるようになったみたく思って、背《そむ》いてお城を出てっちゃうもんもいるくらいだものそれ」

「………」

「嘘《うそ》はついてないですのよ。疑《うたが》うんなら、あんた、自分でポワンさまに逢《あ》いにいったらよろし」

「……でも……そんなはずは」

ザイルは氷の床を指でごにょごにょつつきまわしていたが、ふいに、いやいやをするように頭を振り、また憎《にく》しみにどす黒く染《そ》まった顔で、刃物《はもの》のように光る目つきで、一同をねめまわした。

「けっ！　だれが信じるもんかっ、くそ妖精の言うことなんて！　だって、雪の女王さまが言ったぞ！　はっきりと、悪いのはポワンってえ奴だってな！」

「雪の女王？」

「誰ですかも、それ？」

リュカとベラは顔を見合わせた。それまで長々と寝そべって氷のかけらで遊んでいたプックルが、ハッと顔をあげ、耳をそばだてた。どうした、と言おうとした瞬間、リュカは急に足首をつかまれた。氷の床から伸びた真っ白い煙が、蛇《へび》のようにリュカの足にまとわりついている！

「うわぁっ」

ふわり、とからだが浮き上がったかと思うと、足許《あしもと》がぽっかりと丸く開いた。逃《のが》れようとして前のめりになったリュカは、床の角《かど》で、みぞおちのあたりをひどくぶった。冷気の蛇がふつふつと湧《わ》きだし、リュカのからだにからみついた。腰から下は、もう淵《ふち》の陰《かげ》、なにものかにひきずりこまれようとしている！

駆け寄ったプックルの腰に、リュカは夢中《むちゅう》でしがみついた。プックルは氷の床《ゆか》に爪を打ちこみ、全身の毛を立て力をこめ、持ちこたえようとしたが、冷気の蛇は怒《おこ》ったようにプックルを打ちすえる。プックルの爪のまわりに、ずず、ずず、と氷屑《こおりくず》がたまる。

「ああっ……なんだ？　……冷たいっ」

リュカはもがいた。だが、冷気の渦にすっぽりと包《つつ》みこまれた足には、もうほとんど感覚がない。痺《しび》れたつま先でけんめいに探るが、割れ目の内壁は無情につるつる滑るばかり、足がかりなどどこにもない。その間にも、冷気は、腰を抱《いだ》き、胸を抱き、くすぐるように、頬《ほお》を撫《な》でる。

「……くっ……くそっ、だめだぁっ、腕まで痺れてきたっ……」

「ひぇえん、リュカぁっ！」

ベラが駆け寄り、勢い余って滑りこみになりながら、プックルの後ろ足をはっしと握りしめ、もう一方の手をリュカにさしだした。

「はいな、つかまるのめっ！　早くっ」

「ううっ！　む、無理だ……わっ」

つかみなおそうとした手が滑った。あやういところで、プックルの尾にしがみつく。

「だ、だめだ……もう、力が出ないよ。ごめんね、ベラ。いいから、早く、逃げて……逃げて！」

「わあん！　そんな妖精の風上《かざかみ》にも置けないよーなことできるわけないちょめっ！　あっ、そだ、ちょいと、あんた！　ザイル！　ドワーフの素敵《すてき》なおにいさん！　手伝ってってばの、このままじゃ、この子凍えて死んでしまうわん！」

「……し、知らねぇっ！」

ザイルは浅黒い顔を蒼《あお》くしながら、じりじりと壁伝いに後《あと》ずさりをした。

「知らねぇ知らねぇ！　……見てねぇぞ、俺は、何にも見てねぇ……そんな奴、おっ死んだって、俺のせいなんかじゃねぇ。こんなとこに、のこのこやって来たやつが悪いんだぁっ！」

『そうよ！』

女の勝ち誇《ほこ》った高笑いの声がした。

『そうよ。そうよ。可愛いザイル。ポワンの手先など、助けてやる価値はありはしない』

「女王さま」

ザイルはあからさまにホッとした顔をした。

「雪の女王さま。すみません。俺、もう少しで、騙《だま》されるとこだった」

『ほほほ。ゆるしてやるわ、忠実《ちゅうじつ》なザイル。こんな素敵な子供をひきよせてくれたのだから。まあ、なんて可愛らしい、なんてきれいな子供でしょう。ほほほほほ、喜ぶがいい、リュカとやら。氷詰《こおりづ》めにして、永遠にあたしのそばにおいてあげるよ。おまえはもう年をとらない。おまえはけして汚《けが》れない。人間の分際《ぶんざい》で、そんな栄誉《えいよ》にあずかることができるものは、めったにないんだよ』

「いやだっ、そんなの、嬉《うれ》しくないやいっ」

「女王さま?」

ザイルはわなわなと腕を震《ふる》わせた。

「なんでそんなやつを。俺は？　俺は、どうなんです……あっ」

『おだまり！』

冷気の蛇《へび》が伸び上がって、ザイルの腕をむちうった。

『口答えはおやめ。あたしはこの子が気に入ったの。おまえは、もう、お下がり！』

ザイルは撲《ぶ》たれた腕を押さえ、唇を噛《か》みしめ、ギラギラする目でリュカと、リュカをもてあそぶ冷気の蛇を見つめた。それから、くるりと背を向けて、駆け出そうとした。

「ザイル！」

リュカが呼びかけた。ザイルは硬直《こうちょく》した。

「頼む。フルートを。フルートを返して。ベラたちと、村に、届《とど》けてくれ」

「な、なんで俺がそんなことをっ！」

「きみは強い。すごく強い。けど、勝負は互角《ごかく》だっただろ。ぼくのこと、ちょっとは見直してくれたろ?　だから、男の頼みをきいてくれ」

ザイルは肩を怒《いか》らせ、ぜいぜいと息をつきながら、凄《すさ》まじい瞳で振り向いた。リュカはもう顔しか見えなかった。頬も、まつげも、びっしりと霜《しも》に覆《おお》われている。乱れた黒髪の表面が凍って、銀色に輝いている。リュカはかすかに微笑んだ。ちょっと照れたような顔で。

「ザイル。すごく強いザイル。できたら、きみと、ともだちになりたかったよ……」

「ば、ばっか野郎」

ザイルは荒く息をついた。

「ばか野郎、ばか野郎！　おま、おまえなんか女王さまに飲《の》まれて死んじまえっ！」

顔と目がみるみる赤くなる。

「に、人間のくせに、人間のチビのくせに、なんでおまえは、妖精とも、魔物とも、ドワーフとまで、平気でともだちになっちまうんだ？　なんでみんな、好きになれる？　みんながおまえを好きになる？　ずるいぜ。ひいきだぜ。そんなのねえよ！　そんなのっ……うっ……お？」

ザイルの瞳いっぱいに大きく盛り上がっていた涙《なみだ》が、両方同時に、ぽろりと零《こぼ》れた。すると、なんと！　とたんに、ザイルの表情が変わったではないか！　妬《ねた》みと憎しみにどす黒く翳《かげ》っていた形相《ぎょう》《そう》が、一瞬のうちに晴ればれと解《と》き放《はな》たれ、見るからにひとの良さげな素朴《そぼく》な少年の顔になる。毒気《どく》《け》の抜けたザイルは、澄《す》んだ瞳に戸惑《とまど》ったようにさかんに瞬《まばた》きをした。

「な、なんだ？　いま、なにか流れて……おいら、いったいなにをやらかしてたんだっけ……うわっ！　こらチビっ、しっかりしろっ！」

ザイルは素早く駆け寄り、プックルの大きな頭を両腕に抱《かか》えこむと、氷の床に両足をふんばった。息を止めて、全身に思いきり力をこめる。その筋肉の急激《きゅうげき》な盛り上がりに、腕環や足環の棘鋲《とげびょう》が、仕掛けをはずれてバラバラとあたりに零《こぼ》れる。

『ザイル？　ザイル？　なにをするの？　……お、おやめ！』

女王の声が震え、冷気の蛇が戸惑ったようにのたうったが、ザイルは耳を貸さなかった。

「ふんっ！　ふん…ぬぬぬぬぬぬ……ぬおおおうっ……ぃやああっ!!」

『あああっ！』

すっぽんっ！　気合い一閃《いっせん》、ドワーフの怪力《かいりき》は、巨大なキラーパンサーを前方に首投げにした！

こちんこちんになったリュカも、ただ必死にへばりついていたベラも、みんな一緒くたに！　ひきちぎられた冷気の蛇は、大慌《おおあわ》てでとぐろを巻き、氷穴《ひょうけつ》に消える。

「うひゃあっ、すっごいったらよ！　あんたって、力持ちだあ」

ベラはまだ茫然《ぼうぜん》としているザイルの首ったまにかじりついた。それから、凍ったままのリュカのそばにしゃがみこみ、急いで呪文を唱《とな》えた。プックルも盛《さか》んにぺろぺろ舐《な》めて手伝う。ザイルは、ハッと身をひるがえし、リュカの胸に耳をつけた。心臓《しんぞう》はうごいている。よかった！　ザイルもまた、唇を噛みながら、さっきまで敵だった子供の手や足をけんめいに擦《こす》って温めてやった。

「あ……ああ……」

リュカの口から、声が洩《も》れた。指が動き、ぴくん、と膝が揺れる。

「あっ、気がついた！　しっかりするねよ、リュカ！」

「あおうん！　がうがうがうっ」

リュカは瞬《まばた》きをした。まつげに宿《やど》っていた氷が、水になって散った。瞳に光が宿る。リュカはふいに飛び起き、水から上がった犬のように、ぶるぶるっとからだを震わせた。

「ああ、ベラ。プックル！　ザイル！　ありがとう。助かったよ」

がっしり握手《あくしゅ》する、リュカとザイル。

「いや。助かったのは、こっちなんだ」

ザイルは肩をすくめ、膝をついて、氷の床の上を探った。なにか小さなものを、ふたつ、拾いあげる。リュカもベラもプックルも、ザイルの手の中を覗《のぞ》きこんだ。

「こいつだ。こいつが、おいらの目に突き刺さってたんだ」

「げ、トゲトゲした氷の破片《はへん》！　こんなのが目に入ってたり？　ひー、痛《いた》そうめー」

「痛いんだ」

ザイルはそれを力任せに握りしめた。

「すごく、痛いんだ。だから……こいつが刺さってると、世の中ってえ世の中が、憎らしくてたまらなくなる。心がひんやり冷たくなって、なにもかも我慢ならなく見えるようになるんだ」

やがて、指のわずかな隙間《すきま》から、ほんの少しだけ桃色《ももいろ》がかった水が、ぽと、ぽと、ぽと、と滴《したた》った。ザイルは手を開いた。そこには何もなかった。流れ残りの水と、ちいさな傷のほかには。

「リュカがあったかいことばをかけてくれたから、こいつが溶けて、落ちたんだ」

「えっ、それは違うよ、ザイル。きみ自身のこころがあったかだったんだ。でなかったら、きっと、あのとき、すこしも迷わずに、ぼくを殺していただろ……ん？　……」

リュカはふとことばを切って、耳をすました。その様子を見て、一行も息をひそめた。静まりかえった氷の迷宮の奥深いどこかが、鈍《にぶ》く振動している。

『ざいる……ざいーる……』

「ゆゆ、雪の、じょじ女王だ！」

ザイルの叫びが、床の震えに連動する。

「おお怒ってるんだだだ。おおおいらが、ね寝返ったたたからららら」

「よよよよせ、喋ると、ししし舌を噛む……ったいっ！」

『おお、ざいーる……行かないで……せめて、せめて、お前だけは……ああ、あたしが悪かった……ざいーる……戻っておくれ』

足許《あしもと》の氷の床が、沸騰《ふっとう》しだした鍋の表面のように、もくり、もくり、と動き始めた。骨の一本一本がつきあげられるようないやな縦揺《たてゆ》れ。ふわふわと臓物《ぞうもつ》が揺すられるような横揺れ。見る間に氷の壁面《へきめん》にひび割れが走り、幾万《いくまん》ものかけらになって砕《くだ》け散る。氷の柱があちらこちらで、途中から折れ、倒れて崩《くず》れる。つららがひとつずつ、あるいは、大きな塊ごとごっそりと、はずれて落ちて凄《すさ》まじい氷の飛沫《しぶき》をあげる。

「いいいいかん、どど洞窟が、くくく崩れる。ににに逃げよう！」

わなわなと震え続ける床を、一行は大慌てで走りだした。とたんにリュカが制動をかける。

「……そそそそうだ！　フフフフフフルート！」

「こここここにもも持ってるっ」

ニヤリ、とザイルが笑い、皮衣《かわごろも》の背中から、銀色に輝く長いものを抜いてみせた。

『行かないでえ』行かないでえ、行かないでえ。

雪の女王の悲痛《ひつう》な声が、あたりじゅうに響き渡った。深い深い、洞穴《どうけつ》の向こうから呼びかけるような声。ザイルはつまずいて、フルートを落としそうになった。ベラが咄嗟《とっさ》に腕を差し出した。けして、妖精の大事な宝物《たからもの》、春風のフルートにではなく、さっきまで敵だったはずのドワーフの少年、ザイルに。ためらいもなく。

ザイルの頬《ほお》が殴《なぐ》られでもしたかのように、さっと赤くなった。ザイルは目をそらし、ベラにフルートをつきつけた。

「もも持っててくれれれ」

「いいいいいのめ？」

「こここれは、ああんたたたちちちのものだだだ」

ベラはフルートをしっかりと胸に抱き、ん、とうなずいた。

『戻れぇっ』

戻れぇっ、戻れぇっ。

「おおおりょの。そそそういえばこの声ええ」

ベラは猫にそっくりな耳をぴくぴくさせた。

「さささっきから気になってるんだのねのね。やややっぱりなんか、どどどっかで聞き覚えがあるりんぷぷぷぷ」

『あたしを、あたしを、ひとりに、ひとりにしないでぇっ』

でぇっ。でぇっ。びぃんびぃん、びぃん。女王の声に、あたりの壁が巨大な楽器のように共鳴《きょうめい》しはじめた。一行は互いに身をかばいながら、降りしきる氷を縫《ぬ》って走った。ささくれだった氷の上を、冷たい瓦礫《がれき》が足を取る廊下《ろうか》を、能《あた》う限りの速さで必死に駆け抜けた。破れた壁を乗り越え、落ち来《く》るつららの槍《やり》を間一髪《かんいっぱつ》でかわしながら。転びかけてはつかまりあい、滑りかけては助けあい。

その間も女王の喚《わめ》き声《ごえ》は追いかけてくる、執拗《しつよう》に反響《はんきょう》しながら、どこまでも、どこまでも。

『いってしまう。みんな行ってしまう』

『あたしはひとり、たったひとりぼっち』

『いかないでぇっ。いかないでぇっ』

ついに出口にたどりついた。歓声《かんせい》をあげて飛びだしかけたベラの胴《どう》を、だが、ザイルがサッと横抱きにさらって引き戻した。

「ふにゃっ、なにするめっ！」

「ばか、見ろ、下を」

万年雪の層《そう》はそこになかった。激《はげ》しい地震《じしん》にひびわれ、崩《くず》れて、どろどろの冷たい粥《かゆ》になり、流れ去ってしまったのだった。狭《せま》い渓《たに》の底には、風に千切《ちぎ》られた雲のような冷気の波が、滔々《とうとう》と、もうもうと、湧《わ》き上がっていた。冷気はゆっくりと渦を巻き、ところどころでぶつかり合って角になり、やがて、大きめの二、三本の角が互いに捻《ひね》りあわされるようにしてすっくと立ち上がると、背の高い女の姿になった。彫像《ちょうぞう》のように屹立《きつりつ》した、威厳溢《いげんあふ》れる、妖精族の女。獅子《しし》のたてがみのような髪も、長く引いた裳裾《もすそ》が霧渦《きりうず》に溶《と》けてしまっている衣裳《いしょう》も、肌《はだ》も、手も、みなまばゆいほどの雪白《せっぱく》。カッと開いた瞳《ひとみ》さえ、わずかに青みを帯《お》びた銀。

「雪の女王」

ザイルが唸《うな》った。

「き……キリオさまのめ！」

ベラが叫んだ。

「あってんぽ、どびっくり！　あれは、あのお顔は、前の長《おさ》のキリオさまだも！」

『そう、あたしはキリオ』

女王は言った。

『あたしの属《ぞく》するは冬。あたしの愛するは清廉《せいれん》、純潔《じゅんけつ》。あたしは雪の妖精。世々の汚《けが》れを蓋《おお》いつくし、清《きよ》く澄《す》みきったまったき白のうちに、すべてをやすらかに眠らせるもの。あたしは美しい。あたしは正しい！』

女王はがくりと喉をのけぞらせて天を仰《あお》ぎ、しばらくことばを切った。

『……だが……なぜだ、なぜなのだ、みななぜ、ぬくもりを求める？ なぜみな春を待ち焦《こ》がれる？ 春になれば、純白の雪は醜《みにく》くも溶けて、泥にまみれる。すがしき枯《か》れ木《き》や謹厳《きんげん》なる岩肌《いわはだ》はむさくるしい苔《こけ》をまとい、美しく完璧《かんぺき》に整っていた世界をだいなしにする。見よ！ 我が跡目《あとめ》を引き継ぎし花のポワンの不手際《ふてぎわ》を！ かの愚劣《ぐれつ》なる妹は、聖なる村を混沌《こんとん》の巷《ちまた》にかえたではないか！ 冷たく透徹《とうてつ》した妖精族の規律《きりつ》を、ねこそぎ汚《けが》してしまったのだ！』

「……ふにゃも、まぁ、そう言って言えないこともないですけどねも」

「春だってきれいだよねぇ。そりゃ最初は泥んこになったり、ひどく埃《ほこり》が立ったり、花粉《かふん》が飛んでハクションになったりするけどさ。木の芽《め》が膨《ふく》らんで、葉っぱが茂《しげ》って、あたりがだんだん緑になってくの、ぼく、すごく好きだと思うけど」

「んにゃも、お花見でたんとお酒も飲めるっぷし」

リュカとベラが囁《ささや》きあってる間じゅう、ザイルは、ひとり、洞窟の縁《ふち》に立ち、寒風《かんぷう》に浅黒い素《す》肌《はだ》をなぶらせながら、瞬《まばた》きもせずに、女王の冷たく整った貌《かお》を見据《みす》えて立っていた。彼は叫んだ。

「聞かせてくれ、女王！ おいらのじいちゃんを、使い捨てにしたのは、誰だったのか。ほかでもないあんた自身じゃなかったのか？」

『おお、ザイルよ、ザイル。強きもの、冷たきもの。透徹《とうてつ》せしもの。目をかけてやったそなたまで、このわたしを責めるのか』

「あんたはおいらの目を狂わせた」

『おお、それは、見ずともすむものを見せぬために。なまくらなぬくもりを、愛《いと》しいおまえに捨てさせるために』

　雪の女王、キリオは、自《じ》嘲的《ちょうてき》に薄く笑った。

『憤慨《ふんがい》することはないではないか、年寄りはいずれ死ぬもの。ドワーフは地底や泥干潟《ひがた》に属《ぞく》するものであろう。骸《むくろ》になり果てるそのときには、やはり故郷に帰りたかろう』

「答えろ！　おまえがやったのか？　じいちゃんが死んだのは、おまえのせいなのか。はっきり、言え！」

　女王は顔をしかめた。だが、やがて、口を開いた。

『あのものは……あのものは……言った』

　女王が氷の唇を震わせると、あたりじゅうの雪や氷がまたいっせいに融《と》け始め、どろどろと不気味に轟《とどろ》いた。

『こともあろうに、このあたしを、あ、愛していると！　氷の女、雪の女王に、いらぬぬくもりを押しつけようとした！　泥足の、すすけ顔の、汗臭《あせくさ》い、ちびドワーフが。このあたしを、あたためようとしたのだ！　愛など欲《ほ》しくなかった。愛は危険じゃ。愛は汚《けが》れじゃ。あ、愛されたら、愛されなどしたら、あたしは、あたしは……溶けてしまうではないか！　汚《けが》れなき処女雪《しょじょゆき》が、みるも無《む》惨《ざん》な泥流れに、変わってしまうではないか！』

　ぐらぐらっ、と振動《しんどう》が走った。まるで洞窟が武者震《むしゃぶる》いでもしたかのように。プックルが氷壁《ひょうへき》に爪をつきたて、リュカとベラはキラーパンサーのたくましいからだに、しっかりとしがみついた。

だが、ザイルはひとり、みなに背を向け、女王と向かい合って立っていた。女王は蒼白《そうはく》な顔を震わせ、顔をそむけた。だらりと垂《た》らしたザイルの手が、握られ、また解《ほど》けた。

やがて、ザイルはリュカたちを振り向き、言った。

「達者でな」

「え？　ザイル？」

「何が起こるかわかんねぇが、おまえなら大丈夫だろう。じゃ」

言うがはやいか、ザイルは、その類稀《たぐいまれ》なバネを生かして、洞窟の床を蹴《け》った。ザイルの浅黒いからだは、生きた彗星《すいせい》と化して飛んだ。女王がザイルを見た。かたくなな美貌《びぼう》が、驚愕《きょうがく》にみるみる解《と》けた。いかめしくひき結んでいた唇が甘《あま》やかにほどけ、冷たく突き刺さるようだった銀青《ぎんせい》の瞳が当惑気《とうわくげ》な瞬《まばた》きをくりかえし、すましかえった氷の表情が、くしゃくしゃといまにも泣きだしてしまいそうに、激しく歪《ゆが》んだ。それはもう、冷たい雪の女王ではなかった。冷徹《れいてつ》で潔癖《けっぺき》なキリオではなかった。弱々しく、あどけない、孤独《こどく》な娘《むすめ》。臆病《おくびょう》すぎて、その心をひらくことのできない娘、熱い感情を殺し、いつもいつも誰からもほんとうの自分を隠しておかずにはいられない少女。

リュカは見た。白い少女がかぼそい腕をおそるおそるさしのべるのを。彼女に届かずに落ちそうになった少年が、腕にすがり、それを支点に、あの猫のような素晴らしいバネでくるりと回って、彼女を胸いっぱいに抱きしめるのを。白い少女の顔と、凛々《りり》しいドワーフの少年の顔が、そっと重

なる。まるで、雛鳥《ひなどり》が二羽、互いについばみあうように。

　その瞬間、天地も割れよといわんばかりの音がして、氷の館《やかた》が爆発《ばくはつ》した。リュカたちの乗っていた床は、熱い蒸気《じょうき》のようなものに吹き上げられて高々と舞い上がった。氷塊《ひょうかい》は、飛びながらしゅうしゅうと溶《と》け、どんどん小さくなり、地表近くで、とうとう雲になって消えた。プックルが猫回転をして、すたりと足をつけた。リュカとベラは、つかまっていたたてがみを離した。

　彼らは、崖《がけ》のこっち側に降り立っていた。振り向くと、氷の館のあった場所に、清《きよ》らかな水滝が滔々《とうとう》と流れている。滝壺《たきつぼ》には、ちいさな丸い七色の虹《にじ》が、キラキラと透明《とうめい》に輝いていた。


「……たしかに。これぞ、我《われ》らが宝、春風のフルート」

　宝石の城の玉座《ぎょくざ》の上で、ポワンは静かに目を伏せた。ポワンの膝の上には笛があり、その片脇《かたわき》には、ふてくされたような顔のベラがいた。

「どうもありがとう、小さな戦士リュカ。これでつとめが果たせます。世話になりました。なにもかも、あなたのおかげです」

「いいえ」

　リュカは首を振った。

「ぼくじゃありません。ぼくはただ……」

　リュカは救いを求めるようにベラを見た。ベラはますます口をとがらせて、そっぽを向いた。

リュカはつま先に目を落として、悲しみがどこかよそに行ってしまうようにと祈った。

ザイルは、おじいさんのかたきを討《う》ったんだ。いや、そうじゃない。ザイルは、あのひとを許してあげたんだ。ザイルも、あのひとも、とっても嬉しそうだった。幸福そうだった。だから、きっとあれでよかったんだ。

「……ポワンさま。どうか、その笛《ふえ》を、大切にしてください。それは、ドワーフのひとたちのまごころのこもったものです。できるならこれからも、もっともっと、世界じゅうで、魔物も人間も妖精も、みんな一緒に仲よく暮らせるようにしてください。……ぼくも……ぼくにできることなら、いつでも、なんでも、手伝いますから」

「ええ、リュカ」

ポワンは静かに微笑むと、言った。

「がんばります。わたくしの生命《いのち》の続くかぎり。あなたも、もしも、何か困ったことができたなら、再びこの村を訪《たず》ねていらっしゃい。きっと力になりましょう」

「ありがとうございます。さようなら、ポワンさま。お元気で」

「さようなら、リュカ」

「さよなら、ベラ」

「またにゃっ」

「……じゃあ。さあ、行こう、プックル」

リュカは玉座に背を向けて、歩きだした。歩いているうちに、自然にまぶたが重くなった。目を閉じたまま進み、ふと、目を開けると、もう懐《なつ》かしい自分の家の地下室の真ん中に降り立っていた。リュカとプックルを包みこんでいた黄金の光が、妖精の村に続く階段が、音もなく瞬《また》いて消えた。

手にした杖は、消えはしなかった。リュカの胸を疼《うず》かせる、あの少年の思い出も。

5　消えた王子

　こうして、サンタローズに春が訪《おとず》れた。ベラが妖精《ようせい》の国に帰ってからは、もちろん、村を騒《さわ》がせていた数々の奇怪《きかい》な出来事もなりをひそめた。

　寒さと不安に閉《と》じこもりがちだった村の人々は、生き返ったように元気になった。扉《とびら》や窓《まど》を大きく開《あ》け放《はな》ち、爽《さわ》やかな空気を胸《むね》いっぱいに吸《す》いこみながら、待ちかねた季節《きせつ》のめぐりを祝《いわ》いあう。生命《いのち》の喜びの中で労働《ろうどう》がはじまる。森には枝《えだ》を払う斧《おの》の音が響《ひび》き、小川には山なす洗濯物《せんたくもの》を抱《かか》えて女たちが集《つど》いあい、芽吹《めぶ》きはじめた草花のみどりの絨緞《じゅうたん》の上を、幼《おさな》い子供《こども》たちが駆《か》け抜《ぬ》けた。鍛《か》冶屋《じや》も鋳《い》かけ屋も仕立て屋も、パン屋も肉屋も乾物屋《かんぶつや》も、みな腕《うで》をまくり、精《せい》を出して、長く棚上《たなあ》げにしていたそれぞれの仕事に、いっしんに打ちこんだ。

　リュカの家の二階は急に寂《さび》しくなった。訪れるものの数が、ひとり減り、ふたり減り、しまいに、ほとんどいなくなった。元来《がんらい》世話好きのサンチョはすっかり調子を狂《くる》わせ、しばらくはついつい毎度毎度十人前もの食事を整えてしまって、あたり近所におすそわけに走りまわることになった。パパスは、ひとり、何ごともなかったかのように、調べ物に没頭《ぼっとう》したのだった。

　そんな平穏《へいおん》が、しばらく続いた。

　リュカとプックルはといえば、人手のたりない教会でシスターを手伝って畑を耕《たがや》し、畝《うね》を作り、水を引き、種や苗《なえ》を植えた。やがて、黒々とした土の下から、ひよわな芽が現れ、みるみるうちに膨《ふく》らんで双葉《ふたば》を開き、太陽の恵《めぐ》みに応《こた》えて、鮮《あざ》やかで力強い萌黄色《もえぎいろ》の飾《かざ》り絵《え》となった。植物たちも、ずいぶん春を待ちかねていたのだろう。いったん芽生《めば》えると、あとは互《たが》いに競《きそ》うようにすくすくと育つ。

「ねえ、プックル。泥《どろ》んこは確かにあんまり、きれいじゃないけど、でも、泥んこの中から、新しい生命《いのち》が生まれてくるんだねえ」

シスターのこころづくしのお弁当《べんとう》を頬張《ほおば》りながら、リュカはみごとな畑と、それに続くどこまでも青い空を満足そうに眺《なが》めた。リュカの裸足《はだし》はほかほかの黒土に半分埋もれ、背中《せなか》は太陽でぬくぬくだった。

ずっと、こんな日が続けばいいのに。リュカはそう思った。

「ぼっちゃーん、ぼっちゃーんはいませんかー?」

汗《あせ》を拭《ふ》き拭き、サンチョが坂道をこちらに登ってくる。リュカは立ち上がって手を振《ふ》った。

「ああ、そこですか。すみません、ちょっと戻《もど》ってきてくれませんか。旦那《だんな》さまがお呼びです」

「わかった」

リュカは鍬《くわ》や鎌《かま》を束《たば》ねて教会に戻り、丁寧《ていねい》に洗《あら》って日陰《ひかげ》に干《ほ》した。シスターにひとこと断《ことわ》ってから、家に急いだ。

パパスはふだん使いのあちこち継《つ》ぎのあたった服を脱《ぬ》いで、きれいなシャツと、手のこんだ飾り刺繍《ししゅう》のある革《かわ》チョッキを着込《きこ》んでいた。食べすぎて太ってしまった村長から譲《ゆず》ってもらった品だ。

こんなよそゆきは着る機会《きかい》がないのではないかと、もらったとき、父は笑《わら》って照《て》れていたのに。よく似《に》あう。むさ苦しい髭《ひげ》を刈《か》りこんだ顔も、見違《みちが》えるほど、カッコいい。

リュカの胸はどきどきと走りだした。

「どこか出かけるんだね、おとうさん」

「ああ。ラインハット王から手紙が届《とど》いたのでな」

「王さまから？」

「そうだ。何か相談《そうだん》があるらしい。おまえも行くか？」

リュカは吃驚《びっくり》した。

ラインハットは大陸の北東、たくさんのひとが暮《く》らす、たいそう栄《さか》えた街《まち》だと聞いている。元兵士のドムゼルによれば、そのお城《しろ》は、素晴《すば》らしく堅牢《けんろう》で、よそものが紛《まぎ》れこんだらきっと迷子《まいご》になってしまうくらい広大なのだそうだ。

王さまから、じきじきに手紙が来るなんて。おとうさんて、ほんとうに偉《えら》いんだな。

盛装《せいそう》した父は、なんだかよその人みたいだ。リュカは肘《ひじ》までまくりあげてあった袖《そで》を、そっと戻した。もうすっかり乾いて灰色《はいいろ》がかった畑の土が、ぼろぼろと床《ゆか》にこぼれた。リュカの手はマメだらけ、爪《つめ》は真っ黒、頬《ほお》や鼻は皺《しわ》くちゃに陽灼《ひや》けしている。

おとうさんはあんなに立派《りっぱ》なのに。リュカの頬は赤くなった。

「行ってみたい気もするけど。……ぼく、シスターの畑を手伝っているでしょう。もうすぐ雑草取りをしなきゃならないし、にんじんは間引きしたほうがいいし、摘《つ》み菜《な》が一段落《いちだんらく》したら、肥料《ひりょう》の用意もあるから」

「そうか。気が進まぬのなら、無理は言わない。サンチョをひとり残《のこ》すのも、こころ苦しく思ってはいた」

パパスは傷《きず》ついたような顔で微笑《ほほえ》み、リュカの肩《かた》に手を置いた。

「ずっとかまってやれなくて、悪かったな、リュカ。儂《わし》の仕事は、ちょうど、ひと区切りがついたところだ。あちらから戻ったならば、少しは、遊んでやれるぞ」

「……うん……」

遊んでやれる、だって。いやんなっちゃうな。リュカはもじもじと服の裾《すそ》を指に巻きつけた。おとうさんは、ぼくのこと、まだそんな子供だと思っているの？　おとうさんがちょっといつもと違って見えたり、出かけてくるってだけで、拗《す》ねてダダをこねる赤ちゃんみたいに。

違うもん。そんなことないもん。ぼくはひとりでも平気さ！　おとうさんは知らないけど、もう魔物《まもの》とだって戦ったことがあるんだから。

「じゃあ。……ぼく、畑に戻らなきゃ。いってらっしゃい。気をつけて」

「……ああ」

リュカは小走りに家を出た。教会への坂を駆《か》け上がる。だが、半分もいかないうちに、追いついたプックルに急に体あたりをされ、転んでしまった。膝《ひざ》が擦《す》りむけて、赤いものがにじんだ。

「なにするんだよっ！」

傷に唾《つば》をつけて擦《こす》りながら、リュカは振《ふ》り向いた。とぼけた顔で赤い炎《ほのお》のような飾《かざ》り毛《け》のある尻尾《しっぽ》を振るプックルの向こうに、ちょうど、家がよく見えた。

旅支度《たびじたく》のパパスが戸口から現れる。サンチョが荷物を持って続き、なにやら話しかける。父はかがみこんで、サンチョの肩を抱《だ》いた。サンチョの肩が震《ふる》える。父は優しく何か語りかけながら、もぐように身を離した。サンチョがよろめきながら、姿勢《しせい》を正す。父は片手をあげて、歩きだした。歩いていく。歩いていく。行ってしまう。

プックルが訳知《わけし》り顔《かお》にすり寄ってきて、リュカの頬を舐《な》めた。こわばって、ひきつって、怒《おこ》っているかのように歪《ゆが》んでいたリュカの頬が、みるみる緩《ゆる》む。

行ってしまう。父がぼやける。リュカの目は涙《なみだ》でいっぱいだ。

「お……おとうさーん！　おとうさーんっ!!」

まろぶように坂を降り、リュカは、父の腰《こし》に抱きついた。

「ごめんなさい。やっぱり行く。やっぱりぼくも行く。連れてって！」

旅慣《たびな》れた親子とキラーパンサーは、野宿《のじゅく》を重ね、低い山々を越えた。

道すがら、父は息子《むすこ》に、武器《ぶき》の扱《あつか》いと戦いの心得《こころえ》を辛抱《しんぼう》強く伝授《でんじゅ》した。突《つ》くと見せかけてはひるがえし、敵《てき》の出足を封《ふう》ずる法。かわすついでに、思いがけない角度から攻撃《こうげき》をしかける手管《てくだ》。杖《つえ》一本で、複数《ふくすう》の敵と渡《わた》りあうさまざまな方法、杖と剣の二つをそれぞれまるで別々の生き物のように扱う技《わざ》。そして、万一武器を奪《うば》われてしまったときにも、生き残るぎりぎりの戦略《せんりゃく》。

あたりの山々にはたくさんの魔物たちが潜《ひそ》んでいたが、どれもこの三者の敵ではなかった。妖精の国での経験はリュカの戦士としての血を目覚《めざ》めさせていた。息子の携《たずさ》えた杖と、その手慣れたあやつりかたに、パパスは内心舌《した》を巻いたが、多くを問いはしなかった。

やがて、一行は、流れの速いヘルライン河《がわ》のほとりにたどりついた。王の都《みやこ》は、この天然の水流をその第一の濠《ほり》となしている。橋のない大河《たいが》を渡る唯一《ゆいいつ》の道、地底通路の検問所《けんもんじょ》には、ぶっそうな槍《やり》を構えた兵士の姿《すがた》があった。が、兵士たちの隊長《たいちょう》は、パパスが名乗ると、最高位の礼をし、王に託《たく》されていたという豪華《ごうか》な糧《かて》を差し出し、後《のち》の道順を、詳《くわ》しく教えてくれたのだった。

さらに二日を真東へ、ノルズム山脈《さんみゃく》の南端《なんたん》に沿《そ》って徐々《じょじょ》に北へ、最後の一日はわずかに西に。人里を離れておよそ半月。一行はラインハットの王城《おうじょう》の街《まち》にたどりついた。

レイ・ア・ノルド・ノルズム――北ノルズムの薔薇《ばら》――として、多くの詩《し》やものがたり歌に讃《たた》えられたこの街《まち》は、ラインハット王の系図《けいず》のそもそものはじめから栄え続けた、北大陸の中心地である。

街の南面、城に至る急勾配《きゅうこうばい》の七つの丘《おか》は、その長い歴史《れきし》のいずれかの時点に世界のあちらこちらから集まってきた兵士や技師《ぎし》や職人たちの住居に埋《う》めつくされている。白い石造《いしづく》りのもの、赤煉《あかれん》瓦《が》のもの、粘土《ねんど》と木で造《つく》り瓦《かわら》を載《の》せたものなど、それぞれの民族の特徴的《とくちょうてき》な家並《やな》みを寄せ集めたさまは、遠くからは、まるで、色とりどりの花畑のように見えた。低地の平面は、商人たちの領《りょう》分《ぶん》だ。迷路《めいろ》のように入り組んだ街路《がいろ》は、どこもかしこも天幕《てんまく》を張りめぐらしてあり、雨の季節にも濡《ぬ》れずに歩け、日差しの強いときにはそれを遮《さえぎ》るようになっていた。この天幕の合間を縫《ぬ》い、肩をすり寄せあうようにして建《た》った背の高い建物同士を自在《じざい》に繋《つな》いだ綱《つな》や紐《ひも》には、それぞれの店の売り出し品を表す旗印《はたじるし》や目をひく宣伝《せんでん》、日常の洗濯物が、ごた混ぜに翻《ひるがえ》っている。

親子は商人町のはずれの、市場のとば口に到着《とうちゃく》した。

「らっしゃい、らっしゃい、いらっしゃーい」

「取れたてのベリー、取れたてのベリー。シブル豆に、コズラ豆。南方カボチ特産の、ドデカカボチャもあるよぉ！」

「赤巻貝、青巻貝、黄巻貝。ほれ、ちょいと試してごらんな、そこの美人の若奥《わかおく》さん。三度つかえず言えたなら、どんぶり一杯《いっぱい》二ゴールドだ！」

狭《せま》い路地《ろじ》を埋めつくして縦横《じゅうおう》に流れる人込《ひとご》み、耳を塞《ふさ》ぐ喧噪《けんそう》、見たこともない衣裳《いしょう》や人種、屋《や》台《たい》からあふれんばかりの目もあやな売り物の数々。リュカは面食らい、立ちすくんでしまった。

「すごいね、お祭りなの？」

「いや。いつも、こうだろう。はぐれぬようについて来いよ」

パパスは動じたふうもなく、肩をななめに構えて、人の流れに踏《ふ》みこんでゆく。リュカはあわてて追いかけた。幸《さいわ》い、多くの通行人は、リュカの連れたプックルにギョッとして道をあけてくれたが、なかにはまるでこちらを向かず、気づかぬひともある。ようやく混雑《こんざつ》を抜けだすころには、革靴《かわぐつ》は何度も踏まれ、ターバンはあちこちで引っかけられて解《ほど》けかけ、リュカはすっかり冷《ひ》や汗《あせ》まみれだった。

七つの丘を縫う敷石《しきいし》の道を、親子はゆっくりと登っていった。こちらは、うってかわって静かである。道に面した家々はいずれも背の高い塀《へい》で敷地を囲《かこ》っており、通りがかる住人も少ない。ところどころで道は鉤《かぎ》の手に曲がり、わざと不規則な段差《だんさ》をつけてあった。矢狭間《やざま》を切った石の円柱を道の左右に並《なら》べ、分厚《ぶあつ》い木戸で塞《ふさ》いで、ひとひとり潜《くぐ》りぬけるのがやっとの小さな出入り口だけを開けているものもいくつか見かけた。敷石や塀のところどころに、壊《こわ》れた跡《あと》や、修理した跡、焼けたらしい黒ずみなどが見られた。

「戦いがあったんだね」

「うむ。これらはみな、何世代も前の戦いの名残《なごり》だ」

パパスは言った。

「第十二代ラインハット王ライデンブストはあまり賢明《けんめい》とはいえぬ男でな。毒《どく》を盛《も》られて死んだとき、世継《よつ》ぎ候補《こうほ》の王子が四十六人もいた。彼らがみな母親の名誉《めいよ》をかけて王位を争ったから、大陸じゅう、凄《すさ》まじい騒《さわ》ぎとなったのだ。互いに手を組んだり、裏切ったり……十三代めから二十一代めまでの王は、ほとんど数日ずつしか玉座《ぎょくざ》につくことができなかった。大半が死に、何人かは家や名を捨て、他国に渡ったり山賊《さんぞく》になったりした。そして、最後に勝ったのが、二十二代嘉報《かほう》王イルシュームだ。いまのラインハット王ベルギス陛下《へいか》のひい、ひいじいさんだな」

ベルギス？　どっかで聞いたことのある名前だな、とリュカは思った。

「へーえ……じゃあ、いまの王さまは、えっと……二十六代めだ」

「よくわかったな」

パパスはリュカが指も折らずに素早く数を数えたので、目を見張《みは》った。

「そのとおりだ。ここだけの話だが、どうも、ベルギス王は、二十七代めのことで少々問題を抱《かか》えておられるらしい。なにしろ骨肉《こつにく》の争いを恐《おそ》れない血筋《ちすじ》だからな」

「ふうん」

ぼくは兄弟がいなくって運がよかったのかもしれないな、とリュカは思った。パパスの息子《むすこ》がもうひとりいたら、なんだかあんまり、嬉《うれ》しくないかもしれない。とびきりかわいい妹なら、話は別だけれど。

道はやがて深い濠《ほり》を越える跳《は》ね橋《ばし》に続いた。巨大な鋳鉄《ちゅうてつ》の門はリュカが見たこともないほど鮮《あざ》やかな赤で塗《ぬ》られており、全面に止めつけられた銀色のくねくねした模様《もよう》は、そばで見ると、ひとつひとつが恐ろしく精密《せいみつ》な草花や鳥の彫刻《ちょうこく》だった。

パパスが来意を申し立て、王の書状を見せると、緑色の制服の門衛《もんえい》がいかめしく敬礼《けいれい》をし、案内に立った。

よい匂《にお》いの花と数々の陶器《とうき》で飾《かざ》られた広々としたホールを抜け、複雑《ふくざつ》な回廊《かいろう》をぐるぐると歩き、宝石を塡《は》めこまれた燭台《しょくだい》の並んだ階段をあがってゆくと、王の謁見室《えっけんしつ》に出た。高いところにしつらえられた玉座《ぎょくざ》を支える一見華奢《きゃしゃ》な柱の一本一本には、造《つく》りものの蔓薔薇《つるばら》が巻きつけられ、金糸《きんし》銀糸《ぎんし》を縫《ぬ》いこんだ絨緞《じゅうたん》を敷《し》き詰《つ》めた階段の象牙《ぞうげ》の手すりは、ひとつひとつがそれぞれ違う花の形に彫《ほ》りこまれている。殺伐《さつばつ》とした諍《いさか》いの時代を乗り越えた王は、繊細《せんさい》な花をことさらに珍重《ちんちょう》するようになったのだろうか。

「おお、畏友《いゆう》パパス。よくぞ来てくれた」

黄金の蘭《らん》と薔薇《ばら》の玉座に、二十六代めがいた。ただでさえでっぷりと太っているのに、レースや天鵞絨《ビロード》や斑《ふ》入《い》りの毛皮を何枚も何枚も着込んで全身を飾りたてているので、王はまるで寒がりの年寄りみたいに見えた。だが、その頰はピンク、髪は豊かだった。さっそく立ち上がって、いかにも嬉《うれ》しそうに両手でパパスの手を握《にぎ》りしめる様子は、なんとも気さくだ。まるでパパスを目上のものと見ているかのようだ。

案外《あんがい》、まだ若い王さまなのかもしれない、とリュカは思った。こんな大きな街を治《おさ》めなくてはならないから、わざと年寄り臭《くさ》く、分別臭《ふんべつくさ》く、装《よそお》っているのかもしれない、と。

「遠路はるばるすまなかった。じゃが、ふむ、そなたもさっぱり変わらぬな。そなたの顔を見ておると、年月などまったく流れもしなかったような気持ちもするのう」

「ごきげんうるわしゅう、陛下《へいか》。これなるが我《わ》が息子リュカにございます。あいにくながら年月はやはり確かに流れておるのでございましょう、リュカは六歳《さい》にあいなります」

「おお。では余《よ》の王子ヘンリーよりも一つ下じゃな。にしては、ふむ、さすがそちの子じゃな、なにやらもう不敵《ふてき》な面　魂《つらだましい》を持っておるではないか」

リュカはあわてて膝をつき、顔を伏《ふ》せた。王さまというものの前に出たときは、そのようにしなければならないような気がした。

王はさやさやと衣擦《きぬず》れの音をたてながら進みでて、リュカの頭と肩にそっとふれ、王にのみ許された祈りのことばをつぶやいて、祝福《しゅくふく》した。ついで、リュカの隣《となり》でシャンと背をのばしてすましかえったプックルの鼻面《はなづら》にも、同じようにする。

「健気《けなげ》な、ふむ、まこと凛々《りり》しげな子じゃの。すえは父どののよき助けになるじゃろう。……しかし、すまぬが、リュカとやら、余はそちの父と少々込み入った話があるのだ。そんなに窮屈《きゅうくつ》にせずともよい。しばし、城の中を見物してはみぬか。どこであれ、扉の開いておる限りは、好きに探《たん》訪《ぼう》してよいぞ」

「ありがとうございます」

リュカは目を輝かせた。たくさんの扉とたくさんの未知。お城は冒険好《ぼうけんず》きな子供には開かれるのを待つ宝箱《たからばこ》である。

「じゃあ、行ってきまーす！」

あてずっぽうに進んだ廊下《ろうか》の先は、兵士たちの控《ひか》えの間《ま》だった。開けっぱなしの扉から、がやがやと他愛《たあい》ないお喋《しゃべ》りや、武具の手入れをしているらしい音などが聞こえる。リュカはふと、足を止めた。ひっひっひ、と、しゃっくりを我慢《がまん》しているような独特《どくとく》の笑《わら》い声《ごえ》に、聞き覚えがあったのだ。戸口からリュカがそっと顔を出したとたん、兵士たちは緊張《きんちょう》していっせいに振り向いた。

「あっ、ごめんなさい。あのう、ひょっとして」

「……ぼうず！」

最後まで言う必要はなかった。仲間《なかま》たちを押しわけるようにしてやって来る、熊《くま》の毛皮のチョッキを着込んだ男。この寒冷地にふさわしい衣裳には見覚えはないが、首と手には、黒革《くろかわ》に鋲《びょう》をとめつけたものが、ちらりとのぞいている。リュカはほころぶように微笑《ほほえ》んだ。

もう、ひとつめの宝物を見つけてしまった！

「やっぱり。ドゾブだったんだね」

「おうっ、久《ひさ》しぶりだな！　約束《やくそく》どおり、また逢えたな！」

屈強《くっきょう》な海の男と、やっとその腰までしか背のない少年が、無二《むに》の親友同士のようにがっちり腕と腕を絡《から》めあわせるのを見て、ほかの男たちはあっけにとられた。

「船で一緒だったんだ」

と、ドゾブは短く説明した。

「このリュカは、年は若いが、勇敢《ゆうかん》でこころ優しい、最高の男のひとりなんだぜ。いやあ、しかし、こりゃ嬉しい驚《おどろ》きだぜ、リュカ。でかくなったなぁ。もう高い高いはしてやれそうにねえな」

「天井にぶつけられても泣《な》かないからね」

リュカは笑った。

「連れは？　ずいぶん立派《りっぱ》な猫《ねこ》じゃねぇか」

「プックルっていうんだ。顔はおっかないけど、とっても利口でおとなしいんだよ。なんでも、キラーパンサーってばけものの種類なんだって。……どうしたのドゾブ、なぜ船を降りたの？」

「それがな。ビスタでおめえたちを降ろしてすぐ、シードッグの群《む》れにぶつかっちまってな。さんざん苦労したら、次に、お出ましになったのは、ひでえ時化《しけ》だ。メンスルもキールも俺たちも、すっかりガタがきちまって、さすがの船長ももう懲《こ》りた。諦《あきら》める、誰《だれ》かに売っぱらって、引退《いんたい》するって言いだしてよ。オラクルベリーで荷と船とまとめてせりにかけ、買い主を探したんだが、この不《ふ》穏《おん》なご時勢、いまから海運をやろうなんて酔狂《すいきょう》な野郎《やろう》はめっからねぇ。しょうがねぇから、荷だけ始末して、みんなろくに給金《きゅうきん》も貰《もら》えぬまんま、陸にあがってちりぢりよ」

「そうか。大変だったんだね」

「おめぇは、なんだってここに？」

リュカは、父が王の手紙に呼びだされたことを語った。自慢気《じまんげ》な話ぶりをしたつもりはないが、好奇心いっぱいに耳をすませていた兵士たちの間には、とうとうざわめきが走った。

七つの海を越えて冒険の限りを尽《つ》くしてきたらしい大力《だいりき》ドゾブに男と見こまれ、恐《おそ》るべきばけものキラーパンサーと友達づきあいをし、ラインハット国王に手ずから祝福された子供！　ただのはなタレじゃあないらしい。見ろよ、あのいかにも賢《かしこ》そうな目つき。どこかの誰かさんに爪《つめ》の垢《あか》でも煎《せん》じて飲《の》ませたいぜ。まったくあのワンパクときたら。おいらなんかさ、カエルが嫌《きら》いだって言ったら、こないだ、いいもんやるぞってヘンリーさまに呼《よ》びつけられてさ、いきなり背中にカエル突っこまれちゃったんだよ。あんな性格じゃ、とても次の王さまには。しっ、トム、よせよ。滅多《めった》なことを言うもんじゃない……。

小声で囁《ささや》き交《か》わされた名に、リュカは覚えがあった。ヘンリー。王さまの子供のことだ。だが、リュカには、ほかに聞かなければならないことがあった。

「……グレンは？　グレンはどこに行ったの？」

「おお！　ほかでもないここの厨房《ちゅうぼう》で今日も腕をふるってるはずだぜ。案内しよう」

「ひさかたじゃな」

王ベルギスは 盃《さかずき》を掲《かか》げた。パパスも無言で微笑み、それに倣《なら》った。

贅《ぜい》を極《きわ》めた謁見《えっけん》の間《ま》とはうってかわって、質素《しっそ》といっていいほどに無骨《ぶこつ》な造《つく》りの部屋《へや》である。黒檀《こくたん》の低いテーブルには、ひと盛《も》りの木の実と、透明《とうめい》な酒を湛《たた》えたガラスの器《うつわ》、揃《そろ》いの盃がふたつ。ひとを払った王の私室、旧友《きゅうゆう》ふたりはしばらくの間、ことばもなく盃を進めた。

「……こうしていると、思いだす」

ベルギスは 冠《かんむり》をはずし、手近なクッションの上に置いた。

「あやしの手の者を追いつめて、ふたりでイシュトゥの森をさまよったときのことを。そなたも儂《わし》も、まだ髭《ひげ》もろくに生《は》え揃《そろ》わぬ若造《わかぞう》だった。……そなたは既《すで》に並《な》みの男ならば五人にも六人にも匹《ひっ》敵《てき》するような怪力《かいりき》ではあったが、いかんせん、いにしえの力のことば――つまり、魔法《まほう》の呪文《じゅもん》は、なかなか身につけなんだのう」

　パパスは黙《だま》って、木の実の皿《さら》に手を伸ばした。

「その傷《きず》」

　ベルギスはゴブレットごしにパパスの鷲鼻《わしばな》をじっと見つめた。

「ホークマン、といったかの、あの魔物は。なにやら、やたら大勢でできおって、いやはや、往生《おうじょう》したな。あれは、どの迷宮《めいきゅう》であったやら」

「グランバニアだ」

　パパスが短く答えた。

「北の塔《とう》さ。忘れもしない。おまえがマヌーサの眩惑《げんわく》で守ってくれなかったなら、俺《おれ》はあのとき死んでいただろう」

「我《わ》が傷は背中よ。そなたの向こう傷とは違ってな。せいぜい女たちに見せびらかすことしかできはしないが。パオームだ。あの、恐ろしい魔獣《まじゅう》。そなたがおらなんだら、それこそ、儂は間違いなくあのとき生命《いのち》を失っていた……」

　男たちはまた黙って酒を進めた。沈黙《ちんもく》を破ったのは、またも、ベルギスのほうだった。

「マーサどのの行方《ゆくえ》はまだわからぬのか」

パパスは片眉《かたまゆ》を揚《あ》げて王の顔をみつめ、小さく肩をすくめた。

「おまえには感謝《かんしゃ》している」

パパスは言った。

「おまえのおかげで、さまざまな手がかりを得た。だからこそ、俺は、世界じゅうをさまよい歩いた。だが」

「何かあったのなら、サンタローズくんだりで雌伏《しふく》してはおらぬか」

ベルギスは顎先《あごさき》を摘《つま》み、難しい顔をしてなにやら考えこんでいたが、とうとう口を開いた。

「手紙にも書いたとおり、儂も家族のことでは少々厄介《やっかい》を背負いこんでおってな」

グレンは、あいかわらず背が高く、穏《おだ》やかな瞳《ひとみ》をして、元気いっぱいだった。真っ白で糊《のり》のきいた料理人の服を、誇《ほこ》らしげに着こなして、口許《くちもと》にはおしゃれな髭《ひげ》まで蓄《たくわ》えている。ぴかぴかの大鍋《おおなべ》、いくつも並んだかまど、磨《みが》きこんだ包丁《ほうちょう》と、便利な井戸、いつでもたっぷりの食糧貯蔵《しょくりょうちょぞう》庫《こ》。王さまの厨房の素晴らしい設備に囲まれて、グレンは前よりもいっそう幸せそうに見えたから、リュカもすっかり嬉しくなった。

さて厨房にはおおぜいの女たちが慎《つつ》ましく立ち働いていた。じゃがいもを剝《む》いたり、鴨《かも》の毛をむしったり、ぐらぐら煮立った鍋のアクをひいたりしながら、彼女たちはそっと観察《かんさつ》したのだ。再会を喜びあう料理長と子供を。

ひと月ほど前グレンがやって来たとき、彼女たちは、実は、露骨《ろこつ》に警戒《けいかい》の目を向けたものだった。元船乗りで、笑い顔が優しげで、そのくせ、いい年をして嫁《よめ》もいない伊達男《だておとこ》！　年のいった女はうさんくさげに鼻をならし、年若い女たちはなるべく彼に近づかぬよう遠回りをして歩いた。そのころ、厨房ぜんたいの責任を預《あず》かっていたのは、長年の美食と怠慢《たいまん》の果《は》てに樽《たる》のように太ったあから顔の大男で、朝から酒精《しゅせい》の気配を漂《ただよ》わせ、威張《いば》り屋で、ちょっと気に入らないことがあると壁に皿を叩《たた》きつけるようなところがあった。味つけの勘《かん》は抜群《ばつぐん》だったが、包丁さばきはあやしげで、そのくせ、若くおくてな娘《むすめ》を見ると、すぐに暗い倉庫に誘《さそ》いこみたがった。これに対してグレンは、実に人あたりがよく、誰に対しても穏やか、しごとは速くて丁寧《ていねい》、かてて加えて、ほれぼれするような腕前《うでまえ》を持っていた。面倒《めんどう》な手順もいとわずひとりで黙々《もくもく》と作りあげるその料理は、味の点でも、飾りつけの点でも、食べたあとのからだ具合でも、口のおごったラインハット城のどんなうるさ方をも黙らせるにたりるものだった。

かくて卑《いや》しい料理長は早々に追いだされ、我らがグレンはあっという間に昇進《しょうしん》を果たした。その陰《かげ》には、いい物とわるい物をきっぱりと区別する、下働きの女たちの実感と意志があったのだ。彼女たちは、こころ密《ひそ》かに認《みと》める男が、こんな小さな子供ともうまくやることのできる男でもあるのを知って、さも納得《なっとく》したようにうなずきあった。

グレンとドゾブが、リュカを紹介《しょうかい》すると、女たちは大声をあげて歓迎の意を表《あらわ》した。

遠慮《えんりょ》するリュカを椅子《いす》にかけさせ、珍《めずら》しい菓子《かし》やくだもの、ゆうべの残り、仕込みの終わった晩餐《ばんさん》用《よう》の冷《ひ》やし肉《にく》など、さまざまなものを次々に勧《すす》める。ちょうど、小腹《こばら》のすいていたリュカは、プックルともども、盛《さか》んな食欲《しょくよく》で出されたものをきれいに平《たい》らげ、その旺盛《おうせい》で礼儀《れいぎ》正《ただ》しい食べっぷりで、女たちの微笑《びしょう》を集めたのだった。

「まあ、おとうさんと、サンタローズから」

「小さいのに、がんばり屋さんなんだねぇ」

「料理長も兵隊さんも年に不足はないだろう、はやくいい人見つけて、こんないい子をじゃんじゃん作んなくっちゃダメじゃないのっ!」

華《はな》やかな笑い声にからかわれ、元船乗りたちは、ほうほうのていで逃げ出した。

城づとめの女たちは、いずれもおのれに誇りを持った、この町きっての職業婦人だ。中でも、偉《い》大《だい》なる王の口に入るものを調理する栄誉《えいよ》にあずかっているのは、ことに信用のおける、きっちりとした働きぶりの女ばかり。地味《じみ》な下働きをしていても、その目は高いところを見つめている。

彼女たちは、快活《かいかつ》でハキハキとしたリュカに、はじめから好意を感じた。短いやりとりを交わせば、人柄《ひとがら》も知れる。母を知らずに育った子であることを聞くに及《およ》んでは、服の端《はし》で、そっと涙を拭《ぬぐ》うものもあった。

「あんたみたいな子を友達に持てたら」

ヘンリー、という名がまた、陰《かげ》のほうで、そっと囁《ささや》かれた。

とうとうリュカの好奇心が発火《はっか》した。

「ヘンリーさまって、この国の王子さまでしょう。ぼくと同じぐらいの年なんですってね」

女たちは顔を見合わせた。いちばん年かさのひとりが、そっとリュカのそばにより、真面目顔《まじめがお》になって、声をひそめる。

「ヘンリーさまは第一王子。昨年《さくねん》おかあさまを亡《な》くされて、いまの王妃《おうひ》さまは継母《ままはは》なんだ。王妃さまにはご自身のお腹《なか》を痛《いた》めたお子があってね、今年秋に三つにおなりのその第二王子デールさまを次の王さまになさりたくてしょうがないんだよ。ヘンリーさまをさしおいてね！」

リュカはさっと赤くなった。サンタローズでは、一軒《けん》に一軒は、羊《ひつじ》や家禽《かきん》を育てている。子を為《な》すというのがどういうことなのか、リュカもうっすらとは知っている。いまの話ぶりでは、第二王子が生まれたのは、ヘンリー王子のおかあさんが、まだ生きている間の話なはず。『あまり賢明とはいえぬ男』『骨肉の争いを恐《おそ》れない血筋』父のことばの意味が、ここにきてようようリュカにも見当がついてきた。

「……ヘンリーさまって、可哀相《かわいそう》だね」

リュカはぽそりと呟《つぶや》いた。

「ああ。お気の毒だよ、まったく」

「やんちゃないたずらっ子のふりをしてるけど、ほんとうは寂《さび》しいんだよ」

「まだまだ、おっぱいが恋しい年頃《としごろ》なのに、ひとりぼっちだもんねぇ」

「あんた、友達になってあげなよ。お城《しろ》の子になんな」

「そりゃあいいね。愉《たの》しみだ。毎日でも遊びにおいで。美味《おい》しいもの、いっぱいいっぱい用意しておいてあげるから」

「ぼくが？」

リュカは面食らった。

「そうはいかないよ。だって、だって、ぼく……」

サンタローズに帰らないつもりなんてなかった。シスターの畑の手伝いもあるし、サンチョにサヨナラを言ってない。おとうさんだって、すぐ戻るようなことを言っていた。だが。ああ。ひょっとしたら。

リュカの胸はどきどきと轟《とどろ》いた。

父だけが戻って、自分はお城に預けられてしまうのではないか？

可哀相な王子さまの友達に、なってあげられるものなら、なってあげたいけれど。このお城のひとたちはみんな親切だし、ドゾブもグレンもいる。小さな村でのんびり暮らしていく幸せより、男ならもっと大きな望みを持つべきなのかもしれない。こんな大きな街なら、いろんな経験ができる。ここは世界じゅうに繫《つな》がっていて、ぼくには知らないことがたくさんある、知らなければならないことが。でも、でも……でも！

「もう行かなくちゃ。おとうさんが、捜《さが》してるかもしれない」

リュカは青ざめた顔で立ち上がった。

「パルキレアは」

ラインハット二十六代、ベルギス王は言った。

「先の王妃のことだが……どうにもからだが弱くてな、ヘンリーを産んですぐから、ずっと病床《びょうしょう》を離れることがなかった。ヘンリーもまた、ひどく虚弱《きょじゃく》な子だった。熱を出したり、発疹《ほっしん》を出したり、頭皮《とうひ》にびっしり脂漏《しろう》をまとわりつかせたり……どうにも手のほどこしようのない引きつけを起こしたことも、二度や三度ではないのだ。あの子のために用意した棺《ひつぎ》は、かれこれ十にもなる。赤子のころは、このくらいの大きさで……最後の棺は、もう儂《わし》でも手足を縮《ちぢ》めれば入れぬことはないほどのものだが」

そのときの苦渋《くじゅう》を思いだしたかのように、王は目がしらを押さえた。

「そして、儂の目の前には、踊《おど》り子《こ》ペシュマレンドラが現れた。ペシュマは美しかった。健康《けんこう》だった。明るかった。あの女は、すぐに子を為したよ。それがデールだ。男児《だんじ》であることがわかったとき、儂は迷った」

王は赤く血走った瞳で旧友を見つめた。パパスは黙って酒を含《ふく》んでいる。王は急ぎ酒をあおり、どぶどぶと注《そそ》いだ。

「ああ……デュムパポス……儂は真実そなたが羨《うらや》ましくてならぬ……ぬ……」

鋭い刃《やいば》のきっさきが、ベルギス王の鼻先につきつけられている。王は顎《あご》を引き、憤慨《ふんがい》したような顔で、少しも姿勢《しせい》を変えぬまま、剣《けん》をつかんだ友を見つめた。

「その名は口にしない約束だ、ベルギス」

「すまぬ……もう言わぬ。言わぬよ……」

パパスはそっぽを向いたまま剣をはずした。

ベルギスは大きく息をつき、肩を落とした。

まっすぐ謁見室《えっけんしつ》をめざしているつもりだったのだが、どこかで道を間違ったらしい。いつしかリュカはがらんとひと気のない廊下《ろうか》に紛《まぎ》れこんでしまった。じっとしているのが怖《こわ》くて、リュカは早足に歩いた。歩きながら、ついついヘンリー王子のことを考える。

母がないのは自分も同じ。だが、自分には父がいる。たくましい、頼もしい、自分だけの父。もし、父に、ほかにも息子がいたら。母の違う、弟がいたら。

そして、その弟と、跡継《あとつ》ぎの座《ざ》を争うのだったら。

ふと気づくと、甘くきらびやかな香《かお》りがあたりにあふれている。自然の花にはありえない、強烈《きょうれつ》で印象的《いんしょうてき》な香りだ。なにげなく角を曲がると、とたんに顔に何かが触《ふ》れ、香りがいっそう強くなった。香《こう》を焚《た》きしめた薄《うす》い紗《しゃ》のようなものが、何枚も何枚も張り巡《めぐ》らしてあったのだ。

靄《もや》のように帳《とばり》を巡らした中に、水音がしている。楽《がく》の音《ね》と、笑いさざめく小鳥のような声もする。リュカはふらふらとさまよいこんだ。

天蓋《てんがい》から敷石《しきいし》まで、すべて大理石でできた噴水《ふんすい》が、きらきらと光を投げかける中、いずれも純白《じゅんぱく》の衣裳をつけ、裸足《はだし》になって、月桂樹《げっけいじゅ》やヒヤシンス、蔓薔薇《つるばら》などの冠《かんむり》を頂《いただ》いた、若く美しい少女ばかりの楽団《がくだん》が、楽しげな舞曲《ぶきょく》を奏《かな》でている。輪になって踊《おど》っているのも、あたり一面に香草《こうそう》や花びらをまき散らしているのも、獅子《しし》や一角獣《いっかくじゅう》の彫像《ちょうぞう》にもたれて歌を歌っているのも、みな、よく似《に》た風情《ふぜい》の少女ばかり。彫像はどれも巨大な香盒《こうごう》であって、その鼻や、口から、薄紅色《うすべにいろ》の煙《けむり》をたなびかせている。妖精《ようせい》をみたことのないものだったなら、これこそ、妖精たちの世界であると勘違《かんちが》いしたに違いない。

あっけにとられて立ちすくんだリュカに、少女の何人かが気がついた。笑いさざめき、歌い踊りながら、あっという間にリュカを囲み、両側から腕を取って、噴水の元に連れてゆく。そこには、シャンパンの泡《あわ》のような透《す》き通る金髪《きんぱつ》を背中まで無雑作《むぞうさ》に流した、少女と呼《よ》ぶにはやや年《とし》かさの婦人がいて、先だけ薄紅に染《そ》まった白い指を伸ばし、リュカをさし招《まね》いた。

「これはこれは、愛くるしいお客人」

氷も蕩《とろ》けそうな声で、婦人は言った。その吐息《といき》は狂《くる》おしいほどに馨《かんば》しく、その瞳は、蛋白石《オパール》のように数多《あまた》の色を寄せ集め、どこを向いているやらよくわからない。リュカの頬に触《ふ》れようとした腕が、寸前《すんぜん》で届かずにだらりと落ちると、着ているものがしどけなく緩《ゆる》んだ。ほのかに乳色《ちちいろ》がかった豊かな胸元《むなもと》が、あわやすっかり覗《のぞ》かぬばかり。リュカはあわてて目を逸《そ》らした。

はばたきの音のしそうなほど長いまつげ――なんとその微細《びさい》な尖端《とったん》のひとつひとつに、真珠《しんじゅ》の粒《つぶ》飾《かざ》りが宿《やど》してある――を瞬《またた》いて、婦人は笑った。

「そのほう、初見《しょけん》じゃな。我《わ》が子デールに挨拶《あいさつ》に参ったのか？」

お妃《きさき》さまだ、とリュカは気づいた。あの、太った王さまの、二度めの奥《おく》さん。

婦人の横の白鳥を象《かたど》った豪華《ごうか》な座《ざ》には、まぶたの重い幼児《ようじ》がいる。絹《きぬ》と紗《しゃ》に囲まれ、砂糖菓子《さとうがし》と宝石でできた王冠《おうかん》を退屈《たいくつ》そうにしゃぶっている。そのまだ子供らしくぶかっこうに大きな頭には、母そっくりの巻き毛がある。

「こんにちは、王子さま」

リュカがどうにか微笑みを作って言うと、

「あげう」

幼児は、いかにも嬉しそうに、べとべとの王冠を差し出した。

「あげうから、あしょんで。おにいた」

「これ、デール！」

母があわてて冠《かんむり》を取り上げた。

「それはそなたの大切なもの、他人にやるなどもってのほか」

「おんもぉ」

「ならぬ！　午睡《ごすい》の時間じゃ。寝《ね》る子は育つ。よう眠らぬと賢い王にはなれぬぞよ！」

「……んっ。んっ。ちっこ」

少女たちが慌《あわ》てて王子を連れ去った。王妃は巻き毛を揺すってため息をつき、傍《かたわ》らの少女の差し出したゴブレットをあおった。どこか、はかり知ることもできぬ世界をさまよっていた瞳が、ふと、リュカを捉《とら》え、ニッと笑うと、その唇から赤い酒がわずかにこぼれた。

「どうじゃ、美しい子供よ。我が常世《とこよ》の楽園は？　本来この一角は男子禁制《きんせい》じゃ、あやしの者には罰《ばつ》こそ与えね。さても、邪魔《じゃま》な頭布《ずきん》じゃの、これ、それを取りなさい。ここは暑《あつ》いだろう、その不粋な上着を脱《ぬ》ぎゃれ」

たちまち、四方から少女たちが取りついて、リュカの着衣を剝《は》がそうとする。リュカはあわてて身をよじり、プックルが低く唸《うな》った。それでも、このあまりに甘すぎる香りに酔《よ》っているような少女たちは、恐れすらしない。けらけらと笑いながら、なおもしつこく腕を伸ばす。

「あの、すみません、ぼくはただ道に迷っちゃっただけなんです。もう失礼します」

「よいやさ、子供。ここにおりゃれ。そのほうの瞳《め》は、まこと美しい、新月の空のような漆黒《しっこく》じゃ。わらわのそば勤《づと》めを命《めい》じてやらむ」

「ごめんなさい、行きます、さようなら」

何人かの少女に当て身を喰《く》らわして、ようやくリュカは自由になった。剝《は》がされかけたターバンや服をなおしながら大急ぎで退出するその背に、王妃の破裂《はれつ》するような笑い声が降り注いだ。

「側近の中には、ヘンリーの健康をいまだ懸念《けねん》するものもある。成人するまで保《も》たぬのではないか、王たる激務《げきむ》には耐え得《え》ぬのではないかと、衷心《ちゅうしん》めかした箴言《しんげん》をするものもあるのだ。ペシュマレンドラは、けして権力を願う女ではない。身内というほどのものもない、流れもの、宮廷《きゅうてい》の女の頂点《ちょうてん》たるはむしろ窮屈《きゅうくつ》と思うような、自由な女だ。だが、しょせんは、あれも女なのだよ、パパス。将来儂が他界し、かのヘンリーが王となり、妃でも迎えれば、ペシュマは疎《うと》まれかねぬ、デールもまたどんな恐ろしい目に逢うことかわかりはしないと掻き口説《くど》かれれば、そうかもしれないと迷わずにはおれぬほどにな！」

パパスは全身を弛緩《しかん》させたまま、無言で酒を含んだ。

ラインハット王ベルギスは吐息《といき》をつき、深々と椅子に座りなおした。

「ヘンリーに帝王術《ていおうじゅつ》を授《さず》けて欲しい」

「俺が？」

パパスははじめて表情を動かした。

「それはちと無理な相談だな、ベルギス。俺にはそんな智恵《ちえ》も力もないよ」

「いや。そなたしかいない」

ベルギスは手を伸ばし、パパスの手を取った。

「あれは、素直な、こころの優しい子だ。だが、我が側近に庇《かば》われ甘やかされて、いささか我《わ》が儘《まま》に育ちすぎた。わが衛兵の誰かれを指命して師《し》と仰《あお》げと諭《さと》すは易《やす》い、だが、ヘンリーはそんなもののいうことは聞かぬに相違《そうい》ない。すっかり嘗《な》めてかかっているからな。また、大臣はじめ、ヘンリー贔屓《びいき》デール贔屓のそれぞれも、何かとちょっかいを出すに違いない。客分の身でありながら、我が友であり、しかも、武術、心根《こころね》、共に、世界にならぶものとてない男といえば、パパス、そなたしかこころあたりはいないのだ。第一」

ベルギスは背《そむ》けようとするパパスの瞳をのぞきこんだ。

「そなたは、息子をあのように立派に育てあげたではないか！　見ればわかる、あの子は類《たぐい》まれな子供だ。そなたの血筋を汚《けが》すことのない、世界に冠《かん》たる、王の名にふさわしき子だ。頼む、パパス、我が子ヘンリーを、我がラインハットの次期国王を、どうか、そなた自身の息子のように、鍛《きた》えてやってはくれないか」

「ああ、驚いた……あれっ、また、変なとこに紛れこんじゃったぞ」

こんど出会ったのは、本に囲まれた部屋だ。リュカの背の三倍も高い書棚《しょだな》が、迷路のように並んでいる。しんと静まりかえった薄暗い部屋のどこかで、ぱさり、ぱさりと、何かをめくるような音がする。進んでゆくと、やがて、小さな穴蔵《あなぐら》のような空間に出た。そこはまるで蓄《たくわ》え好きなカケスの住《す》みかか、宝探《たからさが》しを趣味《しゅみ》にする子供のポケットの中のような、世界じゅうからありとあらゆる興味を引くものを集めるだけ集めて放り出したような場所だった。

壁は、絵や図、標本、地図、さまざまな布や仮面、ぴかぴか光る真鍮《しんちゅう》の鎖《くさり》や索具《さくぐ》、何の役にたつのか見当もつかない羽根細工《はねざいく》、重なるに任せた書きつけなどなどで埋めつくされ、もとの漆喰《しっくい》にはリュカの掌《てのひら》ほどの隙間《すきま》もない。床には大小さまざまな机やワゴンが、互いに寄りかかりあうようにして置かれている。机のいくつかの引きだしはあけっぱなしで、どう見ても閉まりそうにないほど、物を詰めこまれ、かりそめに載《の》せられては、だらしなく半分ずり落ちている。鳥や魚や獣《けもの》の剝製《はくせい》、骨《ほね》、木の塊《かたまり》、ペンとインク、瓶《びん》、壷《つぼ》、土器、石器、古い盾《たて》や鉾《ほこ》、植物の鉢《はち》、きれいなリボンをかけられ包《つつ》まれたままの箱、一部だけ破り取られた箱、すっかり解体している箱、帳面や開きっぱなしの本、革のしおり、錆《さ》びたナイフ、木の皮を何かの型紙にあわせて切り抜いたもの、縫いかけの何か、キラキラ光る打ちかけ面を見せた石とハンマー、筆、羽根、磁石《じしゃく》、重そうな皮袋、やりかけの押し花、人間の歯の模型、透明な石、磨《みが》いた石、その他その他……もろもろが、何の秩《ちつ》序《じょ》も順序だてもなく放り出されている。いまにも崩《くず》れそうなその種々の物体の堆積《たいせき》の一番上に、しなびたりんごのような丸いものがちょこんと載っている。よく見ようとして、リュカはぎょっとした。それには、つむったまぶたと、かすかにとがった鼻があった。

ふいにプックルがくしゃみをした。自分の尾がそこらにあたって、埃《ほこり》が舞《ま》いあがったのである。

「……誰だ!?」

リュカは飛び上がった。声のしたほうに目を凝《こ》らすと、床の一部に顔が生じている。生《い》け垣《がき》から臆病《おくびょう》そうに顔を覗かせた穴ねずみのように、物のさなかから、誰かが、小さなボタンのような目と、皺《しわ》だらけでもぐもぐさせている口許《くちもと》を覗かせていたのだ。老人らしいが、性別はわからない。

髭のない顔は、へんにつるつるして、ピンク色だった。

「すみません、お邪魔《じゃま》してます」

リュカはあわててぴょこんとお辞儀《じぎ》をした。

「王さまのところに戻ろうと思ってるんだけど、ちっとも戻れないんです。道に迷いました」

「はっ！　なんだ。迷子か。間抜けな密偵《スパイ》かと思った！」

ねずみのような老人は、大儀《たいぎ》そうにからだを起こした。衣《ころも》の裾《すそ》から、大きな点眼鏡を握《にぎ》った手首が覗いている。

「で、なんじゃ？　何を教わりに来たのじゃ？　ま、しょせん、この部屋のどこをどうほじくりかえしても真実はない。ただその断片《だんぺん》があるばかりじゃ。真実があるとすれば、ここ。ただこの儂の頭の中にだけじゃ。ま、それもまだつぼみ、未熟《みじゅく》な果実《かじつ》。どんな優秀《ゆうしゅう》な間諜《かんちょう》とて、いまの儂からは、何も盗むことはできん、ふしゃ、ふしゃ、ふしゃ」

「はあ……」

リュカは困って、肩をすくめた。

「あのう、ぼくは、教われるものなら、王さまの居場所を教わりたいんですけど」

「王か！」

ねずみのような老人は、歯の抜けた口を開いて笑った。

「その昔《むかし》巨大な城《しろ》が天から落ちた。それ以来、世は再び邪悪《じゃあく》な魔物の跳梁跋扈《ちょうりょうばっこ》するところと成り果てた。真の王、王の中の王、天空城《てんくうじょう》の竜《りゅう》の神がどこにおられるか、おられるかおられないか、おられないとしたらどうしたらいいか……それこそがまさに、世界のありとあらゆる学者博士《はかせ》の探し求めるべき究極《きゅうきょく》の課題《かだい》なのじゃとも。お若《わか》いの、いい質問だ。だが、難問《なんもん》じゃ。そのような大問題をいきなり投げかけるとは、いかにも素人《しろうと》、ないものねだり、欲張《よくば》り赤子《あかご》の傲慢《ごうまん》よ。あまりによい質問は答えにくい。それだけの問いを発し、それだけの答えを受け止める、大いなる器量《きりょう》が必要なんじゃ。問うものにも、むろん、答えるものにもな。儂ですら危《あや》ういもの、若いそなたには、まだあろうとは思われぬ。どうじゃ。わかるか、あーん?」

「……あのう……全然わかりません……」

「じゃろうて、じゃろうて」

ねずみのような老人は、ひとりしきりにうなずいた。

「よいよい、それでよいのじゃ。自《みずか》らの不徳《ふとく》を悟《さと》ることこそ肝要《かんよう》、無知《むち》を思い知ることこそ節操《せっそう》。若気《わかげ》のいたり、青春のあやまち。いずれ時が至《いた》り、肉は朽《く》ち、骨は塵《ちり》となる。だが種はいつも待っておる、少年の瞳が荒れ野の果てにひと粒《つぶ》の希望《きぼう》を見出《みいだ》す時をな」

何を言ったらいいかわからなかったので、リュカは黙ってあたりを見回し……それから、ふと、口を開いた。

「あのう。もうひとつ、聞いてかまわないでしょうか」

相手は、やってみろ、というように手招《てまね》きをした。

「その、……その、机のてっぺんの、ちいさなもの、あれは何ですか?」

「これか」

ねずみのような老人は、機敏《きびん》に衣をひるがえして、積み重なった本や物を足場に机に登り、あの謎《なぞ》めいた球体《きゅうたい》を手に取ると、お手玉をするように投げ上げては受け取ってみせた。

「これは、儂の、ひいひいひいじいさんの頭じゃ。断頭台《ギロチン》の露《つゆ》と消えたあと、しばらく行方不明《ゆくえふめい》になっておったのだが、下の市場の薬草屋の軒先《のきさき》で、悪魔のアタマと称《しょう》して、看板《かんばん》がわりになっておったのを偶然《ぐうぜん》見つけた」

「ほ、ほ、ほんとですか?」

リュカの膝は震え始めた。

「ふしゃしゃしゃ。どうかな。そなたがほんとだと思えばほんと。嘘《うそ》だと思えば嘘じゃ」

「ぼく、もう行きます」

「さらば、少年」

ねずみのような老人はそのからだからすると大きすぎる声で高らかに笑い、あわてて退出するリュカの背に言った。

「謁見室は、行き止まりを右手に折れて、白百合《しらゆり》の二本柱の間を抜け、まっすぐいった先の階段を上じゃぞ!」

「……長逗留《ながとうりゅう》するつもりはなかった」

パパスは低く言った。

「俺は、すぐにサンタローズに戻ると息子に言った。かの地では、サンチョも、村のひとたちも、そのつもりで俺を待っているはずだ」

「ひと月、いや半月でよい。ヘンリーに男の男たるべき道を教えてやってくれ。頼む、パパス！」

王と友は瞳と瞳を見交《みか》わした。

酒は、もう、あまり残っていなかった。だが、どちらも、少しも酔《よ》ってなどいなかった。

真の王。王の中の王。

不思議《ふしぎ》な老人《ろうじん》のことばが、頭の中でこだましていた。

その昔巨大な城が天から落ちた。

いったいどういうことなのだろう。何かの譬《たと》えなのだろうか？　それとも、ほんとうに、お城が天に浮かんでいたとでも？　そんな不思議があるんだろうか。

……そうだ。思いだした。ベルギスは、いつも霧の夢の中でぼくが捜すともだちの名前だ。ぼくは——いや、おとうさんは——サンチョとベルギスと一緒に戦ったことがあるんだ、そして……。

「おお、どこに行っておったのだ、リュカ。……どうした、魂を抜かれたような顔をして」

父の手を肩に感じて、リュカはあわてて我に返った。振《ふ》り仰《あお》ぐと、玉座《ぎょくざ》を支える柱が見えた。もとの部屋まで、なんとか戻ってきたらしい。

「なんでもない」

「ほお。そいつが、おまえの息子か」

目の前の花を飾った階段の上から、重々しく威張った色を帯《お》びながらも、どうにも幼い声が降ってきた。リュカが顔をあげると、明るい翡翠色《ひすいいろ》の髪にサファイヤの澄《す》んだ瞳をしたちいさな子供が、大げさな長マントの裾《すそ》をひきずりながら降りてくるところだった。衣裳は赤と金、胸には宝石つきの勲章《くんしょう》が四つも下がっている。

「第一王子ヘンリー殿下《でんか》だ」

父が言い、胸に手をあてるようにして脇《わき》に退《しりぞ》く。そうか。この子が、噂《うわさ》の。リュカは膝を折って頭を下げた。

「パパスの子リュカです。はじめまして」

「なんだおまえ、なまいきに杖《つえ》なんか握っているな。喧嘩《けんか》が好きか」

ヘンリーはリュカの鼻のすぐそばで足をとめた。

「意味のない喧嘩や、弱い者いじめは大嫌《だいきら》いです。でも、強い男には、なりたいと思っています」

「ふん。言うじゃないか。俺は強いぞ。どうだ、子分にしてやろうか」

リュカはムッとして顔をあげた。

ヘンリーはソバカスだらけの鼻の向こう側から、尊大《そんだい》にリュカを見下ろしている。

「俺の子分にして欲しいか、欲しくないか。答えろ」

真の王はどこにおられるか。老人のことばが蘇《よみがえ》った。王さまの子供だからって、偉いわけじゃないぞ。こんな威張りんぼうの子分になんかなるもんか！

「……お断りします」

リュカが言うと、ヘンリーはニヤリと笑い、片足をあげて、靴底をリュカの額《ひたい》に押しつけた。

「じゃあ、とっとと帰れ。忠誠《ちゅうせい》を誓《ちか》わぬものに用はない」

「これこれ！　何をしておるのじゃっ」

階段の上から、ラインハット王国二十六代め、ベルギス王がまろぶように現れた。錫杖《しゃくじょう》で叩《たた》かれそうになってはじめて、ヘンリーはいやいや足をひっこめる。

「ばかもの！　どうしておまえはそう乱暴なんじゃ。ひとの上に立つものは、ひとに嫌《いや》がられるようなことをするものではない！」

「俺は第一王子だ。次の王だ。そうでしょう？」

ヘンリーは子供らしからぬ凄《すさ》まじい目つきで父親を見つめた。

「だから、国じゅうの人間はいずれ俺の子分になるか、敵になるかのどっちかだ。絶対の忠誠を誓うものだけ、そばにおく。敵にまわりそうな奴は、早いうちに叩き潰《つぶ》す。逆《さか》らう奴は許さない！」

「……やれやれ、この調子なんじゃよ、パパス。こんな子に育てた覚えはないんじゃがの」

ベルギス王は重々しくため息をついた。

「いったい、どうすればいいのかのう」

「正直に、お考えをお話しになってはどうでしょう？　まだ幼くあられるとはいっても、殿下はむずかる赤子《あかご》ではない。話せばわかるはず……でしょう、殿下？」

パパスは膨《ふく》れっ面《つら》の王子の顔を覗きこんだ。

「殿下、あなたはひどく不安なのに違いない。自分のことやデールさまのことが心配で、おちおち眠ることもできぬのでは？　そのあまり、わざとだだをこねて、みながどこまで堪《た》えられるのか、どこから許せなくなるのか、試してみずにいられないのでは？」

「お、俺は不安なんかじゃない。誰も怖《こわ》くないぞっ！」

「デール殿下をどう思っておられます」

「デールは……デールは、弟だっ、俺の大事な子分だっ」

「では、王妃殿下《おうひでんか》は？　母上は」

ヘンリーはソバカスだらけの鼻をぴくぴくさせながら、父王と、パパスの顔を等分に見やり、とうとう堪《た》えかねて、父王の胸にすがった。

「父上っ、父上っ、どうしてこんな奴を我慢《がまん》しておられるのです、なぜ、こんな失敬《しっけい》なことを言わせるのです？　この男を斬ってください、鞭《むち》で打たせて、俺の城から追いだしてください！」

「我が子よ」

ベルギス王は頭を振りながら、ヘンリーを押しやった。

「大事な我が子ヘンリーよ。パパスだからこそ、言うてくれたのじゃ。真実は耳に痛いもの、薬は舌《した》に苦いもの、世辞《せじ》や追従《ついしょう》でないことばをこそ勇気《ゆうき》を持って発してくれるが、まごころの友。……よいか、ヘンリー。儂はそなたが可愛い。だが、いまの妃も、第二王子のデールも同様に大切じゃ。デールはまだ幼く、なにひとつわかっておらぬ。守ってやらなくてはならない。妃は女じゃ、心寂《こころさび》しい哀《あわ》れな女じゃ、儂の目がそなたにばかり注《そそ》がれるように思うのは、あの女の歪《ゆが》んだ嫉《ねた》み、けして事実ではない。だが、だからこそヘンリー、そなたには堪《こら》えて耐《た》えて欲しい。儂の最も信頼する息子であるそなたにこそ、この父の苦渋《くじゅう》を分け持ってもらいたいのだ。慢心《まんしん》するな、ヘンリー。王子だとて、そなたはまだ幼子《おさなご》じゃ、よき師について、種々の教えを乞《こ》わねばならぬ」

「父上？」

ヘンリーは信じられない、というように目を見張った。

ベルギス王は厳《きび》しい表情を崩《くず》さぬまま、まぶたを閉じ、開いた。

「これなるパパスに、しばらくそなたを託《たく》す。そなたは思い上がりを捨て、驕慢《きょうまん》を恥《は》じて、パパスの言うことをよーくきかねばならぬ。そして、立派に成長したそのときこそ」

「嫌《いや》だ！」

ヘンリーは叫び、とっさに両手を広げたリュカをつき飛ばして、階段を降りた。

「俺は、俺は、第一王子だ！　この城は、俺のものだ！　この国は俺のものだ！　説教なんか聞きたくない。俺は俺の好きなようにする。誰にも俺の邪魔はさせない！」

「これっ、待つのだ、ヘンリー！」

王子は、足をすくうマントを引き千切《ちぎ》るように脱ぎ捨てると、止める間もなく、部屋を走り出ていった。王は両手で顔を蓋《おお》い、よろめいて、階段に座りこんだ。パパスが王に寄り添った。

リュカは立ち上がった。

「ぼく、あの子を捜《さが》してきます。さ、おいで、プックル」

「いっそ、サンタローズに、連れていければいいのだが」

パパスは小さく呟《つぶや》いた。王はかぶりを振った。

「いかん。……それでは、なにもかもしまいじゃ。儂がヘンリーを捨《す》てたと勘違《かんちが》いをするものがあろう。国が乱れる。ヘンリー自身もそのようなことには耐ええまい」

「では」

パパスは深々とため息をついた。

「こうしよう。もし、リュカが、自分からそれを望んだら、ヘンリーどののご朋友《ほうゆう》に、この地にお預けする。あの子と暮らせば、王子どのも少しは変わるかもしれない……だが、ベルギス王、けしてお忘れなきように。リュカは……わが息子は、この俺には、この大ラインハットの王子より、世界ぜんたいより、俺自身の生命よりも、なお、重い存在《そんざい》であるのだと」

「わかっておる」

王はうなずいた。

「重々《じゅうじゅう》わかっておる。リュカは、あの、マーサどのの、忘れがたみなのだからな」

プックルが匂いをたどったので、跡をつけるのは簡単だった。回廊《かいろう》の行き止まりのひとつで、ヘンリー王子を見つけた。王子は大理石の彫刻、花冠《はなかんむり》の親子獅子像にしがみついて、激しく肩を震わせていた。リュカがそっと近づくと、気配に顔をあげ、いかにも負けん気の強そうな顔で、あふれる涙を拭《ぬぐ》う。

「来るな！」

リュカは足を止めた。だが、プックルは止めなかった。

足音もたてず、一直線に忍《しの》び寄《よ》る大猫。その背には燃えるようなたてがみ、金色の瞳は不気味《ぶきみ》に光り、頭は彫像の獅子に負けぬほど大きい。喉《のど》の奥《おく》から、低い唸《うな》りが洩《も》れる……その殺気のあまりの凄まじさに、王子はギョッとし、あわてて彫像のてっぺんに登った。

「く……来るなったら！　しっ、しっしっ！」

プックルは彫像のすぐ下で、ドサリと横向きに身を横たえると、全身を伸ばして大あくびをした。サーベルのような二本の牙《きば》がのぞく。獅子の頭の上で、王子は思わずブルッと震えた。

「お、おいっ、じょじょ冗談《じょうだん》じゃないぞ。はは早く、どっかにやれ、こいつを！」

「命令かい」

リュカは笑った。

「ぼくじゃなく、プックルに言ったら？」

「ここここんなばけものが、こここことばをわかるもんか！」

「じゃあ、ぼくが何を言ったってだめだよね」

ヘンリーは引き攣《つ》り、それから、顔を真っ赤にした。

「屁理屈《へりくつ》をこねるなっ、なんでもいいっ、どけてくれっ、頼むっ」

「プックル。おいで」

プックルはひらりと身をひるがえすと、素早くリュカのそばに戻った。甘えるように、その大きなからだをリュカの腰にすり寄せる。

「な、なんだ……馴《な》れてんじゃねぇか」

ヘンリーはへなへなと脱力《だつりょく》して、像を降りてきた。

「いいなぁ、おまえ。そんなでっかい子分がいて」

「子分じゃないよ。ともだちだよ」

「ちっ。幸せなこと言ってるぜ」

ヘンリーはうさん臭そうに鼻を鳴らしたが、おそるおそる近づいて、プックルの背や頭を撫《な》でてみる。

「へえ。いい毛皮だな」

「あったかいんだよ。こいつと昼寝すると」

ヘンリーは黙りこくった。その頬に、ふいにひと筋《すじ》、涙が伝《つた》った。リュカの胸は痛んだ。

「ねぇ、きみ、いっぺんぼくんちに遊びに来ない？　プックルとも遊べるよ。きっと、きみとも、いいともだちになるよ」

「簡単に言うなよ」

ヘンリーはどかりと座りこみ、翡翠色《ひすいいろ》の髪をかきあげた。ひどくおとなっぽい動作だった。

「お気楽《きらく》に物見遊山《ものみゆさん》になんか行ってられる場合かよ。新しいおふくろが、妙な連中とつきあっているらしいんだ。デールを次の王にしたいあまりに、俺の生命《いのち》を狙《ねら》ってるんじゃねぇかって噂《うわさ》もある。でも、逃げ出すわけにはいかない」

「どうして」

リュカも座って膝を抱《かか》えた。

「デールが、俺の子分だからだよ」

ヘンリーはニヤリとした。

「あいつまだ赤《あか》ん坊《ぼう》でさ、なんにもわかっていないんだ。おふくろや、王である親父《おやじ》よりも、実は、この兄貴《あにき》を一番の頼りにしてるんだよ。ペシュマはデールを俺から遠ざけようとしているけれど、あいつは、俺を好きなんだ。いつだって、俺と遊びたがる。俺のやることを真似《まね》する、俺のあとをついて来る。俺がいなくなったら、きっと泣く。悲しくて悲しくて、変になっちまうよ。だから、どんなに危なくったたって、居心地《いごこち》が悪くったたって、俺はあいつを見捨てて、どっかに行っちまうわけにはいかないんだ」

リュカは目をぱちぱちさせた。

「……きみって……そのう……見かけと違って、すごく、いい奴なんだね」

「おまえこそ」

ヘンリーは肘《ひじ》でリュカを小突《こづ》いた。

「ずけずけ物を言う奴だなあ。天下の第一王子さまに向かって、なんて口をきくんだ」

「どうしてちゃんと打ち明けないのさ。さっき言ったみたいなこと考えてるんだってちゃんと話したら、きみのおとうさんだって、きっとわかってくれるのに」

「ふん。おめでたいな。親父は、ただでさえ俺に頭があがらないんだ。おふくろを……前のおふくろのことだけど、不幸にしたって意識があるから。そこで、俺が、あんまりデキのいい息子だったら、どうなる？」

リュカは考えこんだ。

「きみをお世継ぎに決める。そうして、デールくんのおかあさんに怨《うら》まれる？」

「国が二つに割れる！　だろ？　だから、俺は、悪《あく》たれのくそガキでいるほうがいいんだ。そうして、デールが次の王になればいいんだ」

「王さまに？」

「そうさ。王になんて、誰でもなれる。みんな王には、ふつう、従《したが》うからな。阿呆《あほう》のデールにだって務《つと》まる。でも、王を子分にすることのできる奴なんて、そうはいないだろう。へっへへへ」

「そこのとこがどうもよくわかんない」

リュカは頭を振った。

「子分ってことばに、きみは、ずいぶんこだわるんだねぇ。どうしてともだちじゃだめなの」

「ふん！　ともだちなんて！」

ヘンリーはまた髪をかきあげた。いくらせっせとかきあげても、まっすぐすぎるヘンリーの前髪は、すぐに鼻先まで落ちてしまう。

「いたよ、ともだちってのが、前にはな。大臣《だいじん》の子だの、衛士長《えじちょう》の子だの。みんな、俺を大好きで、俺のいうことならなんでも聞いた。一緒に、庭じゅう掘《ほ》りかえしたり、台所で塩と砂糖《さとう》と反対にしたり、親父の指輪《ゆびわ》隠《かく》したり、いろいろやった。楽しかった。一生、ともだちだって言いあってた。……見ろ」

ヘンリーは左手を開いた。くすり指の先に、ザックリと白い傷《きず》がある。

「ここを切って、血と血をくっつけて、満月の夜に誓ったんだ。一生変わらずに、ともだちでいるって。こんなに深く切っちまったのは俺だけで、なかなか治《なお》らなくって往生《おうじょう》したけどな。けど……もう誰もいない。おふくろが死んで、新しいおふくろがお妃になったら、誰ひとり、遊びに来なくなった」

リュカは思わずヘンリーの指を握りしめた。ヘンリーはニヤリとして、その手を振りほどいた。

「わかるだろう、何が起こったのか。欲得《よくとく》ずくの親どもが焦《あせ》ったのさ。新しい王妃さまに、ヘンリーさま贔屓《びいき》だって疑《うたが》われちゃかなわない、時代は変わった、ってな！　けど、そのころ俺はまだ頭の悪いはなタレだったから、すげぇ落ちこんだ。いきなりひとりぼっちにされてさ、なんでみんなに嫌《きら》われちゃったのか、どんな悪いことをしてしまったのか、いったい何の罰《ばつ》なのかって……真《ま》っ青《さお》になったぜ」

ヘンリーは後ろ手をつき、ため息で前髪を吹き上げた。

リュカは、抱えた膝に顎《あご》を載《の》せ、黙って考えこんだ。自分がもし、そのときのヘンリーだったら。ともだちだって信じてたみんなに、見捨てられてしまったんだったら。

ねそべったプックルの向こう側、強情《ごうじょう》そうに瞳を見開いて天井を睨《にら》んでいるヘンリー。その肩が寒そうで、その頬が冷たそうで、リュカはこころが痛くなった。自分のことのように腹が立って、思わず拳《こぶし》を握りしめた。

やがてヘンリーは、こちらを向いて、ニヤッと笑った。

「よーし、それじゃあもう一度聞いてやろう。おまえは、俺の子分になるか。将来、王の親分になる男の、生涯《しょうがい》通じての子分だ。すごいぞ。滅多《めった》になれるもんじゃないぞ。どうだ。なりたいか」

「……でも、ヘンリー、ぼくは」

「なりたいって言え！」

「子分なんていやだ。どうしてともだちじゃだめなのさ?」

「言ったろう、俺はともだちなんて嘘《うそ》っぱちなもんは欲しくないんだ。子分になれ」

「……やだっ!」

「よく考えてみろ。おまえの親父のことを」

「………」

「子分になるなら、俺、おまえのとうちゃんの生徒になってやってもいいぞ。おまえと俺の、親父どもの顔をたててな。おとなしく、あいつのいうことを聞いてみせる」

「え? ほんと?」

「ああ」

ヘンリーはプックルの背中に肘《ひじ》をついて、身を乗り出した。青い目をキラキラさせながら、この上もなく真剣な瞳をぶつけてくる。とがった重みをかけられて、プックルが不機嫌《ふきげん》そうに唸《うな》っているのも耳に入らないらしい。

「さ。決めろ。いま決めろ。子分になるか、ならないか。……どっちだ?」

リュカはまだ迷《まよ》っていた。迷っていることに苛立《いらだ》ってもいた。だがこれ以上答えを引き伸ばしたら、もう二度と機会は与えられないかもしれない。胃のあたりに生じた冷たいものが、下腹に広がった。ヘンリーの青い目が鬼火《おにび》のように迫《せま》ってくる。

「……わかったよ……」

リュカはとうとう根負《こんま》けして、ちいさなちいさな声で言った。子分に、なってやってもいいよ、と。せいいっぱい、不平ったらしく。

「やったぁ！　よおし！　よおし、よく言った！」

いかにも満足そうに笑うヘンリーに、リュカの頬はカッと熱くなった。なんて憎《にく》らしい……けど、なんてかわいいやつなんだろう！

「じゃ、子分のしるしを取ってこい」

「なんだよそれ」

「俺の部屋にあるんだ。すぐそこの扉《とびら》の向こうだ。子分の最初のつとめとして、そいつを胸にあてて誓《ちか》ってもらう。さあ、取ってこい！　子分だろっ？」

二間《ふたま》続きのヘンリーの部屋には、豪奢《ごうしゃ》な赤と金の緞帳《どんちょう》がよじれひとつもなく張り巡《めぐ》らしてあり、子供の丈《たけ》にあわせたものにしては異様《いよう》なほど立派《りっぱ》な机や椅子《いす》が並べてあった。ひどく片付《かたづ》いていて、まるでずっと使っていない部屋のようだった。ヘンリーが寝起《ねお》きして多少汚《よご》したとしても、きっと、十人もの小間使《こまづか》いが、どこからともなく現れて、あっという間に、塵《ちり》ひとつなく、皺《しわ》ひとつなく、すべてをキチンと整えてしまうのだろう。

ヘンリーは開けっぱなしの扉のところに立って、腕を組み、ニヤニヤしている。リュカは手早くあたりを見回した。緞帳《どんちょう》の境目を潜《くぐ》ると、奥のちいさな寝室《しんしつ》の扉が見つかった。リュカはそちらに入ってみた。

床に這《は》いつくばって寝台の下を覗《のぞ》き、枕《まくら》を放り出し、掛《か》け布《ぬの》をひっぱがし、絨緞《じゅうたん》をめくってみた。だが、何にもない。小机や、衣裳戸棚《いしょうとだな》や、壁にかかったヘンリーの母らしい女のひとの肖像《しょうぞう》の裏《うら》も覗いてみたが、それらしいものは、何ひとつ見当たらない。そもそも、子分のしるしというものがどんな形をしたもので、どんな大きさのものなのか、なんにも説明してもらっていない。まるで見ればわかるかのように言っただけだ。

リュカはだんだんいらいらしてきた。あいつ……ぼくの我慢《がまん》強さを確かめるために、ありもしないものを探させたんじゃないかな？

バタンと音高く机の引きだしを閉めながら振り返ると、ヘンリーの姿がない。開けっぱなしの扉が、かすかに揺れている。リュカはいやな予感がして、廊下に走りだした。さっきの獅子像のあたりにも誰もいない。がらんと静まりかえっている。

「ヘンリー？」

へんりー。へんりー。囁《ささや》きが、こだました。

リュカは眉《まゆ》をひそめた。

「ヘンリー。おいっ、いいかげんにしろよ。かくれんぼなんて子供の遊びだぞ。ばかやろう、卑怯《ひきょう》者《もの》、出てこい、ヘンリーっ!!」

へんりー。へんりー。へんりー。

呼ぶ声は自分でも恐ろしいほど悲痛《ひつう》だった。

こだまが消えると、沈黙が応《こた》えた。荒《あら》くなったリュカ自身の息づかいと、どきどきと激しく打つ心臓の音ばかりが取り残された。腹立ちはいつのまにか恐怖《きょうふ》に変わっている。肩のつけねのむずむずするような、思わず喚《わめ》きだしたくなるような、どうにも我慢のできないほどの、いやな感触《かんしょく》。

『王妃さまにはご自身のお腹を痛めたお子があってね、今年秋に三つにおなりのその第二王子デールさまを、次の王さまになさりたくてしょうがないんだよ』

『新しいおふくろが、妙な連中とつきあっているらしいんだ。デールを次の王にしたいあまりに、俺の生命を狙ってるんじゃねぇかって噂もある』

ため息で前髪を吹きあげたヘンリー。ひと筋涙を流したヘンリー。

冷たい獅子像にしがみついて泣きじゃくっていた、ひとりぼっちの王子。

と。プックルがぴくりと耳をそばだて、いきなり身をひるがえした。緞帳《どんちょう》の部屋に戻ってゆく。

「ヘンリーっ!!」

「わあっ!」

くぐもった声がした。

リュカは飛びだしそうな心臓を呑《の》みこみ、樫《かし》の杖《つえ》を握りしめながら、急いで緞帳《どんちょう》をめくり、ヘンリーの部屋に飛びこんだ。とたんに、つま先が分厚《ぶあつ》い絨緞《じゅうたん》にひっかかる。リュカは肩を落とした。プックルが床に倒したヘンリーに伸《の》しかかり、盛《さか》んに顔を舐《な》めている。

「うわぁ、よせ、やめろ！　よせったらくすぐったいっ」

「……ヘンリー……」

「ちぇっ、もう見つかっちまったか。どうだ、びっくりしただろう」

かぶりを振って、リュカは気づいた。きちんと並べられていた椅子のひとつが、ひっくりかえっている。その足許《あしもと》の床板がずれて、ぽっかりと穴《あな》があいている。どうも降りる階段になっているらしい。

あそこに隠れていたな。隠れて、ぼくが必死で探すのを面白《おもしろ》がって見てたんだな。

リュカは無言のまま、部屋を出て、歩きだした。プックルが急いでついて来る。

「あれっ、おいっ。リュカ。待てよ。おいっ、待てったら、子分なんだろっ」

「しるしに誓《ちか》ってないからな。まだ、ほんとうの子分なんかじゃないやいっ！」

「えーっ、そんなのありかよぉ？」

悔《くや》し涙《なみだ》にまぶたが熱い。どうしてこんな嫌味《いやみ》なやつのことを、本気で心配したんだろう。たとえ口先だけでも、どうして、子分になるなんて言ってしまったんだろう。

大股《おおまた》に歩きながら、リュカは息を整え、袖《そで》をあげて顔を擦《こす》った。床に影が落ちている。顔をあげると、父が立っていた。

リュカは足をとめ、父を見た。

父パパスの唇が薄く開いた。何か言おうとして、何を言うべきか考えているかのように。たぶん、慰《なぐさ》めのことばを。

とたんにリュカは後悔《こうかい》の黒い手が胸を包《つつ》みこむのを感じた。ともかく自分は、あの子の力になってやらなくちゃと考えたのに。なのに、たったこれだけのことで見捨ててしまうのか。それじゃあ、ともだちの誓いをしたのに、顔も見せなくなった、あいつの元ともだちの連中と、たいして違っていないじゃないか。

「……連れてきます」

リュカは無理に微笑《ほほえ》んだ。

「おとうさんの生徒になるって、いったんは、約束したんだ、あいつ」

「ほんとか?」

パパスは驚いた。

「それはすごい。見直したぞ、リュカ。いったい、どうやったんだ」

「たいしたことじゃないんだけど」

リュカの笑いが、ようやくほんものになった。

「とにかく、またあいつの気が変わらないうちに連れてきます。ああ、そうだ、おとうさんも来てくれたほうがいい。あいつは、どうも変な手を使うから」

そうだ。ぼくだって子分になるなんて言ったけど、あいつだって、おとうさんの生徒になるってちゃんと言ったんだからな。そのことばを、はっきり思いださせてやらなきゃならない。もしかしたら、一緒にサンタローズに帰ることになるかもしれないぞ。そうしたら、こっちのもんだ！……ふん！　あいつはきっと、畑しごとなんてやったことないだろう。ザリガニ釣《つ》りだって、焚《た》き火《び》をつけるのだって、てんでへたくそに違いない。ぎったんぎったんになるまでしごいて、ぼくのこと、すっかり見直させてやるんだから！　見てろよっ！

いま来たばかりの廊下を戻っていきながら、リュカの足取りは軽かった。新しいともだちと、新しい季節に、どんな毎日が訪《おとず》れることになるのか。胸がわくわくして、口笛《くちぶえ》を鳴らしたくなってしまったくらいだった。かすかな剣戟《けんげき》の響《ひび》きを耳にするまでは。くぐもった争《あらそ》いの音、何かの壊《こわ》れる音、引き裂《さ》かれる音。

「……なにをするっ、放せっ」

どうにも尋常《じんじょう》ならぬ、ヘンリーの叫《さけ》びが、聞こえてくるまでは。

パパスが走りだした。続いてプックルが。リュカが一瞬《いっしゅんおく》遅れたのは、これもまたヘンリーの、うさんくさい仕掛《し か》けなのではないかと、ついつい疑ってしまったからだった。だが、足早《あしばや》に廊下を回りこんでゆけば、獅子像の顔は欠け、壁には何かをぶつけた形跡《けいせき》がある。緞帳《どんちょう》は引き裂かれ、美しい椅子は振り回しでもしたように脚《あし》が折れてしまっている。絨緞《じゅうたん》には、おおぜいの泥靴《どろぐつ》の跡《あと》。ただのおふざけにしては、あまりに手がこみすぎている。

「どこだ？　どこに行った？」

パパスが戸惑《とまど》ったように緞帳《どんちょう》をめくりあげながら尋《たず》ねる。

リュカはハッとして、床に飛びついた。

「おとうさん、こっちだ！」

リュカは見当をつけて、あの秘密《ひみつ》の床穴《ゆかあな》をこじあけ、さっと中に飛びこんだ。薄暗い階段を、後《あと》先《さき》考えずに駆《か》け降りた。

湿《しめ》った空気が顔に吹《ふ》きつけてくる、粗末《そまつ》な木戸《きど》が明るい外に向かって開かれたまま、まだ揺れているのが目に入る。からだをぶつけるようにして飛びだしたリュカに、激《はげ》しい水飛沫《しぶき》が、続いて容《よう》赦《しゃ》のない矢雨《やあめ》がおそいかかった。城の内庭《うちにわ》にひきこまれた濠《ほり》、流れの速い水路の上を、怪《あや》しい小舟《こぶね》が凄《すさ》まじい勢いで漕《こ》ぎ抜けてゆく。もんどり打って逃《のが》れるリュカの前に、プックルが躍《おど》りだし、鋭い爪《つめ》と牙《きば》で降りしきる矢を素早く撥《は》ねのける。パパスの飛ばした長槍《ながやり》が、舳先《へさき》にささって、びいん、と唸《うな》り、舟を大きく揺るがせた。あわてて槍を抜き、水に投げ捨てる黒装束《くろしょうぞく》の男たちの間から、ヘンリーのものらしい緑の髪がのぞけ、よく晴れた春の温かい日差しに燦然《さんぜん》ときらめいた。舟は跳《は》ね橋《ばし》を潜《くぐ》り、影《かげ》の中に入って、見えなくなった。みるみるうちに消えてゆく水尾を、リュカは茫然《ぼうぜん》と見つめた。なにもかも、あっという間で、わけがわからない。

「……かくれんぼ、じゃ、ないよね？……」

パパスの力強い手がリュカの肩にかかった。

「王子がさらわれたのだ。儂は、追いかける。おまえは、このことを王に伝えろ」

パパスは水路の傍《かたわ》らを走って、怪《あや》しいものたちの消えたと同じ影に入りこんだ。

リュカはしばらくの間、麻痺《まひ》したようになって、その場に座《すわ》りこんでいた。ごうごうと風のようなものが頭の中を渦巻《うずま》いていて、よくものが考えられなかった。

『王に伝えろ』はっきりと父の言ったことばが、ぼんやりと意識にのぼる。そうすべきだ。もっともな話だ。だが。

リュカは唾《つば》を飲《の》みこんだ。耳が急にはっきり聞こえるようになった。

王には逢いたくなかった。あの、太っちょで、慇懃《いんぎん》で、派手《はで》派手しい身なりの、二十六代め。病弱な妻を裏切り、息子の気持ちを平気でないがしろにしながら、偉大なるパパスを傲慢《ごうまん》にも呼びつけ、気さくなともだちづきあいをしているような顔ぶりで、子守《こも》りなど押しつけた男。そんなやつの顔を見たら、きっと、罵《ののし》ってしまうに違いなかった。

かわいそうなヘンリー。ひとりぼっちのヘンリー。悪いやつに生命《いのち》を狙《ねら》われるような目にあうのは、けしてヘンリーの罪《つみ》じゃない。みんな王さまのせいじゃないか！　と。

食い縛《しば》った歯の間から、きゅう、とねずみでも鳴くような音が洩《も》れた。リュカは声を出したつもりはなかった。堪《こら》えたつもりだった。

リュカはよろめきながら立ち上がり、足をひきずるようにして歩きだした。

やがて橋が近づき、頭の上に影が迫《せま》り、影の中に呑《の》みこまれた。どこをどう歩いているのか、自覚はなかった。ただ、転ばないように、先へ先へと足を出しているうちに、一歩一歩が次第《しだい》に軽くなり、足は次第《しだい》に速くなった。さまよいながら、リュカはいつしか必死に捜《さが》していた。城の外に出る道を。父のあとを追う道を……。

……何かが鼻のあたりをちくちくと刺《さ》す。振り払っても、振り払っても、けして止まない矢雨《やあめ》のように。

ちくり！ 痛みのあまり、リュカは目を覚《さ》まし、もんどりうって飛びのいた。恐るべき敵を予期して殺気だった目が、ゆっくりと焦点《しょうてん》をあわせる。

朝だった。分厚《ぶあつ》い雲を通ってくる陽《ひ》の光が、ひっそりと静まりかえった草原を照らしている。何百もの草花に宿《やど》った朝露《あさつゆ》があちらこちらでごくひそやかにきらめく中、人の寝た形にくぼんだ草葉の横で、ちいさなアザミが斜《なな》めになって揺れていた。

アザミの棘《とげ》だらけの茎《くき》を強く押し下げていたプックルの頭が、もくりもくりと動き、ふと、糸のように細い瞳《ひとみ》で、まっすぐにリュカを見つめたかと思うと、口の裂《さ》けそうな大あくびをした。

「……おまえか」

リュカは肩を落とし、座りなおした。節々《ふしぶし》がこわばり、空腹のあまり、頭が痛かった。口が渇《かわ》いて、いやな味がする。

「ふにぃ」

プックルは情《なさ》けない声を出した。プックルも、空腹なのだ。

かれこれ二昼夜、追跡《ついせき》を続けている。リュカは父のあとを追い、父はあの黒装束の男たちを追っているはずだった。ヘンリー王子を誘拐《ゆうかい》したあやしの者たちは、追っ手があるかもしれないことになど、何の注意も払っていないに違いない。おおぜいの踏みしだいた草は容易《ようい》にみわけがついたし、半日も行けば、必ず、焚《た》き火《び》の跡《あと》につきあたった。彼らの糧荷《りょうか》は豊富《ほうふ》らしく、まだ酒の匂《にお》いのぷんぷんする皮袋や、食べ残りの鳥や兎《うさぎ》の筋《すじ》や骨が無雑作に捨てられているのを、リュカは幾《いく》つも見つけた。灰《はい》の奥のほうがまだ温かかったこともあるし、とうもろこし粉《こ》の揚《あ》げパンがひとつ、うっかり落としでもしたのだろう、ほんの少し齧《かじ》りとっただけで、泥にまみれてそのまま落ちているのも見た。それを、リュカはプックルと半分ずつにわけて腹に納《おさ》めた。

まだ食えるものをぜいたくに捨てる連中だとはいえ、その残骸《ざんがい》のほとんどは、ばけものたちに荒らされて酷《むご》いことになっていた。が、少なくとも、ここまでの行程《こうてい》に、人間の骨は見あたらなかったと断言できる。

ヘンリーは殺されてはいない。殺すつもりならば、さっさと始末をつけただろう。無事なまま、どこかに連れていこうとしているのだ。

どこに？

考えようとしても、とっかかりすらもなかった。リュカはノルズム大陸のこの地方にはいっさい馴染《なじ》みはない。星や太陽や見知った山々の位置から考えれば、ラインハットから、まっすぐ、北東の方角に侵入《しんにゅう》しているのではないかと見当はつく。大陸はこの方向にはあまり続いていないはずだ。ひょっとすると、もう外海にも近いのかもしれない。

海に出られたら、終わりだ。船を使われたならば、追いかける術《すべ》はない。見失わないためには、一刻も早く差をつめなくてはならない。

「……行くぞ」

けだるいからだに鞭を打ち、両手を膝にあてて立ち上がるリュカを見て、プックルもまた、うんざりしたように腰をあげた。

草はリュカのむき出しの脛《すね》の乾《かわ》いた皮膚《ひふ》を切った。空には灰色の雲が重く垂《た》れこめてきた。だが、行かなければならなかった。捕らえられている王子を、ひとりぼっちにしないために。

生ぬるいような不愉快《ふゆかい》な風が吹きはじめた。首筋を風がいらった。リュカは旅着の襟《えり》をたて、緩《ゆる》みかけたターバンをしっかりと締《し》めなおした。

いつしか降りだした霧雨《きりさめ》をそのからだで割りながら、リュカとプックルは小高い丘《おか》に立った。眼《がん》下《か》には岩尾根《いわおね》と荒れた草地がゆるやかな段をなして続き、こぶのようにせりあがった崖《がけ》の中途の岩の中ほどに、あきらかにひとの手になる数条《すうじょう》の階段が至《いた》っている。ごく古いものだ。かつて大勢がそこを歩き、それから、長いこと、忘れ去られたもの。道は、一見、ただ、地面に向けて垂れさがった杜松《ねず》の大枝《おおえだ》に繋《つな》がっているだけのように見える。しかし、リュカの注意深い瞳は、霧雨のヴェールを貫《つらぬ》いて、大枝《おおえだ》の影《かげ》の重なりの向こうに不自然なほどきれいな楕円《だえん》を描《えが》く黒影が重なっているのを見わけていた。何かで、枝が倒《たお》れ落ちてこないように支えてあるらしい。

リュカは静かに瞬《またた》いた。まつげに宿った雨のしずくが、寄り集まって、ひとつに落ちた。楕円は確かにあった。どうやら、盾《たて》のようだ。

　傍らでは、プックルが、黄金の瞳を針《はり》のようにして、けぶる雨を迷惑《めいわく》そうに睨《にら》みつけていた。猫族は濡《ぬ》れるのは嫌《きら》いだった。霧雨が髭《ひげ》や口許につくと、しきりに顔を撫でた。

「あれだ」

　リュカは低くつぶやき、滑《すべ》りやすい岩肌《いわはだ》を慎重《しんちょう》に降りはじめた。

　杜松《ねず》の大樹《たいじゅ》は、昔《むかし》、この天然の岩祠《いわほこら》を守る衛兵のように、そこに植えられていたものかもしれない。長い年月の風土の変化に、枝がねじれ、根が半分ほどもむきだしになり、ひどく傾《かし》いだ形になっていたものを、わざわざ起こした形跡《けいせき》がある。もっとも邪魔臭《じゃまくさ》いこの大枝を切り払わずに、どこからか運んできた大きな盾でつっかい棒《ぼう》にしてあるのは、これが一種のカンヌキの代わりだからではないか。そのものがいま、まさに、中にいるということを示しているのではないか。

　リュカは雨に打たれながら、少し考えた。盾をはずし、枝を落とし、この口を封鎖《ふうさ》する。大きな音がするだろう。誰かがあわてて駆けつけてくる。枝を退《しりぞ》けてやるから、ヘンリーを返せと言ってみるのはどうか。

　だめだ。いったん、落としたならば、樹枝はリュカひとりでは――たとえプックルがうまいこと手伝ってくれたとしても――とてももとどおりに戻せはしないだろう。向こうは何日でも持ちこたえる。こっちは、いま既《すで》にへとへとなのだ。そして、何といっても、先にここに来ているはずの父パパスが、そのくらいのことを考えつかなかったはずはない。検討《けんとう》して、捨てたのに違いない。

リュカはできるだけ枝にさわらないようにして、樹木《じゅもく》を乗り越え、道を回りこんだ。リュカは洞窟《どうくつ》に入った。

天然の岩廊下《いわろうか》を息をひそめて十歩ほども進み、リュカは足をとめた。岩壁の彼方《かなた》に、予想したのとはまったく違う光景《こうけい》が、どこまでも続いていた。そこは、がらんと広く、幅《はば》も奥行《おくゆき》も天井も、どんな城の大広間よりも巨大にくり抜かれた地底の空洞《くうどう》だった。太古の神殿《しんでん》でもあったのだろうか。複雑にいりくんだ石の通路の床の下を、水が流れる音がする。黴《かび》と埃《ほこり》ととっくの昔に腐《くさ》るべきものが腐ってしまったあとの墓場《はかば》のような匂いの中に、新しい松明《たいまつ》の煙《けむり》の匂いと、何か煮炊《にた》きしたらしい香料《こうりょう》の匂いを、リュカは感じた。下を見る。降り積もった何百年の塵埃《じんあい》の上に、たくさんの無骨《ぶこつ》な革靴の跡にまじって、鋲《びょう》のついた、ひどく小さな靴跡がひとつ、はっきりと残っている。リュカはひざまずいて指で測《はか》ってみた。いっぱいに広げた掌《てのひら》の、親指から中指までよりも、少し大きい。リュカ自身の足と、ほとんど同じ大きさだ。

ヘンリーだ。

ヘンリーは、自分の足で歩いて、ここを通った。

リュカは微笑みを浮かべた。

間違ってなかった。ぼくは、ちゃんと、あの子を見つけてみせる。

細く危なっかしい岩廊下をたどってゆくと、やがて、大きな両開きの扉の前に出た。ざわめきと、賑《にぎ》やかな歌声。リュカは杖《つえ》に片手をかけ、ためらわずに、それを蹴《け》りあけた。

たちまち、もうもうたる煙があふれだしてきた。すえたような汗《あせ》と、脂肪《あぶら》の匂い。目がチカチカし、思わず咳《せ》きこみそうになるリュカの顔の前に、不健康な赤紫《あかむらさきいろ》色のてらてら光った裸《はだか》の胸がぬっとつきだした。見上げれば、鬼《おに》のような顔、赤茶けた束《たば》ね髪《がみ》。

「おーうぃー、なんだなんだ、ひっく！」

すり減った歯を見せて、男が笑う。手の中の、酒らしいゴブレットが、ふらふら揺れて、赤い液《えき》体《たい》が床にこぼれる。

「なんか妙なチビが紛れこんできたぞぉ」

「その大猫はキラーパンサーじゃねぇか。おおかた小物の魔物だろう」

「おー。ここに呼べ。酌《しゃく》をさせろ。がははは」

「いいから、はよ閉めろってんだ。せっかくの酒気《しゅき》が抜けてっちまうぜぇ」

「おいおい、少しは空気を入れ替えようぜ、窒息《ちっそく》しちまう」

男たちはドッと笑い、盛《さか》んに足踏《あしぶ》みをし、ぴいぴいと口笛を吹いた。いやに御機嫌《ごきげん》な連中だ。面喰らいながらも、リュカはそろそろと部屋の中に踏みこんだ。少しばかり煙が薄れて、中の様子がうかがえる。

ぼうぼうと炎《ほのお》があふれだすほど焚《た》いた暖炉《だんろ》、円卓《えんたく》の周囲《しゅうい》に散《ち》らばった木の椅子や石のベンチに、てんでな場所を陣取《じんど》っているのは、六人ばかりの男たちだ。たいがいは下帯ひとつの裸で、ひどく汗をかいているが、椅子の背にかかっている薄ら汚《よご》れた布きれを見れば、あの黒装束の男たちに違いない。無骨な一枚板のテーブルには、食べ物と酒、ぴかぴかの金貨《きんか》、それに、いかがわしい薬効《やっこう》のあるらしい、なにか葉を巻いたものが、山のように盛りつけてある。誰かがリュカの胸を腕でとめ、おうっ、と唸《うな》るような声をあげて、ゴブレットを差し出した。しかたなくリュカは、皮袋を取って、酒を注いでやった。血のようにどろりとした赤い酒だ。

「ふぃーっ！　きくー。おうっ。おめーもやるか？」

リュカはあわてて頭を振った。男は片目だった。右目は銀色の金属《きんぞく》を打ちぬいたもので塞《ふさ》いである。残った左目、どろりと濁《にご》った酔眼《すいがん》をとがらせて、男は、にゃにお、と唇《くちびる》をめくり、臭《くさ》い息を吹きかけた。

「せっかくの、おれの酒が、飲めねーってゆーのか、このくそガキ！」

リュカはおとなの拳骨《げんこつ》ほどもあるゴブレットを、しょうがなく受け取った。男はぐらぐら揺れるからだを乗り出して皮袋をさかさにする、酒はあたりじゅうにじゃあじゃあ零《こぼ》れた。リュカはちゃんと受け止めたふりをして、ゴブレットに口をつけた。ほんのわずか、酒はそこに残っていた。渇ききっていたリュカの唇は、液体に触れると、思わずそれを飲んでしまった。かすかにぴりりとする熱いものが、喉をころげおち、胃の腑《ふ》に達して、たちまち煎《い》った豆のように跳《は》ねだした。リュカは噎《む》せ、目をぱちぱちさせた。

「げははは、なーんだ、やけに可愛いじゃねーか、おめー。よーし、ほんじゃ、これを食え。あれも食え。さあ、食えったら食え」

　悪者のご馳走《ちそう》なんか食べるもんか！　リュカは歯を食い縛ったが、片目の男の、筋肉の盛り上がった腕を見れば、変に逆《さか》らって酔《よ》いをさましてしまうのは得策《とくさく》ではないと思われたし、だいたい、よく焼けた肉の匂いを嗅《か》いでしまったら、もう腹がぐうぐう鳴って、たまらないのだ。リュカは男の突きだした骨つき肉にむしゃぶりついた。パンを詰めこみ、熟《う》れたトマトを手づかみであさり、揚《あ》げたチーズのとろける熱さにはふはふ言い……たちまち、喉を詰まらせて、生のオレンジをしゃぶってどうにか飲みこんだ。足許でプックルもガツガツと嬉しそうな音をたてて、何か盛んに喰らっている。

「ははは。食ったな。よーしよーし、よく食ったよく食った」

　奇妙に親切な酔《よ》っ払《ぱら》いは、リュカがひとごこちついたのを見ると、大きな手をリュカの肩にまわし、バシバシ叩き、無理やり抱きすくめる。

「せっせと食えりゃあ、心配はねぇ！　……なー、おじさんにはよー、おめーぐらいのガキがいたのよ。流行《はや》り病《やまい》で、死んじまったけどよ」

　男はリュカを抱いたまま、赤ん坊にするようにゆっくりとリズムをつけて左右に揺する。

「一週間も、なにも食わねぇ、飲めねぇ。無理に口にいれりゃあ、げろげろ吐いてよ。どんどん痩《や》せて、棒みたいになって。死んだときにゃ、洗濯板になるぐらいあばらの浮いたからだじゅうに、真っ赤なイチゴみたいな斑点《はんてん》がいくつもいくつも浮かんでたっけなぁ……ぱっちり開いた目が、どうにも、たまらなくってよぉ」

「魔物相手になに御託《ごたく》並べてんだよ」

　傍らの別の男がちゃちゃを入れると、男は、激怒《げきど》して、うるせぇ！　とテーブルを叩いた。どうやら、この男は中で一目置《いちもく》かれている者であるらしい。すまんすまんと愛想笑《あいそわら》いを浮かべて、仲間たちは遠ざかった。

「辛《つら》かった。子供が死ぬのを見るのは、辛かったんだ」

　片目の男は、なおさらぎゅっと腕に力をこめた。痛いほど強く。リュカは思わずもがいたが、男は離さない。無精髭《ぶしょうひげ》のちくちくする頬で、リュカのすべらかな頬を、愛《いと》おしそうに撫でるのだ。

「子供は死んじゃあいけねぇ。絶対に死んじゃあならねぇ。なのに……この俺に……この俺に、あの魔女《まじょ》め！　子供を殺させようとしやがった！」

　リュカはハッとして動きを止めた。ヘンリーのことだ。魔女というのは、新しい妃、第二王子の母親のことだろうか。問《と》い質《ただ》したい気持ちを必死に抑えて、リュカは唇を噛《か》みしめた。口をきいたら、魔物でないことに気づかれてしまうかもしれない。

「金、金、金！　金はいい。金があれば、死んでゆく子供に楽になる薬をやることができた。金はいい。だから俺は金は受け取った。あの女の頼みを、こころよーく、ひきうけるふりをしてやったのよ。だが、内心、あっかんべー、だ。舌をだしていたんだとも！　ほかの奴らに、このヤマかっさらわれたら、あいつは間違いなく死んだはずだ。だが、幸いにも、この優しい俺さまにあたった。

あいつは死なねぇ。俺は、子供は殺さねぇ。殺すもんか。おめー、どうするかわかるか、あーん? 奴隷《どれい》にして売るのよ。ここで待ってりゃあ、もうじき、お迎《むか》えが来ることになってるんでな! この国を出りゃあ、あいつにもまだ生き延《の》びるチャンスがある。そうして、俺さまは、ますます儲《もう》かるってえ寸法《すんぽう》よ! かは……かははは……は」

片目の男は急に黙《だま》りこみ、リュカを抱きしめた腕の力を抜いた。

「もう行け」

うってかわった静かな声で、リュカの耳に囁《ささや》く。

「ほかの奴らはまだ気づいていない。王子は水の向こうだ」

リュカはごくりと唾《つば》を飲《の》んだ。バレてる! 恐ろしくて、振り返ることはできなかった。

「あいつを連れて、逃げ出せるもんなら逃げ出してみやがれ。だが、誰にも見つかるなよ。特にあの女には」

男の手が、最後にぎゅっと、リュカの腕を握りしめた。

「……細いなぁ……はやくでかくなれよ。でないと……死ぬぞ!」

つっぱなされたそのままに、リュカはまろぶように走りだした。怪《あや》しい煙の充満《じゅうまん》した部屋を出ると、ようやく息がつけた。プックルも、けほんけほんと情けない咳《せき》をしている。

頭は混乱し、胸はまだ不穏《ふおん》にどきどきしていた。だが、あの片目の男が、なぜかこっそり味方をしてくれたのはわかった。なぜか。……たぶん、リュカが子供だったからだろう。ヘンリーが子供だったから、そして、あの男自身がかつて、子供だったから、かもしれない。

リュカは男にありがとうといいたかった。こんな場所であった思いがけない好意に、涙ぐみそうになるほどの感謝《かんしゃ》を、はっきりと伝えたかった。だが、その部屋の中に戻る気にはなれなかった。ぎゅっと目をとじ、思いを呟《つぶや》き、リュカは足音をたてぬように、その場を離れた。

水の向こう、と、片目の男は言った。リュカは複雑な回廊《かいろう》を駆け抜け、水を捜して、先を急いだ。回廊はぐるぐる回り、立体的に交差して、さっぱり先が見えない。

リュカは歩いた。もうじきお迎えが来る。奴隷にして売る。片目の男の何気《なにげ》なく口にしたことばを、歩きながら思い返した。奴隷ということばは知っていたけれど、昔まだ人間が野蛮《やばん》で、戦争ばかり繰り返していたころにあったものだとばかり思っていた。いまでも奴隷を使っているひとがいるんだろうか。世界のどこの国で、そんなひどいことをしているんだろうかと考えはじめたとき、物音がした――ずばりと何か切り裂く音、大勢が格闘《かくとう》するような音に、叫び声が混じっている。リュカは走りだした。細くたよりない炎《ほのお》をあげる燭台《しょくだい》が二つ掲《かか》げられた通路を潜《もぐ》ると、わずかに小高く舞台《ぶたい》になったような場所で、激しく戦っているものたちが目に飛びこんできた。なんと、父パパスが、怪物《かいぶつ》たちを相手に奮戦《ふんせん》しているではないか。

相手は三匹だ。鎧兜《よろいかぶと》に身をつつんだスライムナイト、吸血蝙蝠《きゅうけつこうもり》ドラキー。そして、いぼいぼの鼻をした魔法使《まほうつか》い。

樫《かし》の杖《つえ》が、ひとりでのように躍《おど》り上がってリュカを導《みちび》いた。手は灼熱《しゃくねつ》したように熱く、こころは冷たく透《す》き通っていた。リュカは杖を高々とかかげ、鬨《とき》の声をあげながら敵のただなかに突進《とっしん》していった。スライムナイトが横目にこちらに気づき、あわてて重そうな剣を振りかぶった。があん！　火花が散った。スライムナイトは衝撃《しょうげき》で弾《はじ》き飛ばされ、太古の埃《ほこり》の降り積もった床の上に仰向《あおむ》けになって、びくびくと四肢《しし》を引き攣《つ》らせた。プックルは興味深そうにそいつを見つめていたが、ふと、前肢《まえあし》を伸ばして、ぱしんと叩きつけた。

「おおっ、リュカ！」

魔法使いの杖をかい潜《くぐ》りながら、パパスは叫んだ。

「なぜ来た！」

「ヘンリーは」

うるさいドラキーを振り払いながら、リュカはこたえた。

「ぼくのともだちだ！」

あっけにとられたように動きを止めるパパスを見て、魔法使いは素早く両手で印を結び、恐ろしい呪文《じゅもん》を唱《とな》えようとした。

「ヒャ……」

言い終わることはできなかった。パパスが長剣《ちょうけん》を一閃《いっせん》すると、魔法使いの手がふたつとも飛んでいってしまったのだった。ひいっ、魂《たま》消《げ》る悲鳴をあげると、魔法使いは、消失した。床に落ちた手首もまた、思わず飛びついたプックルの鼻先で、パッと見えなくなった。プックルはきょろきょろし、リュカと目があうと、突然、あごの下を搔《か》きだした。ドラキーは慌《あわ》ただしく搏《はばた》いてどこかに行ってしまった。

戦いは終わった。父と子は向かい合った。

「成長したな、リュカ」

「おとうさんこそ。やっぱり、強いや。……それで、ヘンリーはどこ?」

「うむ」

パパスは床の中央付近に膝をついた。そっと埃を払うと、星型の印《しるし》のついたタイルが見えた。

「これだ。古代人の仕掛けだ」

パパスは星のタイルを踏んだ。どこかで鈍《にぶ》い音がしたかと思うと、なんと、目の前の壁が滑るように左右に分かれてゆくではないか。パパスは口髭《くちひげ》の片方を持ち上げて、ニヤリとした。

「行くぞ」

隠《かく》し扉《とびら》の奥には黒っぽい水を深々と湛《たた》えた水路があり、粗末《そまつ》な平底の舟がもやってあった。親子とプックルが乗ると、ひどく狭苦《せまくる》しかったが、沈《しず》みはしなかった。

舟には新しい角灯《ランタン》がひとつ載《の》っていた。リュカはプックルを艫《とも》に伏《ふ》せさせ、落ち着かせると、火打ち石と擦り板を出して、手早く灯《あかり》をともした。パパスはもやい綱《づな》を解《ほど》き、ひとつきりの櫂《かい》の長い柄《え》を使って舟を縁《ふち》からもぎはなした。舟ははじめ大きく横に揺れたが、すぐに収まった。

あたりは薄暗く、恐ろしいほど静かだった。太古の昔から、ほとんど破られたことのない静寂《せいじゃく》。

リュカは、舳先《へさき》に座って、角灯《ランタン》を掲《かか》げながら、じっと息をひそめ、耳をすましてみた。灯《あかり》をあびるとぬめぬめと油のように光る黒い水の上を、舟は小波《さざなみ》を立てながら進んでいった。

やがて目が慣れると、左手いっぱいに高々とそそりたつ壁が見えてきた。天然の岩塊《がんかい》にしては、いやにきれいにまっすぐだ。リュカは角灯《ランタン》をそちらに向けてみて、小さく驚きの声をあげた。そこには、不可思議《ふかしぎ》な文字や紋様《もんよう》がびっしりと隙間なく刻《きざ》まれていた。もちろん、リュカには、まったく読めないものばかりである。それは精密《せいみつ》で丁寧《ていねい》だったが、美しいというよりも、なにか、恐ろしい呪《のろ》いの力を秘《ひ》めたものであるような感じがした。水面ぎりぎりから、ずっと上のほうまで、大昔の何者かの精緻《せいち》な細工《さいく》は続き、頭の上いっぱいにのしかかる真の暗闇《くらやみ》の中に溶け消えていた。この場に、天井があるのかないのか、ともかく、すさまじく巨大な建造物《けんぞうぶつ》だ。あの立体回廊の空間さえ、この遺跡《いせき》のごく一部にすぎなかったのだろう。

水路はかすかに曲がりくねりながら続き、やがて、アーチ型に穿《うが》たれた天井の低い隧道《トンネル》を潜《くぐ》りぬけた。行く手に、ひたひたと水の打ち寄せる音がする。角灯《ランタン》を掲げてみて、リュカはアッと声をあげた。水際《みずぎわ》の低いところに石積みの小部屋が並び、そのこちら側の面をいずれも鉄格子《てつごうし》で塞《ふさ》がれている。

「……牢屋《ろうや》だ！　おとうさん、こんなところに牢屋がある！」

「しっ」

リュカは口をつぐんだ。と、彼方《かなた》の闇の中から、小さなうめき声のようなものが聞こえてくるではないか。

地底の牢獄《ろうごく》はいくつもいくつも執拗《しつよう》に続いた。この角灯《ランタン》では、すぐ横を通っても、小部屋の奥のほうまではよく見えなかったが、どこも真っ暗で生きているものの気配はなかった。ただ、一箇所《いっかしょ》、奥の壁に白く照りはえる髑髏《どくろ》の姿がみわけられた。髑髏の手は、鋼鉄《こうてつ》の手錠《てじょう》をかけられて鎖に吊《つ》るされた形のまま、風化し、忘れ去られたらしかった。リュカは急いで目を背《そむ》けた。

と。すぐ先で、また、何か物音がした。リュカがハッとしてあげた頬を、石礫《いしつぶて》がかすめた。角灯《ランタン》を狙って、投げたものらしい。リュカは急いで角灯《ランタン》を背中に庇った。が。礫《つぶて》はさらにいくつも飛んできた。

「帰れっ！　帰れっぱけものめっ！　ちくしょう。あっちいけ！」

その声は。

「ヘンリー！」

リュカは角灯《ランタン》を戻し、顔の横に掲げた。

「ぼくだ。リュカだ。助けに来た。どこだ、どこにいるんだ！」

礫《つぶて》はやみ、あたりはしんとした。パパスは櫂《かい》さばきを速めた。リュカは落ちそうなほどに身を乗り出して、角灯《ランタン》を捧《ささ》げた。……いた！　ヘンリーだ。もうひとつ先の牢獄。鉄格子に顔をくっつけて、青い顔を覗かせている。

「無事だったんだね！　ああ、よかった」

だが、舟が横付けになる前に、ヘンリーはサッと鉄格子を離れてしまった。奥の、粗末な寝台に、両手を頭の下敷《したじ》きにしてごろりと横たわり、天井を向く。

「なにしに来たんだ」

喉にからむような声で言い放つ。

「なにって、迎えにだよ、あたりまえじゃないかっ！」

リュカは舌打《したう》ちをしながら、わずかな足場に乗り移り、鉄格子を揺すってみた。蝶《ちょう》つがいで扉になっている部分はあるが、太い錠前《じょうまえ》がさしこまれ、ぐるぐる巻きに鎖を結わえつけてある。無理に揺すっているうちに、錆びた鉄釘《てつくぎ》で掌《てのひら》を傷つけてしまった。

「だめだ。開かないよ」

「舟を頼む」

パパスは櫂《かい》をリュカに託《たく》し、鉄格子にとりついた。握りしめようとした櫂が手の中でぬるりと滑った。リュカは手を見た。思いがけずひどい出血だ。リュカは舌打ちし、ポーチの中を探った。布を見つけてホッとする。繃帯《ほうたい》がわりにぐるぐる巻きつけて、それから気づいた。それはビアンカのリボンだった。

汚《よご》してしまったな。でも、こういう事情だったこと、ビアンカなら、きっとわかってくれる。

その間にパパスは鉄格子を調べ、中で一番弱そうな部分を見つけだした。しばらく息を整え、それから、両腕で鉄檻《てつおり》をつかんで、力を入れた。パパスの背がみるみる盛り上がり、あの、村長さんにもらったばかりの立派な服のどこかが、ビリッと裂《さ》ける音がした。

「……ぬおおおおっっ！」

がしゃん！　蝶つがいがはずれ、鉄の扉は、本来とは反対の側が、わずかながら開いたではないか！　リュカはさっと飛びつき、全身を使って、その隙間を広げた。

「ヘンリー！　さあ、来るんだ」

「俺は城に戻る気はないぜ」

「どうしたんだ、さあ！」

「王位は弟が継《つ》ぐんだろ。それでいいじゃないか」

ヘンリーはちらりと横目でこちらを見た。

「おまえたち、俺を助けだして英雄《えいゆう》になるつもりだったら、諦《あきら》めたほうがいいぞ」

「何を言ってるんだ、ヘンリー？　怖《こわ》くて頭がおかしくなっちゃったのか？」

リュカはじれて、無理やり隙間から潜《もぐ》りこんだ。不貞腐《ふてくさ》れたように壁際《かべぎわ》に寝返りをうつヘンリーの腕をつかんで、ひき起こす。

「ひとさらいたちが来るといけない。はやく出るんだ！」

「ほっといてくれ。俺は、もう王子でも何でもない。俺なんか、どうなったってかまわないだろう」

「ばか！」

ぱし！　リュカはヘンリーの頬を平手で打った。

「いじける元気があったら、立て。歩け！」

ヘンリーはあんぐり口を開け、リュカを見つめた。その目が、だんだんに怒りに燃える。

「なぐったな！」

「あ。ごめん、痛かったかい？」

「……お、親父にも撲《ぶ》たれたことのない俺を……きさま、なぐったな！」

「喧嘩《けんか》の続きはよそでやれ」

パパスが鋭く言った。

「誰か、来る」

リュカはハッとした。なるほど、水路の先、まだ行ったことのない方角から、ばしゃばしゃと激しく水を跳《は》ね散《ち》らかす音がする。リュカは、まだ何か喚《わめ》いているヘンリーの首ねっこをつかんでひったてると、無理やり檻《おり》の隙間から押し出し、プックルの待つ舟の中に蹴落《けお》とした。

「なにをするっ！　錆《さび》で顔が擦《こす》れたじゃないか……うわおっ」

続いてリュカが飛び乗った勢いで、舟は激しく揺れ、プックルもヘンリーも一瞬のうちにずぶ濡れになった。リュカの手に櫂を押しつけると、パパスは口髭をななめにしてニッと笑い、舟縁《ふなべり》を強く蹴って、岸から押し出した。角灯《ランタン》を投げられたヘンリーは、あち、あちち、とお手玉をする。

「行け！　ここはとうさんが引き受ける。おまえは、王子をつれて、はやく外へ！」

「だって、舟は」

「儂は泳げる」

その間にも水音は近づいてくる。ぎゃあっ。ぎいぎい。ばけものたちの憤激《ふんげき》する声が近づいてくる。

「はやく。頼むぞ、リュカ！」

パパスの真剣な顔に、リュカは歯を食い縛って背を向けた。がむしゃらに、櫂を漕《こ》ぎだす。プックルも舳先に腹ばいになってせっせと猫かきをしている。舟はすさまじく揺れ、角灯《ランタン》があっちこっちに向いた。背後の暗闇から、ぎゃあっと何かの叫び声、何か重たげなものが水に落ちる、ざぶんという音と衝撃《しょうげき》がやって来る。舟がまた揺れ、プックルが悲しげに呻《うめ》いた。だが、リュカは気を散らさなかった。振り向かなかった。目もろくにあけていなかった。ただ、闇雲《やみくも》に、漕いで漕いで漕いだ。

やがて、顔に、冷たい、乾《かわ》いた風があたった。リュカは目を上げ、あわてて首をひっこめた。天井の低い、アーチ型の隧道《トンネル》。戻ってきたのだ。

あの精密文字《せいみつもじ》の壁の横を、舟は飛ぶような勢いで通りすぎた。リュカは急ぎたくなかった。漕ぐ手をやすめて、耳をすましてみたかった。急げば急ぐほど、父から遠ざかるのだから。だが、我慢した。一刻もはやく、外に出なければ、この奇妙な古代の神殿の中から、ヘンリー王子を、はやく連れ出さなければ。焼けるような思いに、腕はがむしゃらに動いた。懐《なつ》かしいおもてに出て、太陽きらめく空の下に出て、新鮮《しんせん》な空気をたっぷり吸ったら、それからどうするか考えよう。おとうさんを待つか、助けに戻るか。それから決めればいい。

いや、おとうさんは大丈夫さ。だって、だって、おとうさんなんだから!

ごつり! 舟の舳先《へさき》が、元の場所に、桟橋《さんばし》ともいえぬ粗末な板床に、つきあたった。

「降りるぞ!」

リュカは叫び、ヘンリーを待たずに舟から飛び降りた。ようやく固い地面が踏めるので浮かれた様子のプックルと後先《あとさき》になりながら、開かれたままの隠し扉を走りぬけ、星型の仕掛けのタイルのそばを駆け抜けようとした。

そのとき。

「ほほほほほほほほ」

なんともいえず気味の悪い笑い声があたりじゅうに響き渡った。

ヘンリーが肺《はい》から息を絞《しぼ》りつくすような悲鳴をあげ、リュカはあたりを見回した。

「ほほほほほほほ、ほーっほほほほほほ」

笑い声は、四方八方から寄せてきた。ほほほほほほ。声それ自体が形と重さを持った物体になって、渦を描いて回りながら、リュカたち三人を縛《しば》り上げる。まるで声それ自体に、からだじゅうを撫《な》で回されるようだった。手を出せば、笑い声のひとかけらに触《さわ》ることができそうだった。ヘンリーは、恐《おそ》ろしさのあまり、いまにも泣きだしそうな顔つきで、手を振り回している。まといつく虫を追い払うときのように。その気持ちはわかる、とリュカは思った。けど、しょせんただの声だ、立ち止まっている場合じゃない、もうすぐそこが出口だ、はやく、はやく逃げなくては——不気味な声など無視《むし》して、さっと走りだす自分の姿をリュカははっきりと思い描いた。だがちょうどそのときだ。ばけものが喋《しゃべ》ったのは。

「ほほほほほ、そーら、みつけた。みぃつけた。ずるはなしだよ、子供たち。さあ遊ぼう。なんなら、こんどはきみたちが鬼《おに》になってもいいよ」

それは楽しそうで、嬉《うれ》しそうで、ちっとも不気味なんかじゃない、ふつうの声だった。いかにも、子供好きなおとなが、優しく面倒見よく小さい子の相手をするときに使うような声色《こわいろ》。リュカの頬や腕のうぶ毛は、みなゾッとそそけだった。信じてはいけない。相手になってはいけない。頭の中にそう叫ぶ声はあったが、唇は勝手なことばを紡《つむ》いでしまう。

「だれだ、おまえは。姿を見せろ！」

「ここだよ」

星型のタイルの上に、リュカとヘンリーとプックルの真ん中に、そいつはいつの間にか立っていた。

「ようこそ子供たち。わたしはゲマ」

キラキラと蛇《へび》の鱗《うろこ》のように輝く赤紫のローブ、天井に届くほどの位置にある顔は、深々と引き下ろした頭布《ずきん》のためによく見えない。濃《こ》い影の中に、鎌《かま》のような形にぽっかりとくりぬけた唇、陰《いん》鬱《うつ》な光を放つ二つの黄色い目玉、それだけがいやにはっきりと見える、いや、そもそもそれは普通の顔ではないのかもしれない、痩《や》せさらばえた骸骨《がいこつ》の上に、ただその、いやらしい作り笑いの口と目を描いた仮面を張りつけられているのかもしれない。

「さあ、どうする？　かくれんぼうはもう飽《あ》きたのかな。じゃあ、そうだ、鞠投《まりな》げをしようか」

と、そいつは言い、ローブの影から、枯れ枝めいた黒い手首を覗かせた。上向きにした指が、透明に輝く糸靄《いともや》のような美しい鞠《まり》を弄《もてあそ》んでいる。長い爪《つめ》をひらめかせながら、その指のゆっくりと動くさまは、まるで、巨大な毒蜘蛛《どくぐも》が獲物《えもの》のまわりに、せっせと糸をかけてでもいるようだ。

「ほうら。ほうら、投げるよ、投げるよ」

鞠をあげ、鞠を受け取る、黒い指。ゆったりと規則的な運動に、リュカのまぶたは重くなってきた。からだがぐらつく。力が抜ける。

「そら、お取り！」

宙に放り上げられた鞠は、星屑《ほしくず》のように輝きながら、まっすぐリュカの顔をめがけて飛んできた。鞠が、クワッと開く、のこぎりのような歯がずらりと並び、恐ろしい獣《けもの》の顔になる。

「う……うわぁっ！」

リュカは知らず知らずのうちに声を出し、拳骨《げんこつ》で鞠を振り払った。鞠は銀色の粉になって四散《しさん》した。拳骨は氷水にでもつっこんだように冷たくなった。リュカは自分の声に気をとりなおした。急いであたりを見回す。ヘンリーはぽかんと口をあけ、焦点《しょうてん》のあわない目をして、がたがたと震えている。プックルは顔がまんまるになるほど耳を寝かせ、からだを低くして、牙を剝《む》き、ふぁっ、ふぁっ、と唸りながら後ずさりをしている。みんな怖がっている。みんな、ぼくだって。ああ、手が、こんなに震えている。どうしようもなく怖い。

ああ。おとうさんが。おとうさんが一緒にいれば。

だがリュカは戦うつもりだった。リュカは杖を構えた。ゲマは笑った。

「ほほほほほほ。ちゃんばらかい。およし、小さな戦士リュカ。そんな玩具《おもちゃ》を振り回すと、きみのほうが怪我《けが》をしてしまうよ」

「いやあああああっ！」

リュカは打ちかかった。勢いこんで、そのまま転がってしまうほど。杖は確かに、赤紫のローブを斜めに薙《な》ぎ払《はら》った。だが、なんの手ごたえもない。ゲマの笑い声は変わらない。なぜ相手が自分の名前を知っているのか、リュカはかすかに不思議に思ったが、よく考えている暇《ひま》はなかった。リュカはまた立ち上がり、こんどは斜めに払うと見せておいて、突きに行った。父パパスにおそわった、強い相手と対するときの有効《ゆうこう》な手段《しゅだん》のそのひとつ。杖《つえ》の尖端《とったん》を相手に届かせようと思ってはいけない、それでは間合いが広すぎる。人間は弱い、臆病《おくびょう》な生き物だ。恐ろしい相手だと思うと、無意識のうちに足幅が縮《ちぢ》まり、腕が引け、からだが小さくなってしまうものなのだ。だからこそ、思いきって飛びこめ、自分の顔で相手の顔を打つぐらいのつもりで踏みこんで、それでようやく相手に届く。

必殺の思いをこめ、相打《あいう》ちの覚悟を決めて突きだした杖は、だが、何の抵抗《ていこう》もなくローブに吸いこまれた。貫き通したというよりも、まるで、風にふわりと揺れた布に打ちかかったかのようだった。リュカは体勢をたてなおし、敵の顔に向けて杖を投げつけた。ゲマは避《よ》けさえしなかった。杖は果敢《かかん》に宙高く舞い上がった。だが、敵の鼻先で、急に何かにつきあたったかのように止まり、ふわりと向きを変えると、虚《むな》しく床に落ちた。それを拾おうと、リュカが横飛びに飛びついた瞬間、あたりの空気が突然膨《ふく》れ上がるようにぼっと熱くなり、目の前ぜんぶが紅蓮《ぐれん》に燃えた。ゲマが燃え盛《さか》る火炎《かえん》を吐《は》いたのだ。樫《かし》の杖《つえ》が、灼熱《しゃくねつ》して炭《すみ》になる。

「うわあ！」

リュカはごろごろ転がって服の火を消した。燃えだしていたターバンを、両手でひきはがして、投げた。くすぶった繊維《せんい》がいやな匂いを漂わせた。眉が、まつげが、燃えてしまったらしい。顔が熱い。目が痛い。痛くて、みるみる膨れ上がって、ほとんどあかない。

「だから、およしなさいって言ったでしょう。ききわけのない子供には、おしおきをしなければね。ふふふふ、どうです、リュカ、もう充分《じゅうぶん》遊びましたか？」

「く……くそ……」

ホイミだ。ホイミを唱《とな》えるんだ。そうして、回復して、プックルをはげまして、ヘンリーをどやして、みんなでいっせいにかかれば。リュカは必死で考えた。だが、どうしてもからだが動かない、舌がもつれて、満足にことばになりそうにない。

「ほ……ほい……んむっ、くくくっ」

「おやおや。具合が悪そうですねぇ。そろそろお休みのお時間か」

ゲマはくすくすと笑ったかと思うと、うってかわって厳《きび》しい声で呼んだ。

「いでよ！　ジャミ！　ゴンズ！」

　リュカは這《は》いつくばったまま、焼け爛《ただ》れたまぶたの隙間から、必死で見た。あたりの焦げ臭《くさ》い空気そのものが、ぶわぶわと歪《ゆが》んで何かの形を取る。

「ああっ……！」

　短い剛毛《ごうもう》が生え、ぶかっこうに皺《しわ》のよった太い足が、生ずるやいなや、リュカの成《な》す術《すべ》もなく放り出されていた小さな手を踏み潰《つぶ》したのだ。

「おっと、ごめんよ」

　足はすぐにどけられたが、たぶん骨まで折れただろう。重みがのぞかれたとたん、リュカのからだじゅうを衝撃の熱い奔流《ほんりゅう》が駆けめぐった。リュカはのたうちまわった。

　現れたものはふたつ。ひとつは、いままさにリュカの手を潰したもの、鎧のようなものを着込んだ小山ほどもある牛のばけものであり、もうひとつは、銀色に輝く華奢《きゃしゃ》な蹄脚《ていきゃく》と、目にも鮮《あざ》やかな青いからだと、馬によく似た顔を持った魔物だった。

「お呼びでございますか、ゲマさま」

「何のご用であられますか、ゲマさま」

　ばけものたちはそれぞれによく響く声で言った。

「その子供たちを連れてゆきなさい。丁重《ていちょう》にね。なにせ、王子さまたちだから。ほほほほほ」

　二体の魔物が、ヘンリーとリュカに、それぞれ手を伸ばした。ばけものの手が襟《えり》にかかった。ひっぱりあげられそうになる。リュカは両手を振り回した。ばけものが鼻を鳴らし、乱暴《らんぼう》に持ち替えた。

リュカは傷《いた》めた手を、また床に打ちつけてしまい、気絶《きぜつ》しそうになった。もうだめだ。おしまいだ。きっと、こいつらに喰《く》われちゃうんだ。リュカは思った。だが、そのとき。

「待てっ！」

このときそれより聞きたい声があったろうか。この世にこれほど素晴らしい声があるだろうか。これ以上、ありがたい声が。嬉しい声が。待ちこがれた声があるだろうか。

ふさがった瞳を必死にこじあけて、リュカは見た。濡れたからだを油断なく身構えながら、両足を踏ん張って立った、父パパスの逞《たくま》しい勇姿《ゆうし》を。父は静かな顔をしている。静かな、だが、怒りのあまり蒼白《そうはく》になった顔を。鼻筋から右の耳まで続く古傷だけが、咲《さ》きそめの薔薇《ばら》のように燃えている。その上に、濡れて張りついた前髪から、ひとしずくの水が、つっと流れた。

二頭は口々に恐《おそ》ろしい唸りをあげながら父に飛びかかっていった。パパスは無言で長剣を振るった。青緑色の光。弾《はじ》け飛ぶ何かの破片《はへん》。しゅうっ、と息を吸うような音。剣の振り下ろされる気配、絶叫《ぜっきょう》。重たいものの倒《たお》れる音。地響きを、リュカは床にへばりついたままの頬で受けとめ、無意識のうちに半回転して身を起こした。と、傷ついた手が何かにむんずとつかまれた。リュカの唇が、かぼそい悲鳴を洩《も》らした。パパスがハッと動きを止めた。

「ほほほほ。なかなか見事な戦いぶりでした……けれども、ご覧《らん》になれるかな？」

リュカは髪をつかまれ顔をひきあげられた。喉に、何か冷たいものがあたる。刃物《はもの》に違いない。つぶれた目を、せいいっぱい横目に使うと、あの黒い大蜘蛛《おおぐも》の脚《あし》のような指が、ひどく装飾過多《そうしょくかた》な何かの柄《つか》を、きつく握りしめているのが見えた。リュカはからだをこわばらせ、顎《あご》をあげた。ひやりとする感触《かんしょく》が、ぴたりと喉に吸いついている。

「これなるは死に神の鎌《かま》」

と、そいつは言い、あたかも商人が自慢《じまん》の売り物をみせびらかすように、刃物を動かして見せた。喉の皮がかすかによじれ、リュカは息もできなくなった。

「これで首を落とされたものの魂は永遠に地獄をさまようことになるのです。あなたのお子の運命は、いまや、わたくしの裁量《さいりょう》ひとつ。さあ。どうします、戦士パパス？」

だめだ！　だめだ！　だめだ！

そんな奴の言うことを聞いちゃいけない！

リュカは叫ぼうとした。だが、喉には恐ろしい刃物が食いこんでいる。ほんの少しでもからだを動かしたならばおしまいだ。

あたりはしんと静まりかえっていた。リュカには、自分のからだの中を流れてゆく血の音が聞こえるような気がした。

傷ついた瞳をせいいっぱいに開いて、リュカは必死にパパスを捜した。ぼたぼたと体液《たいえき》を流しながら横たわっている馬頭のばけもののからだの彼方《かなた》に、まっすぐに立った父が見えた。パパスはそんなリュカを、じっと見守っていた。そして、微笑んだ。この上もなく優しく。この上もなく悲しく。

がらん。ふいに鋭い音がした。パパスが剣を捨てたのだ。

その瞬間、その寂《さび》しい音の余韻《よいん》を最後に、リュカの耳からは、音が消えた。時は澱《よど》んだ。

なにもかもが霞《かす》みがかかって、厚《あつ》みもなく、遠近感もなく。ちりちりとくすぐったい静電気の不快、内部から膨れ上がってゆく焦燥《しょうそう》。苛立《いらだ》たしくも不確かな、現実とは思えない、信じがたい、信じたくない、悪夢《あくむ》だと思いたい、この光景、だが、目は離せない、片時も、離せない。

パパスは床に座りこむ。堂々と胸を張って、あぐらをかいて、唇を一文字に結んで。ばけものたちが嬉々《きき》として襲《おそ》いかかる。父の顔が歪《ゆが》む。哮《たけ》り狂《くる》った毛深い腕《うで》。赤いものが飛び散る。ぎらりと輝く爪足。自分の膝をつかんだ父の手が、ぎゅっと力をこめる、関節が白くなる。振り下ろされる鉈《なた》。空気の振動。ばきりと何かの折れる音。あふれる、赤、赤、赤、ぶよぶよとした脳漿《のうしょう》。リュカは窒息《ちっそく》しそうになる、恐怖《きょうふ》と苦痛と絶望《ぜつぼう》、目が熱い、頭が割れそうだ、からだじゅうが痺《しび》れる、力が抜ける、こころが痛い、痛い、痛い——がくりと父の頭がうなだれ、またのけぞる、棘《とげ》のある鞭《むち》のようなもの、あかあかと輝く顔の傷。燃え立つ光、腐肉《ふにく》の匂い、大きく息を吸いこむ音、何もかも奪《うば》ってしまうような危険な雷光《らいこう》。

ゆっくりと……まるで、永遠のような時間をかけて、父が倒れる……父が頽《くずお》れる……父のからだが、押しつぶされた蛙《かえる》のように、無惨《むざん》に床に投げだされる……。

高笑いの声と共に、リュカは不意に突き放された。喉の刃物はない。リュカは這って、這って、父にすがる、父の顔に顔をつけ、父の頭を抱き、吠《ほ》えている、吠えている、何を言っているのか自分でもわからない、だがふと温かいものが顔にかかる、父の指、父の手。

「リュカ」

父は言う、力強く輝く瞳で、断末魔《だんまつま》の息を、静かな、歌うような声にかえて。頬いっぱいを濡らした息子の涙を、この上もなく愛しいもののように指でたどりながら。

「マーサは……おまえの母さんは、まだ生きている……いいか、儂にかわって、必ず母さんを」

ぴくり。指が震え、頬から離れる。パパスの澄んだ瞳の中にともっていた生命《いのち》の炎が、すうっと収縮《しゅうしゅく》し、消える。リュカは絶叫《ぜっきょう》する、揺する、まるで、そうすれば、時をわずか数秒前に押し戻すことができると信じているかのように。揺する、叫ぶ、だが、リュカは知っている。時は戻らない、けして、戻りはしない。揺する、揺する、揺するうちに何をしているのか、何のために揺すっているのか、ふとわからなくなる、頭の中がからっぽだ、声も出ない、涙も出ない、もうぼくはすっかりからっぽになってしまった。ふわふわと頼りなく動く自分の手、もう少しもこたえない父のからだ、もう、やりなおしようはない、取り返しはつかない、もう、終わってしまったのだ。ゆっくりと動きが止まる。ぜんまいの切れた自動人形のように。

「ほーっほほほほほ。いやいや、美しいものですね、子を思う親の気持ち。親を思う子の気持ち……心配いらないよ、パパス。おまえの子は、我らが神殿《しんでん》の奴隷として、一生幸せに暮らすことになるのだからね。やすらかに眠るがいい」

ゲマと呼ばれたものが何か言っているけれど、耳は声を捉《とら》えているけれど、リュカには意味がわからない。リュカは黙《だま》って相手を見る。何の感情もない、魂の抜け落ちた瞳で。

「おいで」

ゲマが言う。きっぱりと、従うべきものを従わせる声色《こわいろ》で。リュカは立つ。立って、歩く。差し出された手に向かって。耳の中で何かがぶんぶん言っている。ひどく不快だ。ひどく辛い。だが、どうしようがあるだろうか？　向こう側から、ヘンリーが立ち上がって、同じようにやって来る。ヘンリーはゲマの左手を取る。リュカはゲマの右の……。

……手を取ったとたん――あの黒蜘蛛のような指と手を繋《つな》いだとたん――ふいに、なにもかも、すっかり楽になった。手の痛みも、目の火傷《やけど》も、なにもかも、すっかりだ。胸は真っ暗だったけれど、黒はなんて素敵なんだろう、なんて安心なんだろう。すっかり黒ならば、これ以上黒になることはない。リュカは微笑んだ。リュカは慕《した》わしくゲマを見上げた。どうしてこのひとの瞳が不気味な黄色だなんて思ったんだろう。優しそうな黒い瞳。にっこり笑った唇。

「さあ、行こうね」

優しく、ゲマは言い、リュカはうなずく。

「ゲマさま。どういたします、このキラーパンサーの子は？」

「捨ておきなさい。野に放てばやがて魔性《ましょう》にかえるはず」

「はっ」

歩きだそうとして、子供たちの手を引いたゲマは、ふと足をとめた。

「うん？　そなた、何か不思議な宝石を持っていますね。見せてごらんなさい」

　リュカはきょとんとして、それから、ハッと思いだした。ポーチをあけ、黄金の珠《たま》をつかみ出す。レヌールの王さまから預かった大切な珠。それを、素直に、ゲマに差し出そうとしたとたん、麻痺《まひ》したこころのどこか遠く、自分のものではないようなからだのどこか手の届かない遥《はる》かな場所が、ずきりと痛んだ。

　リュカは呻《うめ》く、声を洩《も》らす、思わず全身を丸めてしゃがみこみたくなるような痛み。ゲマは珠をつかむ、だがリュカの手は離れない、それを手放すのは、まるで、からだの一部をもがれるようなものなのだ、目玉の奥をかき回されるような、はらわたの奥に手をつっこまれるような、肉の中にしっかりと包みこんだ真珠《しんじゅ》を無理にほじりだされるようなものなのだ、喪失《そうしつ》の冷たい予感、堪《こら》えようのない苦痛、粘《ねば》っこく血の糸を引く禍々《まがまが》しい不快のあまり、リュカの指は固く固くこわばって動かない、どうしても珠《たま》を離そうとしない、黒蜘蛛の指がぐいぐいと引く。

「いい子だ、いい子だ、がまん、がまん。さあ、力を抜いて……抜いて……」

　ああああっ！　リュカは泣き叫んだ。

　それは不意《ふい》に終わった。

　珠はゲマの手にうつったのだ。

　リュカは思わず安堵《あんど》して脱力する、なにかとりかえしのつかないことが起こってしまったような気もするけれど、それをまともに考えるには、彼は疲れすぎている、なんといっても彼はまだ七歳《さい》にもならない子供なのだ。傷つき、絶望した子供。目の前で、父を殺された、よるべのない子供。

「ふむ……何だろう……」

ゲマは考えこんだが、やがて、汚《きたな》らしいもののようにそれを遠ざけた。

「とにかく、こうしておきましょう」

雷光のようなものが炸裂《さくれつ》する、黄金の珠はこなごなにくだけ散る。その瞬間、リュカの意識は闇に溶けた――。

〔二巻につづく〕

〈本書は一九九三年七月に発行された『小説ドラゴンクエストV　天空の花嫁①』を加筆訂正したものです〉

久美《くみ》 沙織《さおり》

盛岡市生まれ。現在、長野県在住。集英社文庫コバルト・シリーズに『丘の家のミッキー』など少女小説を44冊発表後、『小説ドラゴンクエストⅣ』(同シリーズⅤ、Ⅵ)『ドラゴンファームはいつもにぎやか』(シリーズ計5冊)『電車』など、主としてファンタジー小説の分野に活動の場を移す。小説外の著作に『新人賞の獲り方おしえます』『小説を書きたがる人々』『ネコ的な遺伝子』『ヘイスタック(訳)』など。

小説 **ドラゴンクエストⅤ 天空の花嫁1**

2000年10月20日 初版第1刷発行
2019年9月9日 第2版30刷発行

著 者 久美沙織
協 力 横倉 廣
原 作 ゲーム 『ドラゴンクエストⅤ 天空の花嫁』
シナリオ 堀井雄二
発行人 松浦克義
発行所 株式会社スクウェア・エニックス
〒160-8430 東京都新宿区新宿6-27-30
新宿イーストサイドスクエア
営 業 03(5292)8326
書籍編集 03(5292)8306

印刷所 凸版印刷株式会社

ISBN4-7575-0307-5 C0293